ANATOMIE D'UN MARIAGE

Virginia Reeves a publié ses premiers textes dans *The Common* et dans *The Baltimore Review*, et a été finaliste du Tennessee Williams Fiction Contest. Elle a passé une grande partie de sa vie dans le Montana et vit aujourd'hui à Austin, au Texas. Après *Un travail comme les autres*, *Anatomie d'un mariage* est son deuxième roman.

Paru au Livre de Poche :

UN TRAVAIL COMME UN AUTRE

VIRGINIA REEVES

Anatomie
d'un mariage

ROMAN TRADUIT DE L'ANGLAIS (ÉTATS-UNIS)
PAR CARINE CHICHEREAU

STOCK

Titre original :

THE BEHAVIOR OF LOVE

© Virginia Reeves, 2019.
© Éditions Stock, 2021, pour la traduction française.
ISBN : 978-2-253-26292-3 – 1re publication LGF

*À mon amour, Luke Muszkiewicz,
et en mémoire de son père, Mike.*

« L'oiseau ne serait plus qu'un oiseau parmi d'autres
Mais il sait qu'en chantant, il ne chante pas.
La question qu'il pose sans mot,
C'est : que fait-on d'une chose diminuée ? »

Robert FROST

BOULDER, MONTANA

Avril – Août 1971

1

Ed reste travailler tard. La masse de ce qu'il n'a pas eu le temps de traiter la veille l'attend à son bureau, et sa journée débute à l'instant où il descend de voiture. Il ne sait jamais comment ça va commencer, mais ça démarre toujours sur le parking. Hier, c'était Margaret qui s'en allait vers la rivière Boulder, dont les eaux ont déjà ravi un patient. Avant-hier, c'était un garçon de six ans nommé Devin qui mangeait de la terre. Aujourd'hui, c'est un jeune homme qui surgit par la porte d'entrée de Griffin Hall, une chaise de plastique blanc sur la tête, un gardien en jean sur les talons. Celui-ci brandit sa matraque en caoutchouc. Le garçon se laisse tomber par terre et se recroqueville. La chaise dégringole dans l'escalier, un groupe de patients s'égaille.

Les gardiens ne doivent utiliser leurs matraques que s'ils sont physiquement menacés. Ed l'a clairement expliqué le jour où il est devenu directeur du Boulder River School and Hospital. Il est là tous les jours depuis un an, et les matraques sont elles aussi présentes tous les jours.

Le gardien remet le garçon sur pied, le tire vers

l'intérieur. Ed ne reconnaît ni l'un, ni l'autre. Il fait de son mieux pour retenir le nom de chacun, mais il y a sept cent cinquante patients et le personnel change constamment.

Il allume une cigarette et s'approche. « Je m'occupe de lui maintenant », dit-il.

Le garçon tourne la tête, menton baissé vers l'épaule gauche, il se mord la langue, poings serrés contre sa poitrine. Ed voit la crasse dans son cou, accumulée depuis plusieurs semaines.

« Il est à vous, doc. » Le gardien lâche les bras du garçon. « S'il s'enfuit à nouveau, c'est vous qui lui courrez après. »

Le garçon ne tente pas de fuir.

Ed devrait réprimander le gardien. Il devrait lui demander son nom, au moins, pour le noter quelque part. Mais il a déjà cinq autres cas du même genre à examiner, tous plus graves, et l'hôpital fonctionne avec seulement vingt-cinq pour cent du personnel nécessaire. Et, puisque les gens ne gardent pas leur poste, il est possible qu'il ne le revoie jamais.

« En moyenne, ils tiennent sept semaines », lui a dit Sheila le premier jour. Sheila est l'une des rares anciennes, une infirmière qui aime ses patients. Célibataire, dévouée et dénuée de charme. Ni le faible salaire, ni les horaires à rallonge, ni l'isolement des lieux ne semblent la gêner. Elle habite un petit appartement dans le seul immeuble en brique de Boulder, un peu plus loin sur la route, met du rouge à lèvres rouge vif, et sa coiffure ressemble à un halo de mèches entourant sa tête. « À quoi ça me servirait d'avoir plus d'argent ? dit-elle. Je vis seule avec mon chat. »

Ed voudrait avoir cent Sheila de plus à ses côtés.

« Sept semaines ? a-t-il relevé à l'époque.

— Ça suffit pour qu'ils fassent la moitié de la formation. »

Ed regarde le garçon devant lui. Il sait qu'il ne faut pas le toucher ; toucher désormais équivaut pour lui à violence, punition. Courir, avec les sentiments inhérents de liberté et de joie, y est aussi associé. Voilà en quoi consiste le comportementalisme : des équations. Ce garçon est simple ; ses équations sont simples. Courir = punition.

« Comment tu t'appelles, mon grand ? »

Le garçon sursaute mais relève la tête. « George, dit-il d'une voix grave.

— Heureux de faire ta connaissance, George. Je m'appelle Edmund. J'aime bien serrer la main aux gens quand je les rencontre. Veux-tu qu'on se serre la main ? »

Le garçon contemple la main tendue d'Ed, puis son visage. Son regard monte et descend à plusieurs reprises, enfin il secoue la tête.

« Aucun problème. On réessaiera plus tard, d'accord ? »

George desserre son poing, l'ouvre à demi, et Ed sourit devant ce succès minuscule. Aucun de ses amis de l'école de médecine n'a compris pourquoi il voulait travailler auprès des retardés et non des malades mentaux. « Tu n'as aucune chance de les guérir, Malinowski, lui a dit un jour un camarade. Pas de remède à ce genre de problèmes. » Mais Ed s'est toujours davantage intéressé au progrès qu'il vient de réaliser avec George qu'à la lente descente dans la psychose.

« Reste jouer dehors, maintenant », lui dit Ed, et il laisse le garçon sur les marches.

À l'intérieur, le jour disparaît – le soleil, le ciel, les montagnes, les arbres, la cour-parking boueuse. Les limites du bâtiment sont la seule réalité, angles et murs. Tous les établissements partagent cela d'une certaine manière – la miniaturisation de l'espace, le temps clos –, mais l'isolement compact de Boulder est pire que dans n'importe lequel des hôpitaux où Ed a travaillé auparavant. Des chaises sont alignées dans le couloir, il doit réprimer en lui l'envie d'en mettre une sur sa tête et de partir en courant.

À travers les portes vitrées de la salle à manger, Ed voit ses patients à différents stades de leur repas en termes de progression et d'aptitude. Certains ont presque fini, la nourriture recouvre leurs visages, leurs cheveux, leurs vêtements et leurs mains. D'autres commencent à peine, ils se concentrent sur leur four-chette ou leur cuillère, qu'ils portent lentement ou en tremblant jusqu'à leur bouche. Les bonnes manières à table font partie de la thérapie – de même qu'aller aux toilettes, s'habiller seul ou lacer ses chaussures.

Le vacarme de la salle parvient jusqu'à lui – agité comme l'océan, qui flue et reflue. Un jeune homme d'une vingtaine d'années laisse un haricot vert choir dans la poche de sa chemise. Mais pourquoi servent-ils des haricots verts au petit-déjeuner ? Une femme donne à manger un toast à un homme deux fois plus âgé. Un garçon ramasse du porridge dans ses doigts, à croire qu'il confectionne une boule de glace, et l'étale sur le crâne chauve de son voisin. Ed s'aperçoit qu'une seule personne surveille la salle, mais rien ne mérite là qu'il intervienne.

L'année qui a précédé son arrivée, le personnel s'est mis en grève. La garde nationale a été appelée pour s'occuper de l'hôpital, jusqu'à ce que l'État accepte d'augmenter les salaires et d'accorder un bonus pour les heures supplémentaires. Cela a suffi à mettre fin à la grève, mais pas à la détérioration de la situation.

« Tout ce que vous voudrez pour nous faire sortir de ce pétrin, a dit le directeur général des établissements à Ed lorsqu'il a accepté le poste. Demandez et vous l'aurez. »

Il aurait dû comprendre que le mot « argent » ne faisait pas partie de la liste.

Il traverse le couloir qui mène à son bureau. Il a beau ne pas croire aux fantômes, il sent toujours une présence plus ou moins humaine à travers ces corridors, le bruit de ses pas sur le lino ne fait que se mêler au couinement des baskets, au martèlement des sabots, au raclement des chaises qu'on pousse pour les remettre à leur place. Ce couloir est rempli de patients infortunés, dont les voix gutturales émettent des bruits qui ne sont pas des mots, et qui pourtant veulent dire quelque chose, ont une base réfléchie.

« Qu'est-ce que vous entendez aujourd'hui, docteur Ed ? » demande Penelope. Elle est assise dans un fauteuil, un journal sur les genoux. C'est sa patiente préférée, une des rares lueurs d'espoir dans tout l'hôpital.

Elle était assise au même endroit il y a un an, le jour où il est venu passer un entretien pour le poste, et elle l'a surpris qui écoutait les bruits des lieux. « Vous entendez ça ? a-t-elle dit. C'est pareil à une chanson, quand on y prête attention. » Ed a d'abord été captivé par sa voix, sa lucidité, puis par la beauté sans fard de son visage, son sourire serein, son long cou. « J'essaie parfois de composer des paroles pour aller avec. » Elle lui a tendu la main et s'est présentée.

« Qu'est-ce qui vous a amenée ici ?

— Acceptez le poste et vous saurez. »

Mais il n'aurait pas dû l'accepter. Il ne compte pas ses heures de travail, et pourtant il n'aboutit à aucun changement, pas même chez Penelope.

Il s'assoit près d'elle. « Je suis fatigué, Pen.

— "Si donc le sommeil est plus doux que la veille/Mourir serait sans doute plus doux que de vivre."

— Ce n'est pas parce que je suis fatigué que je veux mourir. C'est le problème avec tes poèmes. Ils manquent de logique.

— C'est parfaitement logique. Le sommeil est l'absence de conscience, et si cette absence temporaire de conscience est agréable, alors la mort, qui est une absence définitive de conscience, doit être encore plus agréable. Ce n'est pas la logique qui pose problème. C'est juste que vous ne voulez pas suivre cette logique.

— Cesse de faire la maligne. » Il voudrait passer la journée assis à côté d'elle, à écouter les bruits du couloir, mais du travail l'attend dans son bureau. « On se voit cet après-midi. »

La thérapie individuelle n'est pas dans ses attributions, mais il fait une exception pour Penelope. « Cela m'empêche de devenir un simple administrateur, a-t-il expliqué à son copain Pete quand il a commencé. Ça me permet de rester du côté du personnel. »

Pete est l'un des psychiatres qui travaillent dans l'établissement, ce jour-là, ils buvaient un verre à la Taverne, le seul bar de Boulder.

« Crois ce que tu veux, avait répondu Pete en levant son verre. Ici, on survit comme on peut. »

*

À son bureau, Ed se tourne vers la pile de papiers qui s'entassent : rapports à écrire sur des incidents, appels téléphoniques, patients à suivre en raison des incidents susnommés. Par-dessus tout, il voudrait travailler sur ses propositions. C'est pour ça qu'il a été engagé. « Remettez cet établissement d'équerre, a dit le directeur général. Merde alors, sortez les patients de là s'il le faut. Mais qu'on ne soit plus dans le rouge. »

À Howell, Ed travaillait avec l'équipe d'externalisation des patients – beaucoup plus que sur leur suivi psychiatrique –, voilà pourquoi il a postulé à cette fonction en premier lieu. Il a supervisé d'innombrables transferts de patients dans des maisons communes, des établissements d'aide à la vie quotidienne, voire dans quelques appartements indépendants pour ceux qui s'en sortaient le mieux. Pour la majorité d'entre eux, le modèle institutionnel n'avait aucun sens. Penelope en est l'exemple parfait, mais beaucoup d'autres aussi : Chip et Dorothy, Frank et Gillie. En vérité, seuls ceux qui sont lourdement handicapés nécessitent une prise en charge à l'hôpital – les grabataires et ceux qui sont dans le coma. Les autres devraient avoir leur place au sein de la société, exactement comme les personnes âgées et les enfants.

Bien sûr, ces propositions sont en réalité la dernière de ses priorités. Il a été chargé de remettre sur pied cet établissement sur le plan administratif, mais le chaos ambiant est tel qu'il n'a pas le temps nécessaire pour en réécrire le règlement.

Il plonge la main au fond de la poche de son manteau et se met à tripoter une pointe de flèche qu'il a trouvée un peu plus tôt dans la semaine au bord de la rivière. Il essaie de la lisser avant de l'offrir à sa femme, mais il a dépassé ce stade à présent. Le geste est devenu machinal – cela calme ses doigts nerveux.

Ed travaille le matin et en début d'après-midi, il déjeune tardivement à la cafétéria, où il fait davantage la police qu'il ne mange, puis il retourne à son bureau et travaille jusqu'en fin d'après-midi. À dix-huit heures, Pete frappe à sa porte et l'emmène à la Taverne, où ils boivent pour se détendre et se vider l'esprit, jusqu'à ce qu'ils se sentent prêts à remonter dans leurs voitures et rentrer chez eux auprès de leurs femmes à Helena, à quarante minutes de là. Travailler dans ce genre d'établissement nécessite de la distance, six cigarettes, quelques bières, et un sas de décompression qu'on appelle une voiture. Et puis un trajet suffisamment long pour que les pensées qui n'ont pas encore réussi à émerger puissent le faire, que celles qu'on avait mises de côté remontent, tandis que se réécrivent certains faits. De même que les policiers, les pompiers, les soldats, les psychiatres des établissements publics apprennent à cloisonner – on ne mélange pas vie personnelle et hôpital. Le palier temporel qui sépare les deux a pour fonction de permettre l'analyse des faits.

Ed sirote une bière du pack de six qu'il a emporté. Il entrouvre la vitre pour se débarrasser de sa cendre et le froid persistant des montagnes lui glace les doigts. En dehors des feux arrière de la voiture de Pete, devant lui, il n'y a personne sur la route. Tout est tranquille et majestueux. Il se rappelle combien il aime cet endroit, malgré les difficultés de son travail. Quand il est venu passer l'entretien, il s'est émerveillé devant les montagnes qui s'élevaient tout autour de lui, les vallées d'or s'étendant à perte de vue, le ciel, si vaste, si bleu qu'il ne pouvait le décrire. « Comme le lac Michigan, a-t-il dit à Laura à son retour, mais plus grand, plus profond.

— On ne peut pas déménager là-bas à cause du ciel.

— Je t'ai bien épousée pour tes yeux.

— Non, ce n'est pas vrai. »

*

Pas de lumière dans la cuisine, ni de restes à réchauffer. Le plan de travail est propre, la cuisinière, froide. Ed se dirige vers le carré de lumière qui sort de leur chambre et trouve Laura couchée, en train de lire. Il s'assoit au bout du lit et desserre sa cravate.

« Tu as dîné ? demande-t-il.

— Je n'ai pas faim. » Elle répond sans lever les yeux.

« Il faut que tu manges. » Ed lui frotte les jambes à travers la couverture, puis il sort la pointe de flèche de sa poche. « J'ai quelque chose pour toi. »

Elle pose son livre, prend la pierre au creux de sa

main, observe la symétrie gris-vert. Elle la tourne, la retourne, la saisit par la base, appuie le doigt sur la pointe. « Tu crois qu'il faudrait appuyer beaucoup pour que je saigne ?

— Laura, je t'en prie. »

Elle sourit et ôte son doigt de la pointe. « C'est très joli, Ed. » Elle pose le livre et la pierre sur sa table de nuit, puis s'enfonce dans le lit et éteint la lumière. Dans l'obscurité, elle murmure : « Que feras-tu quand tu seras à court de jolies pierres, docteur Malinowski ? »

Il voudrait lui dire que la réserve de pierres est sans limite. Il les a fait déménager dans les montagnes Rocheuses, avec leurs falaises, leurs sommets, leurs rivières aux lits remplis de pierres. Il ira chercher tous les cailloux du Montana pour les déposer à ses pieds en guise d'offrande. Les pierres sont une promesse d'avenir pour eux : de grands dîners en famille, tous deux entourés d'une horde d'enfants. Il voudrait lui dire que ces pierres dureront jusqu'alors, et que le moment venu ils n'en auront plus besoin.

Mais Laura a fermé les yeux et lui tourne le dos, aussi Ed repart à la cuisine chercher une bière.

2

Ed rêve qu'il tente de convaincre Laura de venir vivre dans le Montana. Bien qu'il soit sinueux comme tous les rêves, celui-ci commence précisément de la manière dont se sont passées les choses : au lit, après l'amour. Chacun a un verre de whiskey et une cigarette à la main, et Ed construit peu à peu l'État avec ses mots. Il creuse une cuvette au milieu, où se trouve Helena, dessine les vieux bâtiments de la ville, fore des tunnels dans les mines de cuivre de Butte, extrait le granit des carrières situées au-dessus de la Deuxième Rue. Il cuit les briques d'Archie Bray, une manufacture située près de Spring Meadow Lake ; elles sont fabriquées avec la terre locale, extraite du lit des rivières puis séchées dans d'immenses fours en nid d'abeilles.

Le rêve change et Laura se transforme en Delilah, une femme qu'il a fréquentée quelques fois à l'époque où il passait ses entretiens. La chambre est pleine de couleurs criardes : plaqué or, avec des lampes aux abat-jour de velours à franges et du papier peint bordeaux. Elle porte des pantoufles à talons avec des pompons de fourrure, une nuisette transparente, une minuscule culotte. Elle lui raconte qu'elle a travaillé dans un cirque avant de venir dans l'Ouest. « J'étais acrobate, murmure-t-elle. Tu vas voir. »

Ed est à présent à demi réveillé, le rêve se précise sous forme de souvenir. Il avait bu, mais pas assez pour pouvoir dire que l'alcool était une excuse. Il est allé dans la chambre de Delilah parce qu'il avait besoin d'assouvir ses désirs avec une femme – la voix de Laura au téléphone et sa main ne lui suffisaient pas.

Ed a souvent été accusé de ne pas avoir de morale, d'abord lorsqu'il était étudiant, puis à ses différents postes. « La recherche du plaisir charnel n'est pas un acte sans âme », répondait-il, puis suivait un long discours sur l'évolution, qui justifiait ses appétits sexuels. S'il avait éprouvé le moindre attachement intellectuel ou émotionnel envers Delilah (ou une autre), il aurait été le premier à vouloir ressentir de la culpabilité. Mais Delilah satisfaisait en lui uniquement un besoin physique – comme la nourriture calme la faim et l'eau apaise la soif. Son besoin de sexe est tout aussi basique, tout aussi nécessaire, or parfois le désir l'envahit alors que Laura n'est pas disponible.

Ses aventures occasionnelles n'ont rien à voir avec son couple.

Laura dort encore à ses côtés.

Il se lève pour aller préparer du café.

Il a rapporté chez lui plusieurs documents d'archives sur l'hôpital Boulder – l'équivalent d'une véritable bibliothèque, dont il prend peu à peu connaissance. Il ouvre les archives de 1912-1913, époque où l'établissement s'appelait encore École du Montana pour enfants sourds, aveugles et retardés. Ils venaient de terminer la construction du bâtiment de Griffin Hall du côté sud de la rivière, afin d'y loger la partie « souffrant de retard mental » de la population, la séparer des élèves sourds et aveugles. Aujourd'hui entouré de petites maisons et de dortoirs, Griffin Hall en 1912 se dressait seul au milieu des champs, fier bâtiment de trois étages. Ed ne connaît que deux étages ; il n'a pas la moindre idée de ce qu'il est advenu du troisième. Il faudra demander à Sheila.

Un peu plus loin dans le rapport, le directeur a noté qu'une « atmosphère de gentillesse, de contentement et de bonheur règne avant tout parmi nos élèves ».

« Conneries », dit Ed, toutefois il sait aussi qu'il y a du vrai dans ce rapport, qu'en 1912, les patients y menaient une vie certainement meilleure que celle qu'il peut leur offrir soixante ans plus tard. À l'époque au moins, on entretenait l'espoir que les cas difficiles de Boulder puissent être « ramenés dans le droit chemin », leur nature imparfaite corrigée. Il s'agissait d'une véritable école, où on « élevait » les enfants.

« Tu veux jouer les héros, a dit Laura la première fois où il lui a exposé les difficultés de la situation de Boulder, mais moi, qu'est-ce que j'ai à y gagner ?

— Ça paie bien et les maisons ne coûtent pas cher. Tu n'aurais pas besoin de travailler. On pourrait enfin s'y mettre. » Il savait qu'une promesse d'enfant serait l'argument décisif, la pierre au fond de sa poche, déjà à cette époque.

« C'est ça que tu attendais ? Une place de directeur dans les montagnes ? a demandé Laura, qui veut un bébé depuis leur nuit de noces.

— J'attendais d'avoir un peu de stabilité », a-t-il menti, et Laura l'a cru suffisamment pour le suivre.

*

« Tu ne devrais pas être déjà parti ? » Elle pose la bouilloire sur la cuisinière, allume le gaz. « Qu'est-ce que c'est ?

— Les rapports annuels de Boulder. » Elle a raison, il devrait être au travail, mais il continue à lire, et son raisonnement est double : premièrement, il a besoin du contexte historique ; il doit devenir un spécialiste de Boulder. Deuxièmement, il a besoin d'un break – une journée à la maison avec Laura. Café le matin, quelques tasses, qui se transforment en bières l'après-midi, tandis que, à travers les fenêtres, le soleil inonde la maison perchée en haut de la colline, rue Chaucer.

« Chaucer, comme l'écrivain ? a demandé Laura avant le déménagement.

— Exactement. Notre maison se situe au croisement de la Troisième Rue et de la rue Chaucer. » Au coin du chiffre trois et des récits d'autrefois. Ed se voyait dans la peau d'un devin déchiffrant les signes : *il y aura trois chances, et une galerie d'étrangers.* Jung considérait que le chiffre trois était presque complet – presque, pas tout à fait. Un bébé ou deux les compléteraient.

Laura lâche un sachet de thé dans son mug, le soleil éclaire son visage mince.

« Je fais l'école buissonnière pour rester à la maison avec ma séduisante épouse.

— Je n'y crois pas une seconde, docteur Malinowski. » Pourtant, elle s'assoit à table, sourire aux lèvres, et ouvre un des rapports, celui des années 1922-1923. Elle parcourt les pages, feignant de lire.

26

Elle s'attarde sur une galerie de photos montrant les bureaux des enseignants et les salles. « C'est un faucon empaillé ?

— Oui. » C'est la première chose qu'il a remarquée, lui aussi, un faucon qui tombe du ciel, ailes déployées, au-dessus d'un piano. « Peut-être que c'était censé les motiver. »

Laura se met à rire. « Il est encore là ?

— Je n'ai vu aucun animal empaillé sur place. Et la plupart des bâtiments cités dans ce rapport sont condamnés ou détruits. »

Laura se met à lire avec un intérêt nouveau. « Oh, mon Dieu. Le rapport du médecin – pauvre John Holland. Il est mort après avoir bu de l'encre indélébile. » Elle tourne la page. « Le ranch produisait quatre-vingt-trois œufs de dindes ! Et ils avaient trois oies. Regarde tout ça : quatre cent quatre-vingt-douze bottes de persil ? Une tonne de rutabagas ! Je ne pensais même pas que les rutabagas existaient vraiment.

— En tout cas, le ranch n'existe plus.

— Et la chorale ? »

Il secoue la tête. Les ateliers de perles, de peinture, de broderie, de menuiserie et de travail du métal : toutes ces activités ont disparu à l'instar de la ferme et du ranch. Les pièces qui autrefois servaient de salles de classe et d'ateliers sont à présent vides, en dehors des patients qui les occupent. « Quelle ironie, dit-il à Laura. La même idéologie bien-pensante qui nous attaque aujourd'hui a naguère affirmé que l'hôpital exploitait ses patients en leur faisant accomplir un travail dissimulé. Il était plus facile de tout arrêter plutôt que de payer les patients, aussi ont-ils tout bazardé.

— Mais tu le savais en arrivant.

— Je ne me rendais pas compte que la situation était si catastrophique. » Ed revient à la liste des enseignants de la section industrielle. « Regarde les activités qu'ils pratiquaient : menuiserie, imprimerie, couture, tressage de paniers et de hamacs, fabrication de balais. Mes patients adoreraient pouvoir pratiquer une seule de ces activités. »

Le doigt de Laura descend le long de la liste. « Ils doivent s'ennuyer à mourir.

— Eh oui, et l'État refuse de me donner l'argent nécessaire pour engager des enseignants, alors je songe à demander aux patients les plus performants de tenir ce genre de rôles. Comme Penelope par exemple. Je pourrais lui demander d'animer un club de lecture.

— Oh, bravo ! Tu vas demander l'aide de Penelope. Quelle idée géniale, docteur.

— Arrête, Laura.

— Non, sincèrement, je suis impressionnée. Presque douze heures sans prononcer son nom ? Tu te rends compte que tu as réussi à m'endormir hier soir grâce à ta pointe de flèche indigène ? Pas d'histoire de l'hôpital mettant en scène ta demoiselle en détresse préférée. Et te voilà chez toi, dans ta cuisine, à... » elle se retourne et regarde la pendule au-dessus de la cuisinière « neuf heures du matin, et c'est seulement maintenant que tu parles d'elle ? Je crois qu'on tient un nouveau record.

— C'est ma patiente.

— C'est plus que ça.

— Elle a seize ans ! C'est une gosse, elle est prise en charge par l'établissement que je dirige et elle a

28

tiré la paille la plus courte possible, bordel ! Quel mal
y a-t-il à ce que je fasse un peu attention à elle ? »

Laura, d'abord, ne répond rien, puis elle déclare :
« Je ne devrais pas avoir à jalouser tes patients, Ed.
Tu dois au moins reconnaître cette vérité-là. »

*

Une heure plus tard, Ed frappe à la porte de l'atelier
de Laura. Au début, elle ne voulait pas utiliser cette
pièce, elle insistait en disant que c'était la chambre
du bébé, mais elle a fini par déballer ses toiles, son
chevalet et ses couleurs. Elle a quand même peint les
murs dans un jaune crème de chambre d'enfant, et elle
range ses affaires avec beaucoup plus de soin qu'elle
ne le faisait dans leur ancien appartement, toujours
prête à les déménager. « Je me contente d'utiliser cet
espace en attendant l'arrivée du bébé. »

Elle ne répond pas lorsque Ed frappe, aussi il ouvre
la porte et la trouve assise sur le tabouret devant son
chevalet, où elle ennuage un ciel. Elle peint surtout
des paysages, ce qui a permis à Ed de se convaincre
que la beauté naturelle du Montana viendrait à bout
de ses réticences initiales au sujet de leur déménagement. La pièce est pleine de tableaux inspirés par les
lieux : les montagnes Elkhorn couvertes de neige, le
mont Helena s'élevant au milieu de la ville, les ruisseaux Prickly Pear et Ten Mile, leurs berges densé-
ment plantées de peupliers embrasés par les jaunes de
l'automne – pourtant elle jure qu'elle n'aime aucune
de ses toiles. « C'est trop propre, dit-elle parfois. Trop
joli. Ce ne sont là rien de plus que de belles images,

et la nature fait ça toute seule. » Elle refuse qu'il en emporte à son bureau, ou en accroche aux murs de leur maison.

« Laura, dit-il doucement.

— Va travailler, Ed. »

Il regarde par-dessus son épaule et voit le ciel sur la toile passer du bleu au gris. Le bleu est encore là, mais il est mêlé aux nuages d'orage à présent. Il a toujours adoré la regarder peindre.

« Je ne peux pas peindre une tempête ici. Le bleu refait toujours surface. » Elle trempe son pinceau dans le noir, l'agite dans le blanc de sa palette, revient.

Ed sait qu'il ne faut pas la toucher quand elle travaille. « Peux-tu arrêter une minute ? »

Le ciel se fait plus sombre, lourde colère d'orage l'été, puis elle relève le pinceau et le laisse tomber dans un pot de térébenthine. Elle se tourne vers lui. Elle a du bleu dans les cheveux, une minuscule trace sur la joue droite.

Ed se met à genoux devant elle. « Je suis désolé de devoir consacrer autant d'attention à cet établissement actuellement, je sais que je l'ai déjà promis, mais il n'en sera pas toujours ainsi. Lorsque nous aurons réglé nos problèmes de budget et que j'aurai fini de rédiger mes propositions, ça ira mieux. Je te le promets. Et en attendant, j'ai une solution, un moyen à la fois pour qu'on se voie plus, et pour apaiser tes inquiétudes. » Il est nerveux, déchiré. Ce qu'il s'apprête à dire va peut-être résoudre une partie des soucis de Laura, mais cela pourrait créer davantage de problèmes – pas seulement de son côté à elle, mais aussi avec le personnel de l'hôpital, ses patients, et lui-même. Cependant il sait que Laura a besoin qu'il fasse un vrai sacrifice. Il lui faut plus que quelques cailloux. « Est-ce que tu voudrais venir une fois par semaine animer un atelier artistique auprès d'un groupe de patients ? Tu sais qu'ils ont besoin d'activités. »

Elle écarquille les yeux. « Cela ressemble à un piège, docteur Malinowski.

— Oui, il est clair que je te manipule avec une technique comportementaliste invisible, mais ça ne signifie pas que ça ne soit pas clairement dans ton intérêt. »

Elle sourit. « Je n'ai jamais donné de cours.

— Tu sauras, naturellement.

— Je sais bien que tu fais ça uniquement pour arranger les choses. Tu le regretteras dès demain matin. » Il le regrette déjà. Mais elle se met debout, le relève à son tour, enroule ses mains autour de son cou, et leurs lèvres se rencontrent. Le désir écarte en lui le doute, et il la suit dans leur chambre où ils font l'amour deux fois. Il s'abandonne à sa famille pour le reste de la journée, à sa femme et à l'enfant qu'il est certain d'avoir conçu. Comme l'a dit Laura, les regrets attendront jusqu'à demain.

3

Laura

J'ai pris un petit boulot dans une boutique de vêtements en ville. Juste deux jours par semaine. Si l'atelier d'art dans l'établissement d'Ed se concrétise vraiment, je pourrai m'arranger.

Il ne sait pas que je travaille, et je ne vois pas de raison de le lui raconter. Il dirait que je vaux mieux que ça, ce qu'il disait déjà à propos de mon emploi chez Sally, naguère, et je n'ai pas envie d'avoir à justifier le fait que j'aime travailler dans une boutique. J'ai essayé pendant deux ans, et il n'a jamais vu en mon emploi autre chose qu'une perte de temps. « Nous n'avons pas besoin de cet argent, soutenait-il. Tu devrais rester peindre à la maison. »

J'ai tenté de lui faire comprendre que ce qui me plaisait, c'étaient les gens – il aurait dû entendre ça –, seulement il considérait que les gens en question étaient indignes de moi. « Ce n'est pas comme si tu étais amie avec les clientes, Laura. Elles voient en toi une domestique de première catégorie. »

Quand il m'a vendu son nouveau poste dans le Montana, il a utilisé l'argent en guise d'appât : « Tu n'auras plus besoin de travailler », répétait-il encore et encore, à croire que c'était la chose la plus difficile dans mon existence.

« Mais je veux travailler, répondais-je. J'aime ça. »

Il a trop d'orgueil pour s'intéresser aux métiers commerciaux, et je suppose que, de mon côté, j'en ai trop pour rester peindre toute la journée à la maison. Je n'ai pas encore gagné le droit de mener cette vie-là, et j'ai l'habitude de travailler. Ma mère a gardé son emploi lorsqu'elle est tombée malade, et une fois qu'ils l'ont été tous les deux, mes parents m'ont bien dit que ce serait pour moi une leçon de résilience et de courage. « Tu devras subvenir à tes propres besoins, Laura, avant toute chose », disait mon père. Il est mort un an avant ma mère. J'avais seize ans.

Et puis je me sens seule ici, dans cette maison.

J'ai ouvert mon propre compte bancaire, ainsi Ed ne pourra pas me demander d'où vient cet argent. Les dépôts se succèdent sans que j'y touche, dans l'attente d'une occasion.

La propriétaire de la boutique est une ancienne danseuse du nom de Miranda. Les nombreux brace-lets qui ornent ses poignets annoncent chacun de ses mouvements, et elle s'enveloppe toujours dans des foulards, même en été. Elle n'a pas grand-chose en commun avec Sally, là-bas dans le Michigan, pour-tant elle me fait penser à elle. Cet air de prestige que possèdent toutes les propriétaires de boutique de vêtements. Sa façon d'insister sur la qualité et l'esthétique. Leurs styles sont différents, mais elles ont les mêmes attentes.

J'ai commencé par acheter une robe chez elle avant de venir y travailler – jaune pâle, pour le dîner de notre anniversaire de mariage. « Vous avez bon goût », a dit Miranda quand j'ai posé la robe sur le comptoir, et après seulement quelques minutes de conversation : « Vous aimeriez travailler ici ? »

Il est fréquent que des inconnus me rendent service ou me fassent des cadeaux. La proposition de travail de Sally était arrivée de la même manière. Je suppose que je dois porter sur mon visage le fait que je suis orpheline, perdue, abandonnée. D'habitude, je refuse les cadeaux et autres faveurs, en revanche j'accepte les offres d'emploi.

La boutique de Miranda est dans le centre, sur Last Chance Gulch, « le ravin de la dernière chance », rue dont je ne croyais pas à l'existence avant de voir la plaque de mes propres yeux. Il s'agit d'une ancienne ville de mineurs, la voie de la dernière chance pour beaucoup. De nombreux fours se cachent encore dans les collines, ainsi que des puits et des tunnels. J'essaie de peindre ces paysages, mais ils apparaissent plats et fabriqués, comme si la peinture savait que je suis une étrangère.

Au moins, la boutique m'est familière, elle.

La clochette de la porte retentit et je lève les yeux, découvrant un jeune homme, dans ce magasin de vêtements pour femmes. Il a l'air égaré.

« Puis-je vous aider ? » demandé-je. Je m'entends déjà lui dire : *Le pub est trois portes plus loin. Le magasin de sport, c'est à deux rues puis vous traversez.* Il est beau, avec d'immenses yeux bruns, une barbe de deux jours, des cheveux dans tous les sens. Ed est toujours impeccable – barbe, cheveux, corps – et j'ai oublié qu'autrefois j'aimais les hommes un peu négligés et leur odeur.

« Ma mère… est morte, dit-il.

— Oh. Je suis désolée. Que puis-je faire pour vous ?

— J'ai besoin de vêtements. Le cercueil va rester ouvert. »

Sally m'a appris quelles questions poser aux clients, elles sont différentes s'il s'agit d'un homme ou d'une femme.

« Quelle était sa couleur préférée ?

— Le bleu.

— Comme moi, dis-je même si je préfère le jaune. Vous connaissez sa taille ? »

Il secoue la tête, terrifié.

« Combien mesurait-elle ? Et combien pesait-elle ?

— Un mètre cinquante-sept. Moins de quarante-cinq kilos. Elle était toute petite, dit-il en mettant la main juste en dessous de son épaule. Toute menue. »

J'ai l'habitude des mères mortes toutes petites et toutes menues. La mienne n'a pas eu de cercueil.

Je l'amène vers un rayon de robes bleues, à mi-chemin entre sexy et mémère. Je veux que sa mère apparaisse ainsi – les contours bien enveloppés, mais gracieuse au niveau des hanches.

« Oui, dit-il en me voyant extraire du rang une petite robe. Ça lui ira. »

Je lui donne un collant et lui fais des excuses car nous ne vendons pas de chaussures.

« Ils disent qu'on ne verra pas ses pieds. » C'est si important, les pieds. Comment peut-on les oublier dans la mort ?

35

Il fait froid dans la boutique, alors même que le soleil de printemps brille doucement au-dehors. J'emballe les vêtements de la mère défunte dans du papier de soie, puis je les glisse dans un sac.

« Combien je vous dois ?

— C'est la maison qui paie, dis-je. Toutes mes condoléances.

— Non, laissez-moi vous régler. »

Je secoue la tête en guise de refus, et il s'attarde un moment.

« Ça ira, dis-je. Sincèrement. »

Il me remercie en silence, politesse que sa mère lui a sûrement enseignée. *Quand on propose de payer pour toi, proteste un peu, mais lâche en douceur.* Puis la clochette de la porte retentit et il s'en va.

Je note la transaction et j'entoure le total sur le reçu en ajoutant mon nom en haut. Je bénéficie d'une remise de vingt-cinq pour cent, Miranda retirera l'achat de mon prochain salaire. Offrir une robe à une mère défunte, c'est faire bon usage de l'argent que je gagne ici, et je m'imagine raconter à Ed combien ce travail a du sens pour moi. *J'ai aidé un homme à choisir une robe pour l'enterrement de sa mère, aujourd'hui. Et je la lui ai offerte. J'ai rendu ce moment difficile pour lui un peu moins pénible.* Voilà ce que j'aimerais dire à Ed. Mais je n'en ferai rien.

*

Une semaine plus tard, le même homme revient. Il s'est apprêté, et on ne lit plus la même confusion sur son visage.

Je suis en train d'accrocher de nouvelles boucles d'oreilles sur un portant. « Bonjour !

— Oh, super, vous êtes là. » Il vient vers moi, et soudain je me sens nerveuse. Il est encore plus beau aujourd'hui, et je hume son après-rasage, frais et agréable.

« Je voulais vous remercier pour votre aide. » Il me tend une enveloppe, puis sa main. « Je m'appelle Tim.

— Moi, c'est Laura. »

Sa main est rude et calleuse, pareille à celle de mon ancien petit ami, Danny, le pompier à qui Ed m'a ravie. Gentil, fort, très amoureux, un peu bête, Danny ne faisait pas le poids face à l'intelligence, l'humour, la voix et l'assurance d'Ed. Celui-ci a chanté pour moi le premier soir où nous nous sommes rencontrés, il a bondi sur la scène du bar où nous nous trouvions pour chanter avec le groupe, *pour moi* ! Le pauvre Danny s'est trouvé éclipsé en moins d'une semaine.

Parfois ses mains me manquent.

« Vous arrivez à tenir le coup ? dis-je.

— Ça va, répond-il avant de secouer la tête. C'est incroyable comme on n'est pas préparé, vous savez. C'est vrai, elle était malade depuis longtemps. On savait qu'elle allait mourir. Mais quand c'est arrivé… on ne savait plus quoi faire. » Il commence à jouer avec une paire de boucles d'oreilles. « Pardon. Vous vouliez juste être polie. Je n'arrive plus à répondre à tout ce blabla, les *comment ça va ?* Maintenant, je dis vraiment ce que je ressens.

— C'est très bien », dis-je en me souvenant d'avoir montré la même honnêteté après la mort de mes parents, et de mon incapacité à sourire et à dire *ça va, merci*. Parfois je regrette de ne pas être restée ainsi. « Vos capacités à répondre par des phrases toutes faites reviendront bientôt. Profitez de cette honnêteté tant que vous l'avez », lui dis-je.

Il a l'air prêt à me demander comment je sais tout ça, et j'ai envie de lui répondre, mais la clochette tinte et une vieille dame entre.

« Merci. Je suis content d'avoir fait votre connaissance, Laura. »

Je le regarde repartir et j'accueille ma nouvelle cliente. Elle cherche un cadeau pour sa petite-fille, et ensemble nous arpentons la boutique. Je lui montre les pulls, les colliers, les écharpes. Une jupe de taffetas rose pâle. Une blouse de style rustique. Mais je pense à Tim, à son visage, ses mains, sa franchise.

4

Penelope referme la porte du bureau d'Ed et s'assoit à sa place habituelle, sur la chaise de gauche, en face de son bureau. Elle garde son journal ouvert, le crayon à la main. Ed sait qu'elle va prendre des notes pendant la séance, pour toutes sortes d'usages : poèmes, chansons, nouvelles. « Est-ce qu'il t'arrive de les utiliser juste pour toi ? a-t-il demandé une fois.

— Tout le temps, docteur Ed. C'est pour ça que j'écris. Le reste est contingent.

— La plupart des jeunes de seize ans n'utilisent pas le mot *contingent*.

— La plupart des jeunes de seize ans ne vivent pas dans un établissement psychiatrique.

— Touché. »

Elle passe son temps à lui rappeler qu'elle est handicapée, ce qu'il ne cesse d'oublier.

Ed a rencontré plusieurs patients atteints d'épilepsie avant Penelope, mais cette maladie faisait partie d'un tableau plus vaste. Elle s'ajoutait à une trisomie 21, un retard sévère, les crises n'étaient qu'un état anormal parmi d'autres. Chez Penelope en revanche, l'épilepsie est le seul symptôme. En dehors de son quotient intellectuel au-dessus de la moyenne et de son amour pour la poésie ancienne, c'est une adolescente parfaitement normale.

Pendant les premiers mois de leurs séances individuelles, ils se sont penchés exclusivement sur les facteurs physiques et émotionnels qui semblaient déclencher les crises. Physiques : déshydratation, manque de sommeil, caféine. Émotionnels : anxiété, tristesse, frustration. Du côté physique, ils se sont attaqués à la déshydratation et à la caféine : l'eau a remplacé le café et les sodas. Elle a presque toujours une bouteille d'eau avec elle. En ce qui concerne le sommeil, il n'y a rien à faire. Elle couche dans un dortoir avec vingt autres patientes, qui toutes ont des capacités moyennes ou supérieures à la moyenne, mais font néanmoins du bruit et s'agitent au cours de la nuit. Il n'y a pas de chambres privatives à Boulder. Le manque de sommeil fait partie du lot.

Ils ont essayé de travailler sur l'aspect émotionnel, mais c'est plus ardu. Penelope comprend certains des mécanismes à la source de son anxiété et de sa frustration, mais même si la plupart des stimuli ont été identifiés, il n'y a aucune garantie qu'elle puisse les éviter. Ses parents constituent le facteur principal, et ils lui envoient un paquet presque chaque semaine. Ces paquets sont une source d'anxiété, mais leur absence l'est plus encore. La tristesse de la jeune fille est impossible à cerner, elle survient et disparaît sans prévenir. Les crises de Penelope sont aussi fréquentes aujourd'hui qu'elles l'étaient avant l'arrivée d'Ed.

Aujourd'hui, il veut tenter quelque chose de nouveau. Jack Sorenson, un ancien collègue du Michigan, lui a envoyé récemment le rapport d'une étude pratiquée à Howell sur un groupe de patients à haut potentiel atteints d'épilepsie. Sorenson a modélisé des programmes comportementalistes individuels qui proposent aux patients de se livrer à une activité à laquelle ils avaient renoncé en raison des crises. Ainsi a-t-il prescrit à l'un d'eux de faire du vélo tous les jours (un souvenir d'enfance heureux) ; une autre a été chargée de faire le pain dans les cuisines de l'établissement (ce dont elle se chargeait régulièrement pour les siens avant de devenir épileptique). Pratiquer ces activités est censé donner la possibilité aux patients de recadrer leur vie et de les recontextualiser. « Rien de sérieux pour l'instant, mais tous les patients sauf un ont vu leurs crises diminuer, a écrit Sorenson dans la lettre qui accompagnait le rapport. Ça vaut le coup d'essayer avec la tienne. Dis-moi comment ça évolue. Je n'arrive toujours pas à croire que tu es parti dans ce trou du Montana. »

Penelope regarde autour d'elle. Le soleil se déverse par les fenêtres, sur le dos d'Ed, sur ses bras et ses épaules à elle. Il voit son regard passer des étagères remplies à ras bord aux placards de dossiers, puis au mur où il a accroché trois anciens tableaux de Laura, peints dans le Michigan. Un portrait de son père réalisé d'après une photo : Fred regarde au-delà du cadre, ses joues sont tombantes, ses yeux bleus bondissent de son visage ridé. Une toile un peu plus abstraite représente la mère d'Ed à ses fourneaux, dans la cuisine de son enfance. Le dernier est son préféré : le vaste rivage océanique du lac Michigan, où sa famille possédait un bungalow. De simples lignes,

41

qui se concentrent davantage sur les dunes et les galets que sur l'eau. Il a grandi là, y a passé tous ses étés, brûlé de soleil, lèvres gercées, cheveux presque blancs à force d'être décolorés, les bras aussi durs que des cordes à force de nager. Laura et lui y ont passé leur voyage de noces. Elle a peint pour lui ce rivage en guise de cadeau de mariage.

« Qui sont les gens sur le tableau ? a demandé Penelope à la première séance.

— Mes parents.

— Et l'océan ?

— Non, c'est le lac Michigan. Mais c'est vrai, on dirait l'océan. Tu as déjà vu la mer ?

— Je suis allée dans l'État de Washington quelques fois avant que commencent les crises. Après mes parents ont jugé que je n'étais plus en état de voyager. Ils continuent à y aller régulièrement avec Genevieve.

— Ta sœur. Parle-moi d'elle.

— Elle est parfaite. »

Ed voudrait pouvoir envoyer Penelope au bord de la mer dans le cadre de sa thérapie. « Penelope doit participer à des activités qui faisaient partie de sa vie avant qu'elle devienne épileptique, avait-il dit à ses parents. Il faut l'emmener sur la côte. »

Il a essayé de les convaincre de prendre part au traitement, mais ils le rabrouent vite au téléphone et répondent rarement à ses lettres. Quand il réussit à parler avec l'un d'eux, on lui répond invariablement : « C'est vous le médecin. Faites ce que vous jugez être le mieux. Ici, nous sommes sous l'eau. Dites à Penelope qu'un paquet va arriver pour elle. » Il ne parvient pas à les convaincre de lui rendre visite, sans parler de l'emmener voir l'océan.

« Parle-moi de tes activités avant que surviennent les crises. »

Ed la voit écrire la question dans son journal. Elle la contemple un moment avant de prendre la parole. « J'allais à l'école. Je jouais au volley. Je faisais du vélo. J'allais à la bibliothèque chercher des livres. Je prenais mon déjeuner dans le bureau de ma prof d'anglais et je lui parlais de littérature. Une fois j'ai conduit la voiture de papa. Je faisais du patin à roulettes. Il y a d'autres choses, mais c'est tout ce que je vois pour le moment. Pourquoi ?

— Tu vas recommencer à pratiquer certaines de ces activités.

— À nouveau : pourquoi ?

— C'est une nouvelle thérapie. Elle est censée créer une rupture dans le mode de fonctionnement de ton cerveau, lui faire croire qu'il n'est pas épileptique. » Penelope est la seule patiente d'Ed qui soit capable de comprendre des explications relatives à son traitement. Les autres vivent dans un monde concret de stimuli et de réactions, guère plus.

« J'aime bien l'idée de tromper mon cerveau. »

Ils sourient tous les deux et Ed contemple la liste des choses qu'il a notées en écoutant Penelope. La plupart d'entre elles sont impossibles à mettre en pratique au sein de l'établissement – aller en cours, à la bibliothèque, conduire, faire du patin –, mais il peut lui trouver une bicyclette. C'est facile. Elle a également besoin d'une occupation intellectuelle, pour pallier ce besoin de scolarisation qui lui fait si cruellement défaut – pas les camarades mais les cours. Elle a parfaitement accepté l'idée, comme il l'avait prévu.

« Et le groupe de lecture dont je t'ai déjà parlé ? Pour les patients aux capacités les plus élevées ? De cette manière, tu te remettrais à parler de littérature. Certes, ce ne serait pas avec tes amis intellos, mais on piégerait encore mieux ton cerveau si tu es dans la peau de la prof. » De sa main gauche, il tripote un nouveau caillou dans sa poche.

Penelope regarde ses genoux, et Ed la revoit lors de cette première séance, après avoir parlé des tableaux et de sa sœur parfaite.

« Peux-tu me parler de ta première crise ? avait-il demandé.

— J'avais treize ans, on était tous à notre chalet, au bord du lac Flathead. Gen et moi, on dormait sur le canapé-lit, mes parents dans le grenier. » Elle a désigné le tableau représentant le lac. « Flathead n'est pas aussi grand mais c'est très beau. Donc, Gen a été réveillée par mes convulsions au milieu de la nuit, et elle a appelé maman et papa. Ils se sont rassemblés autour de moi. Ma mère aurait dit : "Mettez-lui une cuillère en bois dans la bouche, sinon elle va se mordre la langue", mais la crise s'est terminée avant que personne ait fait quoi que ce soit. Ils disent que je suis restée en état de semi-veille pendant une heure avant de me réveiller vraiment. La première chose dont je me souviens, ce sont les couvertures – combien elles étaient lourdes sur moi. Et puis que c'était mouillé. Je les ai relevées et j'ai découvert que j'avais fait pipi. J'ai commencé à défaire le lit. Ma mère a essayé de m'en empêcher, mais je voulais absolument m'en occuper, alors Gen m'a aidée, on a tout sorti, et puis mon père a mis le matelas sur la véranda, et il l'a lavé au tuyau d'arrosage. J'ai pris un bon bain, et ensuite ils m'ont mise dans la voiture et m'ont emmenée à l'hôpital. Et voilà : le jour où Penelope Gatson est tombée malade.

— Ce n'est pas le mot que j'emploierais.

— Peu importe le mot que vous employez, docteur. La définition est la même. »

Il s'attend maintenant à voir la même résignation s'emparer d'elle. Mais elle demande : « Qu'est-ce que je leur enseignerais ?

— Des petits textes, assez simples. À partir de là, ce que tu veux. »

Il l'imagine feuilletant sa bibliothèque intérieure, passant en revue les titres, les auteurs. Il ne lit pas comme elle, pour le plaisir et la transcendance temporaire. À ses yeux, les mots sont des outils qui permettent d'expliquer les théories, les études, les pratiques.

« Peut-être que je commencerai par Keats. »

Skinner a parlé de Keats, se souvient Ed, il le cite dans son analyse de « Reporting Things Felt ». C'est de bon augure, mais Ed sait que peu importe par où commence Penelope : ce qui compte, c'est qu'elle le fasse. Elle en est à son quatrième traitement, et jusqu'ici il s'avère aussi inefficace que les précédents. Les modifications de son comportement ne semblent pas non plus donner de résultat. Aux yeux d'Ed, Penelope ne devrait pas être dans cet établissement, mais il sait qu'il ne peut la renvoyer tant qu'il n'est pas prouvé qu'elle a fait des progrès. La société partage l'opinion de ses parents : les épileptiques sont des handicapés.

Voilà exactement le genre de présupposés qu'il essaie de combattre pour le bien de ses patients, mais l'injustice qu'il y a à se retrouver dans un hôpital tel que celui-ci frappe plus durement encore des personnes dans la catégorie de Penelope, dont l'esprit est brillant en dehors des moments de crise.

« Ce n'est pas ainsi qu'ils me voient, lui a-t-elle dit un jour. Peu importe que je sois brillante. Dès que quelqu'un m'a vue m'écrouler par terre et me pisser dessus, il me prend pour une malade, et quand on vous a vue comme ça… »

Elle a fait une crise à quinze ans à la bibliothèque du lycée, et depuis elle est à Boulder.

« Et si tu commençais lundi prochain ? Je trouve les élèves. Tu t'occupes de la lecture. »

Penelope accepte, le visage ombré de la même concentration que lorsqu'elle écrit des paroles de chanson pour accompagner les bruits du couloir. Peut-être que le simple fait de penser à enseigner la littérature à un groupe de handicapés suffira à reprogrammer son cerveau.

*

Après le départ de Penelope, Ed appelle Taylor Dean, le directeur des établissements publics de l'État. C'est lui qui est venu chercher Ed à l'aéroport pour l'amener à Boulder la première fois. Ed se souvient parfaitement du trajet, combien il a été saisi par la beauté des paysages qui défilaient.

« Au bout d'un moment, on ne voit plus rien, a dit Dean. Voilà le problème, Ed – je peux vous appeler Ed ? Donc, voilà le problème. Boulder est au fond du trou niveau relations publiques en ce moment. Je ne sais pas ce qu'on vous a raconté dans le Michigan, mais c'est un vrai bordel. Et mon directeur vient de partir. Au moins, ça, vous le savez. C'est pour ça que vous êtes là. Nous avons besoin de quelqu'un qui ait votre expérience, Ed. Vous vous embarquez dans une sale affaire, mais vous pouvez la sauver. Voilà le truc : il y a une place de héros à prendre, si ça vous tente alors vous êtes notre homme. Mais vous savez, les héros doivent brasser de la merde. Si ça vous fait peur – et je parle aussi bien de la merde théorique sous forme de paperasse que de celle où on fout le pied –, ça ne peut pas marcher. »

Oh oui, des quantités de merde.

La secrétaire passe Dean à Ed.

« Edmund ! Comment va mon directeur préféré ?

— Pas terrible, Taylor.

— Oh, allez, Ed. Je sais que vous appelez pour vous plaindre. Faites semblant pendant au moins trois secondes. Vous avez quand même au moins une bonne nouvelle pour moi, non ?

— Ma femme va animer un atelier d'art, et une de nos patientes au plus fort potentiel, un club de lecture.

— Et voilà ! Vous voyez ? C'est ça la magie que j'attends de vous.

— Honnêtement ? Je fais travailler une patiente et ma propre femme pour effectuer des services qui devraient être confiés à des professionnels rémunérés.

J'ai besoin de plus de personnel, Dean. Nous sommes toujours à vingt-cinq pour cent des effectifs requis.

— J'attaque le problème sous tous les angles, Ed, mais je dois vous dire que les caisses sont vides. Nous allons réessayer au prochain conseil, mais pour l'instant nous devons fonctionner avec ce qu'on nous a attribué.

— Ce n'est pas ce que vous m'aviez promis quand j'ai accepté le poste.

— Ne me dites pas que vous ignorez comment fonctionne l'administration de cet État, Ed. Vous avez accepté ce poste en sachant pertinemment que je ne raconte que des conneries. »

Ed sourit. Il aime et déteste à la fois Taylor Dean. Ce type est un salopard, aussi roublard que candide. Il a ri comme un représentant de commerce le premier jour, prêt à faire la danse des sept voiles pour qu'Ed accepte de signer. L'instant d'après, il l'a emmené dans le bureau de l'ancien directeur pour lui parler des problèmes liés au manque de personnel. « Salaire trop bas, des journées à rallonge, et c'est situé dans le cul du monde. Rien à faire pour la géographie, mais on va s'attaquer au reste. À chaque session législative, on voit passer une nouvelle loi de financement, et ensuite le gouverneur la taille en pièces. On a eu du mal à arriver en haut de ses priorités, mais maintenant, il nous écoute. Après un certain nombre de mauvais articles dans la presse, il a fini par prêter l'oreille. » Ed ignorait de quoi il parlait. « Vous n'êtes donc pas au courant ? Autant que je vous mette au parfum. » Dean a désigné un gros dossier posé sur le bureau. « Ça ne suffit pas pour faire la une de la presse nationale, mais tout l'État est au courant. Voilà contre quoi vous allez devoir lutter. »

Ed a lu alors les dossiers des neuf patients morts à Boulder l'année précédente. On avait laissé un garçon de treize ans sujet aux crises d'épilepsie seul dans une baignoire où il s'était noyé. Une femme s'était noyée également dans la rivière Boulder. Une patiente grabataire était morte pendant une opération chirurgicale après avoir avalé une petite cuillère qu'un autre lui avait enfoncée dans la gorge. L'article citait les propos du directeur : « Le patient lui donnait à manger, sans quoi elle n'aurait pas pu se nourrir seule. »

Un garçon muet et déficient mental avait été retrouvé caché sous l'un des bâtiments après avoir disparu deux jours plus tôt. Il avait survécu, non sans être fortement traumatisé.

Des articles évoquaient les grèves mentionnées par Dean. Une fois, la garde nationale avait même été appelée pour prendre en charge l'hôpital – requérir l'aide des soldats faisait des patients des prisonniers de guerre dans un conflit qu'ils ne comprenaient pas.

Dean savait ce qu'il faisait. Même si Ed était reparti ventre à terre à l'aéroport, il aurait rapporté avec lui les histoires de Boulder jusqu'à Howell, qui par comparaison faisait figure de paradis. Il aurait emmené la femme noyée dans la rivière et le garçon dans sa baignoire, la patiente morte sur la table d'opération, emportée par l'hémorragie causée par une cuillère pourtant bien intentionnée. Il serait demeuré assis avec le garçon muet pendant deux jours, la faim lui dévorant le ventre. Il les aurait emmenés, et il aurait voulu les sauver.

Dean est un salopard, un roublard, mais il est aussi méchamment malin.

« Il faut me donner quelque chose, Dean. Si vous voulez qu'on continue d'innover, il faut me trouver plus d'argent.

— Oh, on profère des menaces à présent, docteur Malinowski ?

— Ce ne sont pas des menaces, Dean, mais ce ne sont pas non plus des garanties. Je ne peux pas prévenir seul tous les accidents potentiels.

— C'est juste. Je vais voir ce que je peux faire. »

Voilà à peu près la teneur habituelle de leurs conversations. Ed aime à penser que Dean fait réellement quelque chose ensuite – aller voir le gouverneur, écrire une note, contacter quelques sénateurs –, seulement il sait qu'il raccroche, se frotte le visage, et revient à ses occupations précédentes. Car les prisons d'État ne sont guère mieux loties. Et elles sont toutes sous la direction de Dean.

La session législative du Montana se réunit un an sur deux et Ed a manqué celle de 1971, trop pris par son nouveau travail pour songer à la politique. Mais il sera prêt pour la prochaine. Il amènera des patients qui témoigneront. Il présentera les expériences réussies de ceux qui, placés à l'extérieur de l'hôpital, ont une vie normale, et il mènera à bien la mission pour laquelle il a été engagé : régler les problèmes de Boulder. Le transformer.

5

Laura

L'été est arrivé, et Ed me conduit enfin à Boulder. Depuis qu'il m'a proposé d'aller enseigner là-bas, il ne cesse de me demander de reconsidérer ma décision. Il trouve toutes sortes d'excuses – pas de rémunération, pas d'assistance, pas d'expérience –, mais chaque fois je refuse de revenir sur ce que j'ai dit. Hier soir, il m'a emmenée dîner chez Dorothy. Nous nous sommes assis à notre place habituelle et il a insisté pour que je prenne un steak – c'était évidemment une tentative de manipulation. En semaine, on commande des hamburgers.

« Tu as bien réfléchi ? m'a-t-il demandé alors que je commençais à manger.

— Je ne suis pas revenue sur ma proposition de t'accompagner dans le Montana, même quand j'en avais envie. » C'était pour moi l'argument ultime, et nous y voilà.

En réalité, je ne sais pas si j'ai envie d'animer un atelier d'art dans l'hôpital que dirige Ed, mais je sais que j'ai envie de partager une partie de sa journée de travail. Je veux qu'il sente ma présence sur les lieux, qu'il se souvienne qu'il a une femme.

« C'est Strawberry Creek, qui alimente la rivière depuis l'est », dit-il, éternel guide touristique. Il essaie toujours de me vendre l'État du Montana. « Strawberry Butte s'élève au-dessus… tu vois ? Dutchman Creek est le ruisseau qui vient se jeter juste avant. Presque tout ce qui s'étend à l'est est géré par les services des eaux et forêts. Il y a des kilomètres de sentiers. J'ai repéré de nouveaux emplacements où camper. »

Seulement les montagnes et les ruisseaux ne m'apportent pas le réconfort qu'ils lui procurent à lui. Tout est trop grand, trop majestueux, trop sauvage, trop désert. Ce paysage ne veut pas de nous.

Nous franchissons un col et découvrons une vaste prairie, semée de rochers gigantesques.

« Tu devrais peindre ça », dit Ed, et j'acquiesce. Oui, je le ferai, même si sous mon pinceau les herbes se transforment en une platitude de plus, qui s'entassera bientôt dans mon atelier. Quand cette pièce sera la chambre du bébé, je jetterai tout ce que j'ai peint ici.

« Tu attends un enfant », disait sa mère chaque fois que nous nous voyions, avec son accent épais. Il s'agissait d'une affirmation, jamais d'une question.

« Pas encore. » Ed posait la main sur mon ventre plat, comme s'il faisait tout son possible, et que mon maudit utérus refusait simplement de se mettre au travail.

« Tu sais que je ne peux pas donner de petit-enfant à ta mère si tu insistes pour que je continue à prendre la pilule, hein ? »

Nous nous querellions invariablement à ce propos après les dîners en compagnie de ses parents, et il me répondait : « Ma chérie, je ne suis pas encore prêt à te partager », et je le laissais me convaincre que, moi non plus, je n'étais pas encore prête à le partager.

Il croit que nous essayons depuis que nous avons déménagé, mais je prends toujours la pilule. J'avais besoin de temps pour m'installer, et je savais qu'il ne me l'aurait pas accordé. Il avait décidé une bonne fois pour toutes que c'était le moment d'avoir un enfant, et il était si heureux d'avoir pris cette décision – toujours sa décision à lui, de même que le changement de boulot, le déménagement et la maison. Il est si naïf parfois. Malgré son agenda qui ne lui laisse pas une minute, nous trouvons le moyen de faire l'amour deux fois par semaine, mais pas une fois il ne m'a posé de question pour savoir quand je dois avoir mes règles. « Il faut y mettre plus d'ardeur », dit-il, ou bien : « Ce sera pour le mois prochain, j'en suis sûr. » Il est tellement happé par son travail qu'il ne voit rien, à moins que je le lui mette sous le nez.

*

Nous nous garons sur un parking en terre.

Ed m'a mise en garde quant à ce que j'allais trouver sur place, mais je ne suis pas préparée à cette cour de récréation où nous nous arrêtons. Il y a des patients partout. Un garçon en pousse un autre face contre terre. Une fille se gifle elle-même. Certains restent en groupes. Beaucoup sont seuls. Ils se balancent, gémissent, grand troupeau de tristesse. C'est plus de maladies que j'en ai jamais vues rassemblées en un seul lieu, et c'est tellement différent. Ma mère a eu un cancer de l'estomac qui s'est métastasé dans tout son corps en quelques mois après le diagnostic – les cellules cancéreuses se sont répandues partout. Le cancer chez mon père s'en est pris aux poumons ; il a refusé d'être soigné, et chaque souffle s'est transformé en râle. Ces deux morts ont été des délivrances. Mais les gens qui sont devant moi ne guériront jamais de leur mal, mal qui ne les tuera pas non plus. Ils se contenteront de demeurer tels qu'ils sont.

Au loin, j'aperçois une fillette sur un vélo. Elle forme un vrai contraste avec le chaos qui règne dans la cour. Je m'apprête à la pointer du doigt quand Ed me prend par la main pour m'emmener jusqu'au bâtiment principal.

Là, il me présente à sa secrétaire, Martha, dans le premier bureau. Nous nous sommes souvent parlé au téléphone et, au lieu de me tendre la main, elle me serre dans ses bras. « Merci de partager Edmund avec nous, ma chère. On a désespérément besoin de lui ici et on est si contents de vous avoir aussi à présent.

— Une fois par semaine, Martha. »

Elle me sourit. « On prendra ce qu'il y a à prendre. Dites-moi si je peux vous aider d'une manière ou d'une autre. »

Martha est l'une des rares personnes de l'hôpital dont Ed parle avec respect. Il y a également Sheila, son infirmière préférée, et puis les garçons – Pete, Gerald, Henry. Nous dînons régulièrement avec eux et leurs épouses. Bonnie, la femme de Pete, est ce qui se rapproche le plus d'une amie, ici, pour moi.

Ed m'emmène jusqu'à une classe, au second étage, il joue à nouveau les guides touristiques en me parlant de cet incendie en 1963 qui a détruit le troisième étage. « Les dégâts ont été contenus pour l'essentiel, par conséquent l'administration a décidé de supprimer un étage plutôt que de détruire le bâtiment. Ils ont refait le toit et laissé le deuxième étage en l'état. » On voit nos traces de pas dans la poussière.

Il déverrouille une porte et allume la lumière. Les fenêtres hautes ont besoin d'être nettoyées, mais elles donnent au sud. Il y a six grandes tables, parfaites pour travailler. Des placards alignés le long d'un mur, un plan de travail et un évier.

« Ça ne te dérange pas de faire toi-même le ménage ? » Ed me montre un balai et une pelle dans un coin. J'acquiesce. « Je reviendrai pour le déjeuner. » Il m'embrasse longuement, baiser qui paraît déplacé en cet endroit.

Depuis la porte, je le vois disparaître dans l'escalier. Un courant d'air me frôle le bras. Petits pas furtifs – des souris sûrement – ou peut-être les fantômes de ces pauvres patients, qui vont et viennent.

Ce bâtiment dévasté, plein de suie et de tristesse, mériterait d'être repeint.

*

Quand Ed revient à midi, j'ai balayé le sol et nettoyé les placards. En guise de fournitures, je dispose de fin papier jauni et d'une poignée de crayons de couleur.

« Je t'avais prévenue, dit-il.

— Ça suffit pour commencer. Je me procurerai le reste. »

Il m'emmène à la cantine, me présente en chemin, large sourire, une main posée dans mon dos.

Ruby se sert devant les deux premiers bacs de nourriture ; Stanley la suit.

« Jo. Li. Ma. Dam, dit-il.

— Oh, merci Stanley. »

La nourriture ressemble à des restes d'hier desséchés, mais j'accepte tout ce qu'on me propose : maïs, haricots verts, purée, viande dans un jus gris, un petit bol de crumble. Ed fait de même, et nous emportons nos assiettes jusqu'à une table près des fenêtres.

« C'est étrange que tu ne m'aies pas amenée ici plus tôt. »

Déconcerté par la question, il évalue les réponses possibles. « Je ne t'ai jamais amenée à Howell.

— Tu n'en étais pas le directeur.

— Personne d'autre n'amène sa femme au travail. »

Je ne devrais pas espérer des réponses directes : « Oui, c'est étrange. » « Non, ça n'a rien d'étrange. » Il ne le dit pas car il ignore quelle réponse je souhaite entendre – le problème c'est qu'il s'imagine que j'attends une réponse particulière. La plupart du temps, je n'attends rien du tout, aussi allons-nous de remarque en remarque, aveugles et confuses, échangeant des paroles sans objet ni intérêt, jusqu'à ce que nous nous heurtions à un mur.

Quand je posais des questions à Danny, le pompier, il répondait sans réfléchir. Je songe à son honnêteté simple, ce qui me fait penser à Tim et sa mère défunte, qui ne parvient plus à répondre aux questions de politesse.

Un hurlement déchire la rumeur des bavardages, et

je me retourne. Un homme et une femme semblent se quereller. L'homme a le crâne chauve et brillant, des oreilles comme des trompettes, deux grandes conques enroulées sur elles-mêmes. Il est d'une taille exceptionnelle. Le visage rouge, une voix de tête vicieuse. La bouche de la femme est mal centrée à cause d'une sorte de paralysie qui fige la moitié du visage, mais il lui est évident qu'elle fronce les sourcils.

« Voici Frank et Gillie, murmure Ed. L'un de nos rares couples. » Il se rapproche. « Ils se disputent toujours pour la même raison : elle croit qu'il flirte avec une autre. Avant, on intervenait, mais maintenant, on les laisse faire en essayant de réorienter leur comportement. »

La femme mesure une tête de moins que l'homme, et elle a des hanches et une poitrine plantureuses. Elle s'approche de lui, les seins à la hauteur de ses côtes flottantes, le visage tourné vers sa tête rubiconde aux oreilles fantastiques. Je la vois lever un bras, j'ai peur qu'elle ne frappe son petit ami géant, mais non, elle pose la main sur sa poitrine et, malgré le bruit de la salle, elle dit assez fort pour que j'entende :

« Tu m'as encore brisé le cœur. » Puis elle retire sa main et sort en boitant.

Ed observe Frank, qui en l'absence de Gillie paraît pétrifié.

« Et ça, c'est un nouveau comportement ? murmuré-je.

— Oui. » Ed paraît fasciné. « Elle a dû entendre cette réplique à la télévision, mais elle l'a utilisée à la perfection. C'est l'exemple de communication verbale le meilleur que j'aie jamais entendu de sa part. » Sa voix gagne en volume et en rapidité. « Réfléchis un instant : si Gillie peut appliquer à sa relation avec Frank des mots entendus dans la bouche d'un personnage de fiction à la télévision, que peut-elle faire d'autre ? Cela ouvre tant de portes ! » Il se lève tout à coup. « Pardon mon amour, je peux te laisser une minute ? Il faut que j'aille voir Gillie et que j'essaie d'en tirer quelque chose. Voilà exactement le genre d'exemples dont j'ai besoin.

— Fais ton travail », lui dis-je, bien qu'il me paraisse cruel de partir à la poursuite de cette femme afin de lui poser des questions qui ont pour but d'alimenter ses théories. Son amoureux l'a déçue, elle a le cœur brisé. Qu'espère-t-il donc trouver de plus ?

*

De retour au second étage, je dévalise le placard de la femme de ménage, encore équipé en serpillières et détergents, ainsi que de chiffons et d'un seau. D'habitude, j'ai horreur de faire le ménage, mais récurer cette ancienne salle de classe ne me dérange pas. J'astique les tables, les chaises, les plans de travail, les étagères des placards, et même les murs. Je nettoie les fenêtres côté intérieur, encore maculées de suie dix ans après. Le jour rentre, la salle s'illumine. J'époussette le rebord des fenêtres.

Ed n'est pas revenu à la cantine. Il n'est pas remonté non plus.

À dix-sept heures trente, je descends frapper à sa porte.

« Entrez ! »

Il est à son bureau, en face de lui une fille qui doit être Penelope. Il n'a pas le temps de contrôler ses émotions et m'offre le rare privilège de le prendre sur le vif. Pris au piège. Il a oublié que j'étais là, c'est évident, et je me demande si j'ai quitté son esprit dès qu'il est parti à la poursuite de la femme au cœur brisé ou si j'ai disparu petit à petit, m'évanouissant complètement lorsque Penelope est entrée par cette même porte.

Je lui ai demandé un jour si elle était jolie, cette fille dont il parle tout le temps, et il a répondu qu'il n'avait pas fait attention.

Or Penelope est d'une beauté fracassante.

« Laura ! s'exclame-t-il, trop fort, trop tard.

— Oh, dit la jeune fille, la femme de docteur Ed. »

Docteur Ed. Nous lui donnons le même surnom.

Je ne me suis jamais battue, mais des images m'arrivent en tête : mon poing lui écrase le nez, ma bague lui lacère la joue, j'ai une touffe de ses cheveux entre mes doigts. Répugnant. Mais ça fait du bien. La jeune fille se lève, s'approche de moi, et j'ai peur de la frapper au lieu de la saluer. Je pourrais m'enfuir. Ça doit être ça, la fameuse réponse combat-fuite. Cet instant précis. Jamais je ne l'ai ressenti si puissamment, et à présent je suis également en colère. Comment cette fille ose-t-elle m'inspirer pareille réaction ?

« Voici Penelope. » La voix d'Ed est trop forte. Il crie. La pièce est petite, il est impossible qu'elle mette autant de temps à venir jusqu'à moi.

Je lui serre la main.

Je ne l'ai pas frappée.

« Bonjour, dis-je. J'ai beaucoup entendu parler de vous. »

Elle regarde Ed. « Je déteste l'idée que vous parliez de moi. Qu'est-ce que vous avez dit ?

— Que des bonnes choses. » Je la rassure parce que je suis une adulte et que je n'ai pas besoin d'être jalouse d'une gamine de seize ans qui est la patiente de mon mari. Et puis aussi parce que c'est vrai : il ne me dit que des bonnes choses. Tout le temps.

« C'est quand tu voudras, je suis prête », dis-je à Ed. À présent, c'est moi qui crie. « Ravie de vous avoir rencontrée, Penelope. *Docteur Ed*, je t'attends devant. »

Je claque la porte par mégarde, trop nerveuse, mais je ne veux pas la rouvrir pour présenter des excuses. Je m'en vais vite, la fuite prend le pas sur le combat. J'ai envie de me retrouver dehors. Les patients sont tous en rang dans le couloir, je dois les éviter pour me frayer un chemin vers la sortie, jusque dans l'air épais du soir d'été. Je respire les senteurs de la rivière, fraîches et boueuses sur fond d'herbes chaudes. Je vois les joues creusées de ma mère, j'entends le souffle court de mon père. Ils viennent toujours à moi lorsque ça ne va pas, mes parents-fantômes décharnés.

Je m'assois sur la première marche et j'allume une cigarette.

Je voudrais qu'Ed vienne. Je veux qu'il me présente ses excuses pour m'avoir abandonnée dans cet établissement qui est le sien. Je veux l'entendre me dire que cette fille n'est rien pour lui, une simple patiente parmi tant d'autres.

Je garde les yeux rivés sur ma montre.

Chaque minute qui passe sans lui est une parcelle de temps qui nous est ôtée. Je ne sais pas dans quelle colonne – mois, années –, ni quand, mais je la sens qui s'enfuit.

6

Dans la salle commune, les chaises sont rangées en demi-cercle, où sont assis des patients qu'Ed reconnaît à peine – jambes croisées, l'air pensifs. Ils sont tournés vers Penelope, qui leur montre un livre ouvert. D'autres dans la salle regardent aussi, les mains calmes, la télévision au plus bas. Ed s'attarde à la porte, les épie de loin.

« Quelqu'un peut me dire de quel genre d'écriture il s'agit ? Quel style ? Oui, Chip ?

— Poésie. » Le mot traîne dans la bouche de Chip, sa langue et ses énormes lèvres martèlent les sons.

« Bien, Chip. Oui. De la poésie. Comment le sait-on ?

— Les lignes, dit Delilah. Courtes. Grands blancs. » Delilah est une belle femme avec l'acuité mentale d'une enfant de cinq ans. Chaque fois qu'Ed la voit, il ne peut s'empêcher de penser à l'autre Delilah, dans sa chambre au-dessus du bar.

« Exactement, confirme Penelope. Il y a plus de blanc sur la page, hein ? C'est un bon truc pour repérer que c'est de la poésie. Je vais la lire maintenant. » La pièce devient encore plus silencieuse. Ed imagine les fantômes, dont il croit à moitié à l'existence, qui soudain cessent leur vol erratique, et restent flotter au plafond, également pétrifiés. « Le titre est le même que le premier vers : "Like the Trains Beat". » Ed écoute le rythme de la langue, ni faussé ni mangé comme dans la bouche de Chip, mais pleinement épanoui, tels les premiers bourgeons du printemps. Et la fille du train est polonaise, les rayons du soleil qui « se concentrent et se balancent » illuminent ses cils. Elle utilise les mots d'autrefois, ceux de sa Babcia, la mère de sa mère, teintés de cendres et de ciels gris. Sa Babcia s'exprimait souvent par des proverbes : *Jak sobie poscielesz, tak sie wyspisz.* « Écoute ça, Eddy ! » s'écriait un oncle ou une tante. « Comme on fait son lit, on se couche. » *Kropla do kropli i bedzie morze.* « Mais oui ! Tu entends ça, Edmund ? Les petits ruisseaux font les grandes rivières. Il faut avoir ça en tête. » Sous le poème de Penelope, il entend la voix grumeleuse de sa Babcia, orchestre de consonnes mêlées, profondes et puissantes, qui soudain deviennent aussi pointues que des bâtons rompus.

La voix de Penelope se tait et les fantômes reprennent leur errance, s'élancent dans les couloirs pour aller se cacher dans le dossier de quelqu'un, ou décrocher le téléphone de Pete. Certains des non-participants reprennent leurs conversations dans leur coin, avancent un pion sur le plateau de jeu, posent leurs dominos en lignes serpentines. Les visages qu'Ed aperçoit dans le demi-cercle paraissent apeurés, remplis de confusion.

« Je sais pas qu'est-ce que tu as dit », ose Chip.

Penelope se met à rire. « La poésie peut s'avérer

difficile. Commençons par le début. » Ed l'écoute expliquer chaque mot, chaque vers. Elle pose des questions simples, qui les guident, et fait l'éloge de leurs réponses. « Oui Nancy ! C'est exactement ça. Celui qui parle ne comprend pas le langage, de même qu'il ne comprend pas ce que disent les oiseaux lorsqu'ils chantent. » Ces chants d'oiseaux, *une voix/Arroser un lieu pierreux.*

« Voyons voir, dit Penelope. Décrivez-moi un lieu pierreux. » Elle se penche en avant, tout son corps invite ses élèves à répondre.

Ils se mettent tous à parler en même temps.

« Dur.

— Sombre.

— Pas bien.

— Froid. »

Caillouteux, austère, gelé, mort. Penelope leur propose ses mots, et les patients lui en offrent d'autres, vifs et animés dans la bouche de ces gens si souvent silencieux.

Puis elle pose la question la plus importante qu'on leur ait jamais posée, selon Ed, quelque chose qu'il n'a jamais formulé de manière si succincte, si éloquente, si pure : « Quels sont vos lieux pierreux ?

— Mon père », répond aussitôt Chip. Il semble effrayé de l'avoir dit.

« La salle de bains du pavillon 15.

— Le gibier. En fait, c'est de la viande de chevreuil.

— La douche.

— *Ré. Gres. Sion.* Vi-lain. Mot.

— Quand David prend mon oreiller. »

Leurs réponses sont aussi bénignes que poignantes,

et jamais Ed n'a rien entendu de tel. Il peut résoudre certains de ces problèmes et s'intéresser à d'autres lors des séances avec les patients. Il peut faire en sorte que le conseiller de Bill n'utilise jamais le mot *régression*. Parler à Chip de son père, suivre l'histoire de la salle de bains, identifier les problèmes.

« Parfait, reprend Penelope, si les chants d'oiseaux et les mots de cette femme ne peuvent être compris, alors à quoi servent-ils ? »

Chip se trémousse sur sa chaise, la main levée très haut. « Oh, Pen ! Pen ! Moi ! »

Elle lui sourit. « Je te vois, Chip, je vais t'interroger, mais est-ce que quelqu'un d'autre a une idée ? Quelqu'un qui n'a encore rien dit, peut-être ? Megan : peut-être que tu aimerais nous dire ce que tu penses ? »

Megan, vingt-cinq ans environ, douce et lente, mâchouille l'intérieur de sa joue. Ed ne l'a jamais entendue parler. Son nom ne faisait pas partie de la liste des élèves potentiels pour l'atelier de lecture.

Penelope hoche la tête en souriant.

« Gentils ! » éructe Megan en croisant les mains sur ses genoux, bien serrées l'une contre l'autre. « Ils sont gentils d'arroser les lieux pierreux. De les rendre plus doux, les lieux pierreux.

— Merci beaucoup, Megan. Oui. Chip, tu veux nous faire part de tes pensées à ton tour ? »

Ed s'aperçoit que Penelope a réussi à arrêter Chip pour qu'il attende son tour – une chose quasi impossible avec la plupart des patients de Boulder. S'arrêter pour reprendre ensuite le fil de son discours est une compétence complexe, difficile à maîtriser. Mais Chip est resté assis tranquillement, il a presque cessé de se trémousser, laissant Megan chercher ses mots. Penelope possède un talent naturel pour ça.

Chip prend la parole un moment, puis Penelope referme le livre et fait claquer ses mains sur ses genoux. Ses élèves l'imitent, comme si cela faisait partie du programme. *Parler d'un poème, partager ses sentiments, se taper sur les cuisses.* Pourquoi pas ? C'est une manière appropriée de clore la séance.

« Voulez-vous qu'on recommence la semaine prochaine ? demande-t-elle.

— Oui ! » Un chœur s'élève, ponctué de claques sur les cuisses. Le brouhaha habituel de la salle revient, si vite qu'Ed se demande si le spectacle auquel il vient d'assister a vraiment eu lieu.

Le groupe se disperse, et il s'approche.

« Je vous ai vu nous espionner », dit Penelope. Il l'aide à remettre les chaises en place. « Vous n'êtes pas très doué. Ça fait un moment que je voulais vous le dire.

— Tu m'as déjà vu auparavant ?

— Vous espionnez tout le temps.

— J'observe », répond-il. C'est là ce qu'il se dit à lui-même. *Je me contente d'observer le comportement de ma patiente afin de pouvoir en apprendre davantage sur ses habitudes quotidiennes et repérer des schémas.* Il se cache parce qu'il ne veut pas que sa présence influence sa manière d'être. Il ne veut pas polluer ses données. Qu'importe qu'il intervienne souvent, car il ne peut s'empêcher d'accourir auprès d'elle lorsque apparaissent les signes d'une crise imminente. Parfois il parvient à la rattraper avant qu'elle tombe, car c'est vrai, il arrive qu'elle lui tombe dans les bras, puis qu'il la dépose doucement par terre ou la mette sur le côté en lui maintenant la mâchoire ouverte afin d'éviter qu'elle se morde la langue, la main sur son épaule pour ne pas qu'elle se fasse d'autres bleus.

La pauvre est en effet couverte d'ecchymoses violettes, bleues, jaune-vert.

« Je vois, c'est de l'espionnage professionnel, dit-elle.

— Pen, c'était incroyable. »

Elle paraît en désaccord, mais acquiesce et sourit, tête baissée.

« Tu vas continuer ? »

Elle hoche à nouveau la tête, et ils finissent de ranger les chaises.

« Vous pourrez faire des copies du texte la prochaine fois ? Je pense que ce serait un plus pour eux de pouvoir le regarder.

— Aucun problème. » Il est prêt à tout pour que se reproduise ce qu'il vient de voir. Il bâtit des programmes, et le club de lecture est un éclatant pas en avant pour l'établissement. La preuve de ses progrès.

Il aimerait que Laura voie ça.

Il entend encore la colère dans sa voix, lorsqu'ils sont rentrés chez eux, la première fois où il l'a amenée à Boulder. « Oh, donc, tes séances avec *Pen*, c'est pour le bien des autres patients ? Tu as oublié ta femme au second étage de ce bâtiment hanté et ravagé par un incendie parce que tu étais occupé à discuter de tes programmes ? Et la conversation était si captivante qu'il t'a fallu vingt minutes pour y mettre fin ? Je suis désolée d'avoir à te l'annoncer, docteur,

67

mais cela ne profite à personne d'autre que tu passes du temps avec Pen.

— Elle fait partie des patients.

— Elle prend trop de place. »

Ils ont continué en silence, et elle s'est enfermée dans son atelier dès qu'ils sont arrivés.

« Vous êtes prêt pour notre séance ? » demande Penelope.

Il regarde sa montre. En assistant à l'atelier, il a perdu du temps qu'il aurait dû consacrer à la paperasse, et Penelope a raison : il est l'heure de sa séance individuelle.

*

Depuis quelque temps, Ed et Penelope jouent au poker, cela fait partie de sa thérapie. Ils parient des pistaches – ils adorent les pistaches. Ils s'accordent à penser que les pistaches se méritent, il faut les casser, puis séparer les deux morceaux, et puis le jeu en vaut la chandelle, ce qui n'est pas le cas d'autres graines, comme le tournesol.

« Trop petites, dit Ed.

— C'est vrai. Tant d'efforts pour de si petites graines. Les pistaches sont plus consistantes. » Cet échange a eu lieu tout en marchant, car Penelope l'a rejoint pendant qu'il faisait sa ronde. Ed se souvient qu'elle soupesait des pistaches de la taille de noix de coco dans ses mains ouvertes.

« Au moins, là, nos efforts sont récompensés.

— Exactement. »

Ils ont éclaté de rire, et Penelope lui a donné un petit coup de coude.

À présent, elle est assise en face de lui dans son bureau. « Je demande à voir vos quatre pistaches et je monte à dix. » Penelope les laisse lentement choir de sa main fermée, une par une, leurs coquilles font un petit bruit en tombant sur le bureau d'Ed. Il voudrait tendre la main pour les attraper, impulsion gênante.

« Dix ! C'est pratiquement tout ce qui me reste. » Ed en casse une entre ses dents, mange le fruit vert. Ils grignotent toujours leurs ressources en jouant et finissent sans rien à la fin. Il en prend une poignée et les fait tomber sur le petit tas au centre. « Je suis. Tu bluffes. »

Il connaît par cœur le visage de Penelope lorsqu'elle bluffe, et même si cela n'aide pas dans son traitement, le temps supplémentaire passé à étudier son comportement est un atout. Dans les moments de crise, elle perd tout contrôle de ses expressions, et en comparant ses moments de lucidité avec les autres, Ed a réussi à identifier les signes spécifiques qui permettent de prédire les crises : les battements de paupières asymétriques dominés par l'œil gauche ; ses lèvres se resserrent et paraissent plus minces, ce qui s'accompagne souvent d'un claquement de langue ; les sourcils s'abaissent ; son front se lisse.

Elle ne montre aucun de ces signes à présent et pose une quinte flush.

« Mince alors ! » Ed a deux paires : as et reines.

« Moi aussi, je vous observe, docteur Ed. » Elle rapproche le butin de pistaches de son côté du bureau. « Quand vous avez un bon jeu, vous vous redressez, et quand vous bluffez, vous tortillez toujours le côté droit de votre moustache. » Elle sépare les pistaches les unes des autres, les dispose en ligne. Sa voix se fait plus basse. « Tout le monde a ses expressions. »

Il regarde ses doigts qui vont de pistache en pistache.

« Qu'est-ce qui ne va pas, Pen ? »

Elle garde le silence et il le laisse s'étendre. Pour qu'il l'engloutisse, et qu'elle doive combattre ses sombres profondeurs afin d'en sortir, avec force et clarté. Il lui donne son mouchoir – propre de ce matin – et la voit s'essuyer les yeux, se tamponner le nez. C'est la première fois qu'il la voit pleurer, il voudrait pousser ce bureau qui les sépare, le soulever pour le lancer par la fenêtre. Il voudrait s'agenouiller devant elle pour lui dire qu'elle est tout à la fois parfaite et brisée.

Elle rassemble son mouchoir en boule dans sa main, serrant dans l'autre une pistache – la première de la ligne, celle qui commande. « Jamais je n'irai mieux. »

Il se lève et s'approche d'elle, tourne la chaise pour qu'elle soit face à lui, et se baisse. Il retire la pistache de sa main et la prend.

« Bien sûr que tu iras mieux. » Il sent son mouchoir humide. Leurs genoux se touchent, les ongles de Penelope lui rentrent dans la chair. « Je suis sûr que le modèle comportementaliste va fonctionner, surtout le club de lecture. Et puis nous essaierons un autre médicament s'il le faut. Je te promets qu'on trouvera. Je te le promets. »

Il sait qu'il n'a pas le droit de lui promettre la guérison, mais il a besoin de croire qu'il peut l'aider à progresser. Elle est la seule patiente dans tout ce misérable hôpital qu'il puisse vraiment guérir.

Derrière Penelope, les tableaux de Laura accrochés au mur.

« Nous allons tout essayer jusqu'à ce qu'on trouve une solution. Voilà comment on procède. »

Il observe les lèvres de Penelope, celle du bas qui est gercée, avec quelques peaux séchées. Elle murmure : « Je veux y croire. »

Il sent chacun des endroits où leurs corps se touchent – genoux, mains, le dessous de ses bras posés sur ses cuisses, et lorsqu'il s'écarte en se redressant, c'est comme un arrachement, un pansement qu'on retire d'un coup sec. Il lâche ses mains le plus vite possible, fait deux pas en arrière. Distance. Ils doivent garder leurs distances.

« Ça va, docteur Ed ? »

Elle lui sourit, et il la remercie pour sa capacité à reprendre le cours normal des choses, chacun dans son rôle. Il ne s'est rien passé. Aucun geste inapproprié. Il s'est contenté de réconforter une patiente qui était triste.

Il plonge les mains dans ses poches et revient en sécurité derrière son bureau. Ses doigts se referment sur un nouveau caillou, lissé par ses soucis.

Lui aussi doit revenir à la normale. « Et toi, ça va ?

— J'ai demandé la première. »

Il se met à rire. Plaisanter ainsi fait partie de leurs habitudes. Pas se tenir la main.

« Tout va bien, Pen. » Il fait semblant de regarder sa montre. « Oh, la séance est terminée. »

Elle regarde l'horloge accrochée au mur, en face

des toiles de Laura. Puis elle se lève et ramasse les pistaches, défait les lignes pour les ranger dans ses poches. Elle en garde une, qu'elle ouvre. « Ça fait une demi-heure qu'elle est terminée », conclut-elle.

*

Cette fois encore, quand Ed arrive chez lui, il trouve Laura assoupie. Il est tard, mais pas au point de dormir : vingt et une heures. Il sent encore le contact de Penelope, et il essaie de s'en débarrasser sous la douche. Mais c'est trop fort, rien à faire.

Dans le lit, il se serre contre Laura. « Oh, ma chérie. Je sais que tu ne dors pas.

— Arrête, Ed », grommelle-t-elle en s'écartant.

Mais le désir – le besoin – est trop puissant, alors il descend au pied de la colline, jusque chez Dorothy, où par chance, il trouve Delilah entre deux clients.

« Je me souviens de toi », lui dit-elle.

C'est une professionnelle, elle lui donne exactement ce dont il a besoin : un plaisir simple et anonyme.

Ensuite, Ed descend au bar boire une bière et un shot – une bonne excuse au cas où Laura se réveille et s'aperçoive qu'il est parti. « J'avais besoin d'un peu d'air frais et d'un verre. Je ne voulais pas te réveiller », dira-t-il. Il lui donnera la dernière pierre dans sa poche – rouge doré, plate comme une pièce.

7

Laura

Pendant tout l'été, Ed m'a abreuvée de raisons expliquant que je n'étais pas prête pour cet atelier, mais la salle est propre, les placards pleins. J'ai même un dossier rempli de projets pour plusieurs cours. L'automne arrive et il a fini par capituler.

« Ils ne sont qu'une poignée, ne cesse-t-il de répéter. Rien à voir avec les gens avec qui tu as pu travailler. »

Je n'ai jamais eu aucun élève, si bien qu'il n'y a aucune comparaison possible.

J'aimerais qu'il soit là pour les accueillir avec moi, mais il est parti éteindre le dernier incendie en date. « L'hôpital et école de Boulder River engage un violeur », voilà ce qui était en une du journal, ce matin. Ed jure qu'il n'a pas engagé cet homme, mais le journal l'a interviewé comme s'il en était responsable.

« Pourquoi ne m'en as-tu pas parlé ? » lui ai-je demandé en chemin.

À son habitude, il n'a pas jugé bon de m'en parler. « C'est difficile, a-t-il fini par me répondre. Difficile d'en parler. »

En arrivant, il s'est précipité à son bureau en me souhaitant « Bonne chance » à la va-vite.

J'entends les élèves qui arrivent, leur pas lourd dans l'escalier, leurs voix bruyantes, et une aide-soignante qui tente de les faire taire, irritée. Tous les employés sont en colère, à part l'infirmière Sheila.

« Par ici. *Eva, arrête de toucher Jimmy !* Arrêtez, *tous* ! »

Les pas cessent, mais les bavardages continuent, et quelques voix hurlent. C'est alors que le visage de Penelope apparaît à la porte. « Vous êtes prête pour nous, madame Docteur Ed ?

— Laura, dis-je en surmontant le choc. Appelez-moi Laura. »

Ed l'a inscrite à mon atelier, et maintenant, il va me falloir contempler son joli minois pendant des heures. Il doit penser que je vais m'enticher d'elle à mon tour. Qu'elle sera pour moi la fille que je n'ai jamais eue ou je ne sais quelle connerie, et que je ne rechignerai plus lorsqu'il mentionnera son nom au dîner.

Quel imbécile.

« *Penelope !* s'écrie la voix de l'aide-soignante depuis le couloir tel un fantôme. Mets-toi en rang ! »

La jeune fille disparaît et l'aide-soignante fait entrer ses patients, puis leur ordonne de s'asseoir. « Jimmy ! » s'écrie-t-elle en posant la main sur la matraque accrochée à sa ceinture. Déjà un garçon se dirige vers la fenêtre.

« Non, non. » Je la coupe dans son élan en posant la main sur l'épaule du garçon avec douceur, comme Ed me l'a appris. « Jimmy, viens avec moi. » Sa tête retombe, et il semble lui falloir un effort considérable pour la relever, mais ses yeux me regardent, d'immenses prunelles brunes qui cillent dans un visage fragile. Il émet des bruits inintelligibles, dont le ton reste familier – excitation –, et me laisse l'emmener jusqu'à une chaise, à l'avant.

« Ils sont à vous, dit l'aide-soignante. Ramenez-les dans la cour quand vous aurez fini. »

Ils sont sept dans la pièce – Penelope est assise avec les six autres, qui ne sont clairement pas de son niveau intellectuel. « Je connais les noms de tout le monde, propose-t-elle. Moi, je suis Penelope, si jamais vous avez oublié. Voici Eva et Janet. Et puis George. Vous connaissez déjà Jimmy. Et là, ce sont Raymond et Lilly. » En entendant leur nom, chacun se redresse et sourit. Raymond fait bonjour et se met à scander : « Ray-mond. Ray-mond. Ray-mond.

— Bonjour Raymond, heureuse de faire ta connaissance. » Il se tait lorsque je lui touche la main. Elle est sale mais je résiste à l'envie d'essuyer la mienne sur mon pantalon.

Tous sont différents, en termes de taille, de corpulence, il en va de même de leurs visages, mais ils se ressemblent par leurs mouvements et leurs tempéraments. Ils sont tous épais et maladroits, même Jimmy, malgré ses mains de pianiste longues et gracieuses. Eva refuse de desserrer les poings. George pianote sur la table, tout en faisant osciller ses mains. Raymond se balance sur sa chaise. Janet suce une mèche de cheveux. Lilly fait vibrer ses lèvres, comme si elle avait un petit bateau à moteur dans la bouche. Et puis il y a Penelope.

Elle va m'être utile, et je déteste ça.

« Enseignez-nous l'art, madame Docteur Ed.

— Laura. Je m'appelle Laura. Aujourd'hui, nous allons dessiner. »

Presque tous hochent la tête. Plusieurs se trémoussent sur leurs sièges.

Le cours est simple. J'ai disposé des objets sur une petite table pour faire une nature morte. Une pomme, un vase vide, un petit bouquet d'herbes sèches. « Commençons par les contours », dis-je en dessinant une énorme pomme à la craie au tableau, puis le vase et les lignes des herbes. « Ensuite, nous ajouterons la profondeur. » Je leur fais la démonstration avec la pomme, les clairs et les foncés, sa forme prenant naissance sous ma main, elle s'arrondit, se met à exister. Mes élèves m'applaudissent, sauf Penelope. « À votre tour », dis-je en leur donnant de gros crayons au bout arrondi et d'épaisses feuilles de papier. Raymond cesse de se balancer, les yeux rivés comme les autres sur la scène, plongé dans une concentration profonde. Les longs doigts de Jimmy s'enroulent sur le crayon, à croire qu'il tient une batte de baseball. Lilly prend le sien dans une main, puis dans l'autre, elle semble n'avoir pas de préférence. Leurs traits sont durs et sombres. Eva déchire sa feuille et se met à pleurer, mais je réussis à la calmer et je lui donne une autre feuille, puis je soulève sa main, pose la mienne par-dessus, et je l'aide à tracer une ligne plus douce. « Tu vois ? Il ne faut pas appuyer si fort.

— À moi !

— À moi !

— Ah ! »

Tous veulent que je les aide. J'oublie la crasse sous leurs ongles, sur leur peau, je vais d'Eva à Janet, à

George, à Jimmy, à Raymond, à Lilly, puis je reviens vers Penelope, qui me dit : « Ça y est. » Elle lève la main et me montre son travail, et la nature morte apparaît dans des proportions parfaites, dessin d'artiste aussi bon que j'aurais pu le faire.

« Tu as suivi des cours ?

— Ouais, on a tout le temps des cours particuliers de dessin ici. »

Eva lui donne un coup de coude. « Pen. Dit. Bêtises. » L'intervention de sa camarade la fait sourire, et j'essaie alors de me radoucir. À quoi cela ressemblerait-il d'affronter l'adolescence coincée dans cet endroit ? Je sens encore ces années, le poids de mon corps, je peux l'éprouver à nouveau sur commande. Je sens les poils qui se hérissent sur mes bras quand Robert Gault passe à côté de moi, le plus beau garçon que j'aie jamais vu, le premier que je laisse toucher ce corps dont je suis tellement consciente – d'abord sous ma chemise, et des mois plus tard, dans ma culotte, en lui faisant jurer, promettre sur tout ce qui est sacré, qu'il ne le racontera à personne. Je sens, ce matin-là, ces yeux posés sur moi dans le couloir, ma virginité disparue sans l'acte pour le prouver.

Ici, personne ne répand de rumeurs sur Penelope, et je me demande si cela n'est pas pire encore. Aurait-ce été mieux d'être isolée, loin de tous les Robert Gault du monde, mon corps n'appartenant qu'à moi ?

Je ne peux pas aller plus loin dans la compassion que j'éprouve pour cette fille – pleurer les mensonges qu'on ne colportera jamais sur elle.

Mes élèves dessinent pendant encore une heure, Penelope travaille à son chef-d'œuvre, les autres sur différentes choses. George dessine un objet à la fois : la pomme, puis le vase, puis les herbes encore et encore, lignes au bout desquelles des graines sont éparpillées. Une partie de leur travail consiste en lignes et courbes lâches, qui expriment une forme. D'autres font des tracés étroits, contrôlés, tout en détail, en précision. La gamme des possibles est extraordinaire, et je suis déçue que nous arrivions au terme de la séance.

« Écrivez votre nom sur vos feuilles de papier », leur dis-je. La plupart en sont capables, Penelope aide celles et ceux qui n'y arrivent pas.

« J-A-N-E-T, dit-elle. Janet. C'est ça. »

Ils n'ont pas envie de me remettre leurs travaux. « Dans ce cas, seulement celle-là. Je veux voir votre progression. » Je ne crois pas qu'ils comprennent. « Tout est très joli, déclaré-je à la place. J'aime beaucoup vos dessins. »

Alors ils sourient, et Janet me donne toute sa pile, ainsi qu'Eva et Jimmy. George me tend son vase, sa pomme et une des herbes. Lilly m'en offre deux sur cinq, Raymond, un seul. Penelope me remet son dessin parfait.

« Garde-le, dis-je.

— Qu'est-ce que je vais en faire ?

— Accroche-le dans ta chambre ? Offre-le à un de tes médecins ? » Je me comporte telle une adolescente mesquine.

Elle reprend son dessin et se met en rang avec les autres, à la porte. Ils sont dociles, faciles, pas du tout tels qu'Ed me les a décrits. Penelope ferme la marche, et je les emmène à travers le couloir poussiéreux, dans les escaliers sombres, un autre couloir, et puis par la

78

grande porte d'entrée, dans le soleil éblouissant. Il fait beau, je regarde mes élèves qui se meuvent lentement dans la lumière du jour, prudents, timides. Bientôt, ils sont absorbés par d'autres groupes et j'ai l'impression que je ne les reverrai jamais. Tous se noieront dans une baignoire ou dans la rivière avant que je revienne. Sauf Penelope. Il ne fait aucun doute qu'elle survivra.

*

Il commence à faire nuit lorsque nous repartons à la maison.

« Donc, tu m'as envoyé Penelope, hein ? » J'allume une cigarette et je regarde au-dehors. Des vaches noires se détachent sur l'herbe dorée, à l'ouest le ciel flambe dans des tons d'orangé, un grand incendie qui s'abîme dans la mer. Je n'ai jamais vu l'océan, mais j'en ai toujours eu envie, et je suis là – si proche. Je pourrais y être en douze heures. J'ai vécu toute ma vie dans une ville imaginaire, sur la côte de l'Oregon. Je fais du feu dans le poêle quand la tempête nous prive d'électricité. Je bois du café par les matins clairs sur ma terrasse surplombant la mer. Je suis orpheline et j'ai décidé de ne jamais me marier.

« Elle a besoin d'être stimulée plus qu'aucune autre.

— Ce n'est pas pour ça que tu me l'as envoyée. Elle peut apprendre à dessiner dans des livres.

— Ce qui signifie qu'elle ne devrait pas suivre de cours avec un professeur ? Ce n'est pas très juste. »

Je n'ai plus la force de me quereller avec lui au sujet de cette fille.

Je lui donne ma cigarette pour qu'il la finisse et

j'appuie la tête contre la fenêtre. « Je ne veux pas d'elle dans ma classe, Ed.

— Comment ça, tu ne veux pas d'elle dans ta classe ? Tu ne peux pas la renvoyer parce que tu es jalouse – c'est ridicule, Laura. Tu offres tes services à cette institution, et Penelope a autant le droit d'y participer que n'importe quelle patiente. » Il continue : je suis minable, stupide, étroite d'esprit. Je me trompe. Je ne comprends pas. Enfin, il déclare : « Si tu ne la gardes pas, alors les cours sont terminés. »

Ce choix paraît si facile pour lui : sa patiente plutôt que sa femme.

Je me demande comment il réagirait si moi aussi j'avais ma Penelope à moi. Quelqu'un avec qui je passe tout mon temps, dont je parle à chaque repas. Quelqu'un que j'aurais choisi à sa place à lui, encore et encore.

PATIENTS

Décembre 1972 – Juin 1973

8

Laura enseigne à l'hôpital depuis plus d'un an, mais sa présence paraît toujours nouvelle et étrangère. Ed ne parvient pas à se débarrasser du sentiment qu'elle n'y est pas à sa place – ses univers à lui s'en trouvent trop mélangés, cette présence pèse trop sur son emploi du temps. Il ne peut pas s'occuper d'elle quand il est au bureau, ne peut faire d'elle sa priorité du mardi. Il a la responsabilité de l'établissement tout entier, des patients à soigner, du personnel à superviser, des propositions à rédiger. La prochaine session législative est pour bientôt : il doit être prêt.

Il lui a acheté une voiture il y a six mois, énième tentative pour résoudre la situation. « De cette manière, tu n'auras pas besoin de te lever aussi tôt, ni de m'attendre toute la journée. Tu pourras juste venir donner ton cours. »

Il était certain qu'elle renoncerait. Laura déteste conduire – elle l'évite dès qu'elle le peut –, mais elle est venue chaque semaine depuis qu'elle a sa voiture, plus déterminée que jamais.

Son dernier espoir, c'est qu'elle tombe enceinte. Il faudra bien qu'elle arrête, alors.

Mais elle ne l'est toujours pas.

« Peut-être que tu es trop stressée, a-t-il dit il y a peu. Peut-être qu'animer cet atelier, c'est trop pour toi.

— Tu crois que je n'arrive pas à tomber enceinte parce que je donne deux heures de cours par semaine ?

— Et puis il y a le trajet : tu détestes conduire.

— Si tu crois que conduire jusqu'à Boulder une fois par semaine provoque un stress si fort que mon corps ne parvient pas à fabriquer un bébé, dans ce cas il vaudrait peut-être mieux que tu m'y conduises, comme avant. »

Il a abandonné. Il a trop de soucis par ailleurs, ne serait-ce que cette chose à la fois simple et insurmontable : le climat du Montana.

L'hiver est de retour, les mois les plus durs à l'hôpital. Les patients sont nerveux à force d'être enfermés, leurs rythmes sont bousculés par les jours trop courts et les nuits trop longues. La mélancolie gagne, donne une nouvelle tonalité à la musique des couloirs. Triste. Sans espoir.

Ed se rappelle une photo ancienne dans un des vieux rapports annuels ; un arbre de Noël haut de deux étages dans une des anciennes salles, un feu brûlant dans un âtre tout proche. Il sait que c'est probablement trop majestueux, et sans doute sans effet en comparaison de tout ce qui devrait l'être, mais il a besoin d'égayer cet endroit. En plus, il adore Noël, avec tout le poids de l'histoire, du mythe que cette fête évoque. Il a été élevé dans la foi catholique polonaise. Il ne croit pas en Dieu, mais il croit fermement aux fêtes.

« Nous partons à la chasse au sapin de Noël, dit-il au personnel. Je mènerai la marche et je prendrai avec moi autant de patients que possible.

— Je vais avec vous, Ed.

— Moi aussi.

— Nom d'un chien, un peu d'air frais ne me ferait pas de mal. Comptez-moi aussi. »

Ils emmènent trente-huit patients, environ une dizaine chacun – Ed, Pete, Sheila et Donovan Brady O'Connor, un ancien comme Sheila, et le seul aide-soignant pour lequel Ed a du respect. La peau blanche, semée de taches de rousseur, il vient d'une vieille famille irlandaise de Butte. Nul ne sait pourquoi on l'appelle par ses trois noms, mais c'est une habitude chez les patients aussi bien que chez les soignants.

Ils rassemblent le groupe, confiant aux plus capables la responsabilité de boutonner les manteaux des autres.

« Une chasse à l'arbre de Noël, c'est ça ? Penelope sourit.

— Tu ne trouves pas que c'est une bonne idée ?

— Si je ne le pensais pas, je ne viendrais pas. Vous croyez qu'on peut y arriver ?

— Si je ne vous en croyais pas capables, nous n'irions pas. »

Elle part d'un éclat de rire léger, qu'imitent les membres de son groupe. Lilly lui prend le bras. « Drôle Pen. Très drôle. » Penelope serre la main de Lilly à travers sa moufle. Elle est douce et gentille, et Ed maudit cette sensation qui lui traverse le ventre chaque fois qu'il la voit.

Le groupe démarre, Ed en tête, avec Penelope.

Sheila et Pete au milieu. Donovan Brady O'Connor ferme la marche, rassemblant les traînards. Ils suivent les deux sillons creusés dans la neige par le camion de l'établissement, ils donnent des coups de pied dans des congères, des pommes de pin, des cailloux. De grands cris de joie s'élèvent, et Chip déclare : « J'aime mieux les arbres quand ils poussent. » Puis il se met à japper, telle une otarie au soleil, le visage tourné vers le ciel.

Penelope a ralenti le pas, et Ed entend Dale crachoter. « Pen. Pen. Pen. »

Elle ne bouge plus, les autres passent devant elle. Sa main droite s'ouvre et se ferme, ses yeux fixent quelque chose devant eux. Elle émet un bruit en rythme, la langue entre les dents, qui correspond à l'ouverture et à la fermeture de son poing. Le petit mal : son cerveau n'est pas complètement hors service. Elle n'est pas consciente, mais pas complètement absente. Ed l'a souvent sortie de cette situation.

Il la prend par les épaules, serre fort, crie son nom. Pete passe en hochant la tête et va prendre la tête du cortège, rattrapant les patients qui s'en vont de leur côté, certains s'égaillant déjà parmi les arbres.

« Penelope ! » Son action consiste à interrompre cette parenthèse, à court-circuiter son cerveau pour qu'il revienne à son rythme normal. Ou tout simplement à l'empêcher de tomber. En réalité, ce qu'il fait n'a peut-être aucune influence. Les crises de petit mal sont brèves par nature.

Elle cligne, sourit. « Eh, docteur Ed. » Claire, éclatante. Contrairement aux crises de haut mal, celle-ci n'a pas d'effets secondaires. Elle n'est plus là, et soudain elle est de retour. « Petit mal ?

— Très court. Tu te sens assez bien pour continuer ? »

Elle s'en sent capable, mais Ed s'arrange pour rester auprès d'elle.

« Vous ne me quittez plus, se moque-t-elle.

— Le haut mal pourrait survenir. Ça arrive souvent.

— Je saurai si ça vient. » C'est vrai la moitié du temps. Penelope dit qu'elle perçoit des auras, visuelles et olfactives – brume de lumière à la périphérie de son champ visuel, « comme un brouillard doré », le lui a-t-elle décrit lors d'une séance, « ça venait de toutes les directions et l'odeur était affreuse – un océan de pourriture, voilà tout ce qui me vient à l'esprit. Pareil à une carcasse échouée sur le rivage ».

Mais, tout aussi fréquemment, le mal la prend de court.

À l'avant, Chip crie de sa puissante voix de baryton. Ed voudrait reprendre le programme musical, ne serait-ce que pour entendre Chip chanter dans le chœur, de sa voix si riche et profonde.

« Arbre ! Arbre ! Arbre ! » Il a enroulé les bras autour du tronc d'un épais pin Douglas, le mot *arbre* jaillit de ses lèvres tel un éloge. Pete est là, les mains sur les hanches. Sheila et Donovan Brady O'Connor dirigent le groupe de manière à former une espèce de ronde, au milieu de laquelle se trouvent Chip et son butin.

« Il est un peu grand », dit Pete – grand, et inégal, avec un gros trou derrière, à la manière d'une grotte.

Mais Ed le trouve parfait, et ils restent tous médusés

en voyant Donovan Brady O'Connor scier le tronc tandis que Chip le tient à deux mains. Tout le monde se met à crier quand le pin s'abat, de plus en plus fort à mesure qu'il craque, que les branches se cassent, suivi à la fin par le bruit atténué des aiguilles dans la neige. Tout le monde s'approche pour attraper l'arbre et le rapporter à l'hôpital. Penelope demeure en arrière avec Ed.

« Tu ne veux pas t'approcher ? »

Elle secoue la tête. « On dirait une portée de chatons qui se battent pour téter. »

Ed aime cette comparaison. « Tu ne devrais pas être ici, tu sais.

— Vous n'arrêtez pas de dire ça, docteur Ed, et pourtant, dit-elle en écartant les bras, je suis là. »

Ed voit le groupe disparaître dans un virage de la route ; il marche lentement. Il aime la sensation de Penelope à ses côtés, rien qu'eux deux, seuls dans les bois. Il sait que c'est ce genre de choses qui rend Laura jalouse, malgré tous ses efforts pour le dissimuler. Le désir est insaisissable, il surgit déguisé, sans permission, pareil à ces hurlements dans la voiture, quand Laura a dit qu'elle refusait que Penelope assiste à ses cours. Il savait que c'était n'importe quoi, mais il ne pouvait empêcher les mots de sortir, pour défendre Penelope. Il a tenté de se convaincre qu'il aurait agi de la même manière envers n'importe quel autre patient, mais il sait que c'est faux. Et Laura aussi. « Tu sais vraiment me mettre à l'aise, Ed, a-t-elle dit en arrivant à la maison. Je me sens tellement idiote de penser que tu tiennes trop à elle. »

Il sent que Penelope le prend par le bras.

« Comment va le club de lecture ?

— Vous le savez très bien. Vous nous espionnez à chaque séance.

— C'est vrai. Mais c'est mon point de vue. Je suis curieux de connaître le tien.

— Ah ah ! » Elle éclate de rire et se rapproche de lui. « J'adore ça, et je ne veux pas faire preuve d'un excès d'optimisme, mais je crois que ça m'aide réellement, comme vous le pensiez. Ça et l'atelier d'art peut-être. C'est possible qu'il n'y ait pas de lien, mais je ne fais plus qu'une crise par semaine depuis presque dix mois maintenant. Et tout ce qui a changé, c'est le club de lecture et les cours de Laura. »

Il a eu raison d'insister pour que Laura la garde.

« D'accord, a-t-elle fini par dire après quelques jours de querelle. Ça fera au moins deux heures dans la semaine où je sais qu'elle n'est pas avec toi. »

« Tu aimes l'atelier d'art ? demande Ed à Penelope.

— Autant que possible. Votre femme me hait, c'est clair, mais ses cours sont intéressants.

— Elle ne te hait pas.

— Elle ne me regarde même pas. Et elle rassemble tous les travaux à la fin, sauf les miens, qu'elle refuse. Mais ça va. Je suis là pour apprendre à dessiner, pas pour me faire des amis. »

La colère d'Ed envers Laura se rallume. Penelope a dix-sept ans à présent, elle se comporte avec plus de maturité que sa femme, qui en a trente. C'est Laura, l'adulte. C'est elle qui a le plus de sagesse et d'expérience. Il en va de sa responsabilité à elle de mettre de côté les émotions injustifiées pour le bien de cette enfant malade. Non ?

Comme si elle lisait dans ses pensées, Penelope dit : « Ne vous inquiétez pas, docteur Ed, Laura et moi, ça va. »

Ses pensées et celles de Penelope sont de plus en plus souvent sur la même longueur d'onde, signe qu'ils passent trop de temps ensemble. Il devrait changer tout ça. Détacher doucement son bras du sien, et presser le pas pour rattraper le groupe. Il devrait réduire le nombre de leurs séances individuelles, voire les supprimer. Il devrait engager la conversation sur sa future externalisation. Elle est l'exemple type du cas où cela peut marcher, après tout, une patiente à haut potentiel qui fait des progrès manifestes et tirerait grand bénéfice de son retour dans un environnement normal. Il parlera d'elle aux sénateurs dès le mois prochain, quand la nouvelle assemblée se réunira. Il lui faudra quitter l'hôpital, aller vendre ses idées à des hommes qui peuvent les faire devenir réalité. La distance commencera à s'instaurer, et il demandera qu'elle puisse sortir de Boulder.

Pour l'instant, il laisse son bras où il est.

*

Le sapin de Noël se dresse dans la salle commune. Ils le décoreront demain. Sheila a réussi à convaincre certains des aides-soignants les mieux disposés d'aider à superviser la fabrication de guirlandes de pop-corn. Ed demandera à Laura de préparer des décorations pendant son cours, selon une suggestion de Penelope.

Pete et lui s'en vont à la Taverne. Ce fut une bonne journée, mais ils ont besoin de chasser la puanteur de l'établissement et de se draper dans leur virilité de whiskey et de fumée.

« Au sapin de Noël ! » trinque Ed.

Pete lève son verre. « Tu fais reluire les cuivres, mon ami. »

Pete est d'une honnêteté brusque et sans concession. Contrairement à Ed, il ne croit pas que le progrès soit possible. « Les choses se cassent et il est impossible de les réparer, a-t-il déclaré un peu plus tôt. Disons que tu marches dans une merde de chien avec tes baskets. Tu peux les essuyer autant que tu veux, même sortir le tuyau d'arrosage, n'empêche, il en restera toujours un peu quelque part. Il faut racheter une nouvelle paire. Et qui c'est qui va payer ?

— On peut nettoyer toute la merde.

— Absolument impossible.

— Cet établissement n'est pas le *Titanic*. On arrêtera les fuites avant qu'il sombre complètement. »

Pete se met à rire.

« J'adore ton optimisme, doc !

— Je dois l'amener où je peux. Un sapin de Noël aujourd'hui. Une nouvelle guirlande de conneries demain. Dean vient de me parler d'un connard de Great Falls qui lance une enquête sur les morts dans l'établissement.

— Jack Haller, je le connais ce fils de pute. » Pete adresse un signe à la serveuse : encore une tournée, et ils s'en iront retrouver leurs femmes. « Ce type veut se lancer dans la course aux élections pour devenir gouverneur, il veut juste avoir son nom dans la presse. Il ne travaille même pas dans ce secteur. Nom de Dieu. Mais sur quoi il va enquêter ?

— D'après Dean, il fait des pieds et des mains pour faire exhumer et autopsier les corps.

— Les exhumer ? ricane Pete. Aucune chance. Il peut bien s'agiter autant qu'il veut. Personne n'ira déterrer les cadavres de ces patients. Tu imagines la tempête dans les médias ? *Comme si les négligences criantes ne suffisaient pas : l'hôpital de Boulder fait à présent exhumer les corps des pauvres bougres qu'il a tués.*

— Ce n'est pas l'établissement qui les a tués.

— Il ne les a pas sauvés non plus. »

Ed avale son whiskey, puis sa bière. À combien en est-il ? Deux ? Il n'est pas prêt à rentrer. « Encore une tournée, juste de la bière cette fois. »

Pete lui tape dans le dos. « Tu ne me rends pas service auprès de ma bourgeoise, tu sais. »

Ed s'en moque. Qu'en a-t-il à faire de contenter Bonnie alors qu'un connard de Great Falls veut aller déterrer les patients décédés de l'hôpital ? Ou tout au moins lancer une enquête, venir fouiner dans le bazar dont Ed a hérité. Que croyait-il donc qu'il allait accomplir ? Voguer sur son magnifique système de pensée et redresser le navire en perdition, sauver la belle jeune fille qui avance sur la planche en direction du vide ? *Pen.* Il a la tête qui tourne.

Au cours de l'entretien où Dean a parlé de l'enquête, il a également appris à Ed qu'ils avaient épuisé leurs fonds pour l'année – plus d'argent disponible pour les salaires ni les fournitures.

La bière est bonne.

« Tu as bien amélioré les choses, dit Pete à voix haute sous l'emprise de l'alcool. Je sais que je suis un pessimiste, mais tu fais du bon travail, Ed. Mieux que n'importe quel directeur que j'ai vu ici, et j'en ai vu défiler trois. Tu as réussi à faire sortir plus de patients en six mois qu'au cours des six années précédentes. » Il lève son verre, trinque avec Ed. « Il y a plein de choses à fêter, mon vieux. »

Laura sera de nouveau assoupie lorsqu'il va rentrer.

« Pete. » Il voudrait lui en parler – de la jalousie de Laura envers Penelope. « J'ai un problème. » Il prononce la première syllabe du prénom de la jeune fille mais Pete le coupe.

« Je te l'ai déjà dit : on survit comme on peut ici. Mais il y a des limites à ne pas franchir, même pour toi. Que ta bite reste au chaud dans ton caleçon.

— Nom de Dieu, Pete. Je ne suis pas un salopard de violeur.

— J'ai jamais dit ça. Mais tu es un homme, et la dernière fois que j'y ai réfléchi, il m'a paru méchamment difficile de repousser une jolie fille, surtout si elle est plus que désireuse de se donner tout entière au bon docteur qui l'a choisie pour un traitement spécial.

— Il ne s'agit pas d'un traitement spécial…

— Conneries. Pourquoi tu crois que personne d'autre ne la voyait en thérapie individuelle avant que tu arrives, hein ? Parce qu'on est juste des mecs, et on sait bien qu'il ne faut surtout pas s'approcher de ce genre de tentations. »

Pete se lève et enfile son manteau.

« Écoute-moi, ça me ferait vraiment chier de voir tout ce magnifique boulot que tu accomplis emporté par la tempête qui s'abattra sur toi si jamais tu te fais prendre en train de baiser une patiente mineure. » Il lâche quelques billets sur le comptoir. « Plus vite tu sortiras Penelope d'ici, mieux ce sera. À demain. »

Ed entend la porte s'ouvrir et se refermer.

Il faut qu'il rentre.

9

Il a dit à Laura qu'il serait rentré pour le dîner, mais il est déjà dix-neuf heures et les hommes qui sont attablés avec lui l'écoutent ! Il ne peut s'en aller maintenant.

Il a passé la plus grande partie de ces deux derniers mois à courtiser les sénateurs, soit au Capitole, soit chez Dorothy. Il est rarement à Boulder, plus rarement encore chez lui. Mais la session législative est presque terminée. Bientôt tout sera différent.

Il fait signe à la serveuse et lance une autre tournée. Le bruit du restaurant lui rappelle le vacarme de l'hôpital, et il s'inquiète pour ses patients, pour ces lieux placés sous sa responsabilité, abandonnés dans leur vallée, près de la rivière, sans qu'il s'en occupe. Et grâce au travail qu'il accomplit ici, l'État va pouvoir réparer ce qui ne fonctionne plus, fournir l'aide nécessaire. Des foyers vont s'ouvrir un peu partout, bourgeonnant comme les blés au printemps, les cerisiers de Virginie, tels les minuscules bouquets d'aiguilles des mélèzes, reverdissant les branches nues. Les patients auront leurs appartements. Ils feront leur propre cuisine, leur lessive ; ils s'assoiront ensemble dans leur salon et s'endormiront dans leurs chambres à eux. Ils ne seront plus des « patients ». Mais des individus, membres de la société à part entière.

Lynn leur apporte leurs verres. Nouvelle tournée de bière et de Jameson.

Il lève son verre à l'adresse des membres du corps législatif et se lance dans une nouvelle histoire. « Prenez Hettie par exemple. Elle a passé dix ans à l'hôpital, mais aujourd'hui elle vit seule : elle a son appartement près du Capitole. Elle est gardienne dans le bâtiment Mitchell. »

Stewart Thiessen, élu de la région de Highline, prend la parole, la moustache mouchetée de mousse. « Tout ça, ce sont de belles histoires, Ed, mais visiblement ce sont des exceptions. On ne peut pas faire sortir tous vos patients.

— C'est pourtant ça, le truc, Stewart : on peut y arriver. Pas absolument tous, bien sûr, mais la plupart.

— Vous poussez le bouchon, Ed », ajoute Wiley Dussault, une fouine au visage lisse. Ed le méprise, mais il parle fort, et il a de l'influence. Ed a besoin de lui s'il veut faire valider ses demandes. « Quel genre de boulot on va donner à ces gens, Ed ? Glandeurs professionnels ? Est-ce qu'on va les payer pour se coller des baffes ? »

Tous les autres éclatent de rire. Ed a envie d'attraper la bière de Wiley Dussault pour la lui jeter à la figure, ou de l'attraper par le col et écraser sa petite bouche fine sur le bord de la table, éparpillant les assiettes, maculant tout de ketchup et de sang. Mon Dieu, il devrait être chez lui, pour dîner en compagnie de sa femme, discuter avec elle.

Il recommence. Cette fois, il leur parle de George, le garçon qui avait mis une chaise sur sa tête la première fois qu'il l'a vu. Les parents de George sont à l'opposé de ceux de Penelope. Ils ont fait interner leur fils parce qu'ils croyaient que les médecins feraient davantage pour lui qu'eux ne le pouvaient. Ils l'aiment, il leur manque. Leurs visites à Boulder sont pour eux des crève-cœur, et ils ne savaient pas qu'il pouvait revenir à la maison.

« Ça avait l'air définitif, le jour où on a signé ces papiers, a dit la mère le jour où George est sorti. J'ai le sentiment d'avoir été négligente. »

Ed lui a assuré le contraire. Que George avait fait beaucoup de progrès lors de son séjour – et c'était vrai. Il a appris des choses que ses parents n'avaient pas réussi à lui transmettre. Il est excellent en matière d'ergothérapie. Expert dans le rangement des courses – une des activités qui leur servent à apprendre l'ordre et la reconnaissance des objets, ce qui est lourd au fond, les fruits fragiles en haut – et ses parents lui ont trouvé une place chez Thriftway, le supermarché local. Lorsqu'ils sont venus le chercher, ils lui ont apporté son tablier de travail avec son nom sur un badge.

George l'a enfilé avec fierté. « Doc-teur. Ed. » Puis, désignant le badge : « Moi. George.

— Mais oui, George. Je viendrai te voir au super-marché, d'accord ? »

Ed raconte à ces hommes comment le gentil George range les courses des clients dans des sacs chez Thriftway. George, qui fait des grands sourires quand Laura passe à sa caisse. « Tu devrais passer lui dire bonjour », lui dit-elle, tout en lui transmettant les salutations et les sourires de George. « Il me demande toujours de tes nouvelles. » Mais Ed n'a pas le temps de s'arrêter au supermarché.

Wiley Dussault l'interrompt : « Écoutez, Ed. J'apprécie ce que vous faites. Franchement. Mais vous en demandez trop. On veut tous aider ceux qui n'ont pas eu de chance, mais on a un État à faire tourner, et un budget limité. Je peux pas parler au nom des autres, mais je sais très bien que mes électeurs ne m'ont pas élu pour que j'augmente leurs impôts pour construire des maisons aux attardés mentaux. »

Lui écraser la tête sur la table, peut-être lui péter une dent, un truc définitif. Ed inspire un grand coup. Il se glisse dans le rôle du médecin calme et professionnel, celui qui guide les familles à travers le processus de sortie de l'établissement, qui réussit à convaincre les parents, même les plus réticents.

« Je suppose que vos électeurs ont voté pour vous afin que vous fassiez ce qui est le mieux pour les citoyens de cet État. »

L'homme éclate de rire et fait un signe pour commander une nouvelle tournée. « En fait, non. Les individus se foutent de la collectivité, Ed. Ils ne s'intéressent qu'à eux-mêmes. Tant qu'il y aura plus d'électeurs non retardés que de retardés, on ne pourra pas soutirer de l'argent aux services déjà existants. Faites venir des démocrates, ça marchera peut-être. Aucune chance que je soutienne vos demandes. »

Ed se frotte les tempes et se rappelle à lui-même qu'il est en train de *tracer la route*. Peut-être ne réussira-t-il pas lors de cette législature, mais son whiskey va rester dans le ventre de ces cons-là, ses mots pénétrer leurs cerveaux et, à la législature suivante, ils se souviendront du bien-être que leur a fait son whiskey, whiskey qui sera associé aux fonds pour les personnes mentalement handicapées, et s'ils suivent ce qu'il dit, ils auront droit à encore plus de whiskey. Comportement associatif. Indicateurs et récepteurs. Ed les conditionne. Il sait mieux que personne que le conditionnement prend du temps.

Quand arrive la tournée suivante, il demande à Lynn de lui apporter l'addition. Ses compagnons ne font même pas semblant de vouloir payer. C'est l'un des avantages en nature : alcool offert en fin de soirée. Si les chambres du dessus n'avaient pas récemment fermé, Ed leur aurait aussi payé des putes. Les dividendes de ces comportements associatifs auront des retombées des années durant.

« Se former fait partie du processus, messieurs. Il existe d'innombrables métiers qui seraient parfaits pour les handicapés mentaux : travaux manuels, gardiens, magasiniers, emballage… tout ce qui est simple et répétitif. »

Lynn revient chercher le paiement. « Vous voulez la monnaie ?

— Gardez-la. »

Wiley Dussault lui donne une tape sur les fesses lorsqu'elle repart, et elle lui frappe la main en retour. « Bas les pattes », dit-elle, le tançant tel un enfant qui essaie de toucher à tout ce qui lui paraît attirant dans un magasin. « Merci, Ed », dit-elle en le regardant puis, se tournant à nouveau vers Dussault, elle ajoute : « Connard. »

À la table, tout le monde rit, sauf Wiley Dussault.

« Je toucherai ce que je veux.

— Du calme, dit Ed. Elle n'est pas du genre à se laisser faire, elle élève seule son enfant. » Il boit son shot cul sec. Le minuscule Dan Hutter, qui vient de l'est de l'État, prend alors la parole : c'est un garant de la paix, qui ne dit rien tant que ce n'est pas nécessaire. Ed l'apprécie, non seulement pour sa capacité à calmer Wiley et les autres salopards arrogants dans son genre, mais également parce que c'est un homme réfléchi. Il est toujours attentif, observateur, à l'écoute, ses questions sont bien pensées, subtiles. « Si nous donnons tous ces emplois à notre population handicapée, est-ce qu'on ne va pas mettre hors circuit les gens normaux ? »

Ed s'attend à ce que Dussault revienne à la charge avec un nouvel argument, aussi stupide qu'immature, mais il regarde toujours Lynn. Ed va devoir attendre jusqu'à ce qu'elle ait fini son service pour la raccompagner à sa voiture. À moins qu'il n'en parle à Jason, le barman, qui est très protecteur avec les serveuses.

« Bonne question, Dan, mais l'effet en sera très limité. On ne parle pas ici d'un grand nombre de gens – seulement des plus capables. Et en outre, nous allons créer de nouveaux emplois. Les foyers collectifs et les organisations qui vont avec auront besoin de personnel également. »

Dussault revient dans la conversation. « Donc on retire les retardés de l'établissement, on les remet au boulot dehors, et on embauche à la maison communautaire le pauvre bougre à qui il a volé son emploi ?

— Ça suffit, Wiley. » Stewart Thiessen finit sa bière. « Allez, viens, je te ramène à ton hôtel. »

Dussault a l'air prêt à revenir à la charge, comme un enfant frustré parce qu'on l'a privé de dessert.

« Il est temps pour moi également de reprendre la route. » Le minuscule Dan Hutter se lève et tend la main à Ed. « Merci pour les tournées, mon cher. Vous faites vraiment du bon travail. »

Stewart Thiessen lui serre la main à son tour, puis il remet sur pied Dussault. Ce dernier vacille, plus ivre qu'Ed ne le croyait, suffisamment en tout cas pour ne pas être dangereux.

« Je voterai pas pour vous », grommelle-t-il d'une voix traînante.

Thiessen hausse les épaules en guise d'excuses. « Allez, Wiley. On y va. » Dussault le suit en titubant, les yeux toujours rivés sur Lynn, au bar, puis il regarde à nouveau devant lui, trop soûl pour marcher sans voir où il met les pieds, bien plus incapable que la plupart des patients d'Ed. Il va sans doute se pisser dessus en retournant à sa chambre, dormir sans se déshabiller, et se réveiller au matin, l'œil vitreux, avec la gueule de bois. Ed n'éprouve aucune tolérance pour les hommes qui ne savent pas tenir l'alcool.

Il s'approche du bar et commande un shot de plus. Son service terminé, Lynn vient s'asseoir à côté de lui, une bière devant elle.

« Vous savez, y a des gens qui jugent un homme à ses fréquentations. »

Ed éclate de rire. « Désolé, ma belle. Obligation professionnelle. »

Elle s'approche d'encore plus près, assez pour qu'il sente son odeur – parfum, shampoing, nourriture, peut-être une trace de sueur derrière le reste. Elle n'est pas vraiment son type, mais il apprécie son allure. Grande, blonde, avec des formes là où il faut, de grands yeux brillants. La beauté américaine classique, tombée enceinte au lycée, qui est maintenant serveuse et doit repousser les assauts de pervers dans le genre de Wiley Tussault. De si près, il distingue les prémices des rides aux commissures de ses paupières, creusées par l'âge et la fatigue. Elle ne peut pas avoir plus de vingt-cinq ans.

« Ne vous laissez pas contaminer, dit-elle. Vous êtes vraiment un mec bien. » Sa jambe frotte contre la sienne.

Elle flirte avec lui, mais l'idée de la suivre quelque part ne l'émoustille pas. Il n'a pas besoin de cette ravissante jeune femme, même s'il est sûr que ce serait très agréable – plus qu'agréable, même. Il n'a pas de temps à consacrer à Lynn, pas même pour tirer un coup en vitesse dans les toilettes.

« N'ayez aucune inquiétude, jamais je ne serai comme ce salopard. » Il avale son verre, laisse quelques billets sur le bar, embrasse Lynn sur la joue et se lève. « Demandez à Jason de vous raccompagner jusqu'à votre voiture, d'accord ? On ne sait jamais, au cas où ce salopard ne serait pas rentré directement à son hôtel.

— Vous voyez ce que je veux dire ? Vous êtes vraiment un mec bien. »

Le fait qu'il ait gentiment repoussé ses avances doit être un soulagement pour elle, ou en tout cas la preuve que *tous les hommes ne sont pas des porcs.*

Ed adresse un signe à Jason et sort. Il est garé dans le parking de derrière, à hauteur du premier étage, et il prend l'escalier sur le côté, dangereusement gelé. Le ciel est dégagé, ce qui signifie une nuit plus froide, mais les nombreuses étoiles scintillent, si fort qu'il reste un moment à côté de sa voiture, la tête renversée en arrière, à contempler le firmament. Il est si occupé qu'il ne voit plus les lieux qui l'entourent. Demain, il prend sa journée, se dit-il, que quelqu'un d'autre aille payer des tournées à ces crétins. Il dira à Laura d'enfiler des vêtements chauds et des chaussettes épaisses, et ils grimperont, grimperont, jusqu'à ce qu'ils arrivent au sommet du mont Ascension, là ils resteront à regarder les étendues poudrées de blanc de la vallée d'Helena, les hautes montagnes qui l'entourent, les ruisseaux qui glougloutent entre les berges couvertes de neige.

10

Laura

J'attache désormais mon pantalon avec des élastiques pour cheveux, afin de gagner un peu d'espace à la taille. Le bébé est bas et tourné vers l'intérieur, secret que je porte en moi.

Ed se love contre moi lorsqu'il vient au lit, sa bouche barbue dans mon cou. « C'est pour bientôt, mon amour », dit-il. Depuis que la session législative est terminée, il rentre un peu plus tôt – pas tous les soirs, mais de temps en temps au moins. Il est attentif, tendre, plus calme que d'habitude.

Pourtant il n'a rien remarqué.

C'est le jour de mon cours et ma voiture est chez le garagiste, aussi c'est Ed qui m'emmène. Nous allumons nos cigarettes, la radio – une bonne excuse pour ne pas parler. Il aime rester silencieux le matin.

Quand nous discutons, la conversation revêt les formes de l'insignifiance : que nous sommes prêts pour l'été, quelles randonnées nous allons faire, ou le dîner à venir avec Pete et Bonnie.

Ed m'embrasse dans le parking, ses lèvres frôlent les miennes, et il essaie de filer. Mais je l'attrape au passage.

« Tu m'accompagnes jusqu'à ma salle ?

— Laura, tu sais bien que je suis très occupé. Allons.

— S'il te plaît ? J'ai juste envie d'être encore un peu avec toi. » Je vois combien il a envie de fuir. « Quelques minutes ? »

Son cerveau détecte quelque chose, son expression se fait plus chaleureuse : les yeux brillants, et ce sourire désarmant qui permet à Edmund Malinowski d'obtenir tout ce qu'il veut. À quel outil va-t-il recourir ? Quel détail psychologique a-t-il remarqué ? *Quelques petits moments d'attention peuvent peser plus lourd que des années d'indifférence.*

Il me donne la main en montant l'escalier, et arrivé à la porte de la salle, il m'embrasse comme si nous étions dans notre chambre.

« Je fais partie de cet endroit, à présent, murmuré-je contre sa bouche. Je ne disparais pas uniquement parce qu'on est ici.

— Laura. »

J'ai besoin qu'il reconnaisse ma présence. J'ai besoin qu'il me prenne dans ses bras, qu'il me désire – plus que cet endroit. Je l'attire à l'intérieur, ferme la porte et le verrou. La partie vitrée est couverte de givre, et les fenêtres qui donnent au-dehors très hautes. Personne ne peut nous voir. Je vais détourner son attention de l'hôpital. Transcender la limite qu'il a tracée, rendre floues ses frontières. Il me désire dans notre lit conjugal, dans notre maison, je veux qu'il me désire ici aussi. Je vais plonger la concurrence dans le brouillard.

Je le pousse contre la table la plus proche, je

105

l'attrape par la ceinture, puis je défais le bouton, la braguette. Ses protestations ne font pas le poids contre ses réactions physiques. Toujours si facile, mon Edmund. Ma bouche le fait taire, mais il reprend rapidement le contrôle, me retourne, fait ployer mon corps devant lui, s'arrête un instant sans y prêter attention sur l'élastique qui attache mon pantalon. Ses doigts sont assez brutaux pour laisser des marques rouges, de minuscules meurtrissures sur cette chair nouvelle qui est la mienne. Une partie se développe, le reste fond. Je n'ai aucun appétit, mon poids ne cesse de diminuer. Ed se presse contre moi. Je sens le goût de la peinture dans ma bouche. Mon ventre rase la table.

Je suis allée une fois voir le médecin. Il a insisté pour que je mange davantage et m'a assuré que le sexe ne posait aucun problème. « En fait, ça réconforte le bébé. »

Après, Ed reste figé, appuyé contre mon dos. Puis sa main se porte vers mon ventre, remplie de questions.

« Oui », lui dis-je.

Il a fallu qu'il me baise dans ma salle de cours, dans cet établissement crasseux, pour s'apercevoir que je suis enceinte.

Est-ce que tu me vois, maintenant, Edmund ?

« Mon amour. » Il m'enlace. « Oh, mon amour. »

Il me retourne. Nos pantalons sont toujours défaits.

« Depuis combien de temps ?

— Quatre mois. »

Ses traits passent de la compassion à la colère. « Mais bon sang, pourquoi est-ce que tu ne m'as rien dit depuis tout ce temps ? »

J'ai répété cette scène, je l'ai jouée devant le miroir, sa réplique est quasi identique à celle du script que j'ai écrit. Parfois, je m'indigne, je suis pleine d'audace et de colère. D'autres fois, je suis timide, réservée, désolée. Face au véritable Ed, à ces mots qui sortent de sa bouche et non de la mienne, j'affronte sa colère. « Pourquoi t'a-t-il fallu autant de temps pour t'en apercevoir ? »

Dans mes fantasmes, il reste en colère, et je lui assène d'autres répliques : *Tu n'as pas remarqué que je ne mangeais plus rien ? Que je vomis le matin ? Que je porte ce maudit ventre ?*

Dans mes fantasmes, moi aussi je demeure en colère.

Mais dans la réalité, Ed est piteux. Il s'agenouille et appuie la joue contre mon ventre.

« Je suis si profondément désolé. »

Je m'attendais à ce que son orgueil blessé prenne le pas sur ses remords. C'est arrivé par le passé, et si Ed m'a appris quelque chose sur le comportement humain, c'est que nous répétons ce que nous avons fait par le passé.

« Et quand on change de comportement, m'a-t-il expliqué un jour, c'est parce qu'on y est contraint. Quelque chose se produit qui transforme nos habitudes, et c'est nécessairement quelque chose d'important. Une perte douloureuse, en général, ou la menace de cette perte. »

Sent-il planer la menace ?

Il demeure agenouillé, semblable au petit garçon sur toutes ces photos qu'autrefois sa mère m'a montrées :

« Voici Edmund : il construisait un château de sable, c'est bien comme ça qu'on dit ? Edmund sur le sable. Là, Edmund grimpe aux arbres, c'est ça, hein ? Et là… » Sa main rude me montrait un garçon torse nu, affichant un grand sourire, prêt à éclater de rire, mains levées triomphalement : « … comment dit-on, après avoir gagné une course ? Contre ses cousins. Toujours rapide, mon fils. » Je l'imagine à présent le gourmander. *Trop lent, mon garçon. Comment as-tu fait pour ne pas – quel est le mot – t'en apercevoir ?*

L'homme qui est à mes pieds n'affronte que les problèmes qu'il a cherchés, sa carrière consiste à réparer les gens et les lieux à problèmes – échantillon dont il ne fait pas partie lui-même. Il a toujours été du bon côté de la barrière de la souffrance. Il s'en est entouré, mais ne l'a pas laissée l'atteindre.

L'homme qui est à mes pieds ne sait que faire de son propre chagrin.

Je passe la main dans son épaisse chevelure. C'est un enfant et je vais le réconforter. Nous avons déjà joué ces rôles par le passé. Ses épaules tressautent un peu et je sens une humidité contre mon ventre. Ses larmes. J'en suis plus heureuse que triste.

Je le fais se relever, lui reboutonne son pantalon, puis je remonte le mien. Je rentre les pans de sa chemise, lisse les plis. Rajuste son col.

Il s'essuie les yeux. « Je suis si heureux, Laura », me dit-il, et soudain la colère m'envahit à nouveau. *Ma femme est enceinte depuis quatre mois et elle ne m'a rien dit ? Hourra ! Ma femme est enceinte depuis quatre mois et je n'ai rien remarqué ? Comment est-ce possible ?*

« Si heureux », répète-t-il.

Je n'obtiendrai rien d'autre aujourd'hui que cette

vision d'Ed euphorique. Où donc s'est égaré le petit garçon qui pleurait ? L'homme euphorique continue de parler, il remplit cette salle de son discours et par-dessus son épaule, je vois les œuvres de mes élèves accrochées aux murs. L'esquisse de Griffin Hall réalisée par Chip, le cheval au galop de Karen, les herbes de George. C'est merveilleux de voir George au supermarché, mais en classe il me manque.

Ed continue de parler : *J'ai tellement hâte d'annoncer la nouvelle à mes parents. Et à Pete et Bonnie ! Ils vont être si heureux !*

Je l'interromps : « Je dois me préparer pour le cours.

— Oui, d'accord. » Il entoure mon ventre de ses mains, sourit largement, tel un roi reprenant fièrement possession de son domaine. *Non, ce n'est pas dramatique à ce point-là.* Un père rempli de fierté ? Peut-être n'est-ce que cela. « Oh, Laura c'est tellement…

— Excitant, je sais. »

Il s'arrête. « Tout va bien ?

— Franchement, Ed ? Qu'est-ce que tu me demandes ? Je suis enceinte de quatre mois : j'ai déjà accompli pratiquement la moitié du parcours. »

À nouveau, il est bouleversé, et je regrette presque ce que je viens de dire. Presque.

« Va-t'en, maintenant, d'accord ? J'ai besoin de me préparer. Mes élèves seront bientôt là. » Je l'embrasse pour chasser cet air blessé. « On en parlera ce soir en rentrant, dans la voiture.

— On va fêter ça, ce soir. » Il m'embrasse à son tour, et je voudrais que cela puisse soigner toutes nos blessures, dissiper ces dernières années, ne laissant devant nous que l'avenir, vaste comme ces prairies oubliées qu'Ed voudrait tellement me voir aimer.

Il se dirige vers la porte. Il est à nouveau le docteur Malinowski, prêt à prendre les commandes, car seul cet établissement connaît des problèmes. Fini les larmes. Évidemment. Pourquoi serait-on triste ? Tout ce qui compte, c'est l'enfant. *Un bébé va naître – son bébé ! Hourra !*

Il se retourne à la porte et me fait signe. « Laura, je suis si heureux.

— Moi aussi. »

Se protéger est également un comportement inné. Si les mensonges peuvent nous y aider, nous n'hésitons pas à y avoir recours.

Il est parti. Mais son parfum demeure, cet après-rasage étalé sur ma peau. Et puis une odeur de sexe, et un instant, je suis inquiète en pensant à mes élèves. Mais ils ne devineront rien. Penelope, peut-être, mais ça, ce serait positif. *Tu sens cette odeur, petite garce ? C'est parce que je viens de faire l'amour avec mon mari.* Même si les autres flairent quelque chose, ils ne sauront comment poser la question, et quand bien même, mentir serait facile. *Ça ? C'est seulement l'odeur des nouvelles peintures.*

Je prépare la place de chacun d'entre eux. Aujourd'hui, ils vont peindre un océan dans la tempête, inspiré par *La Vague* de Gustave Courbet. Je leur montrerai une reproduction que j'ai apportée de la maison, je leur parlerai de la texture des gros nuages d'orage, gris, rebondis et – évidemment – menaçants.

11

Le lendemain du jour où Ed découvre que Laura est enceinte, il rapporte à la maison une douzaine de roses et une bouteille de champagne. Laura met les roses dans un vase et le laisse lui servir un verre de champagne, mais elle ne trinque pas. « Je n'ai pas besoin de roses et de champagne, Ed. » Elle emporte son verre dans son atelier.

*

Le jour suivant, Ed rentre à dix-sept heures et lui dit de mettre une jolie robe. Il l'emmène chez Dorothy et insiste pour qu'elle commande le steak le plus cher. « Tu attends un enfant ! Tu as besoin de toutes les protéines et du fer possibles. »

Il commande une bouteille de vin rouge coûteuse et essaie à nouveau de porter un toast à leur avenir.

Mais le verre de Laura demeure sur la table.

« Quels sont tes projets, Ed ?

— Te traiter comme une reine tant que tu portes notre fils.

— Notre fils ?

— Bien sûr. »

Enfin, elle sourit un peu.

*

Trois jours plus tard, Ed rentre à dix-huit heures trente, mais il rapporte de la soupe et des sandwiches de leur traiteur préféré.

« J'ai rendez-vous chez le médecin jeudi prochain à neuf heures. Tu viendras ?

— Évidemment ! » Ed l'écrit résolument sur son agenda pour que Laura le voie. « Peut-être que je prendrai même ma journée. On pourrait aller assister à un spectacle en matinée, et dîner tôt à la maison. »

Laura sourit. « Ce serait super. »

*

Une semaine plus tard, il va boire un verre avec Pete et les autres. Hank, le fils de Pete, a trois ans, et ils essaient d'avoir un second bébé. Henry a deux filles. Gerald, un garçon de cinq ans.

« À la reproduction ! » s'écrient-ils.

Ed rentre vers vingt et une heures et trouve Laura en train de coudre.

Il lui caresse les épaules et murmure : « Viens boire un verre avec moi.

— Peut-être », répond-elle.

Il fait du feu dans le poêle, pour contrer les derniers frimas du printemps, et prend une bière. Il entend le ronron électrique de la machine à coudre de Laura, tel un train minuscule qui gagne en puissance, puis se relâche. Tout à son rêve d'avoir un fils, il sort sa guitare et se met à jouer les chansons qu'il lui chantera plus tard. *Lemon Tree* et *If I Had a Hamme*r. *April Come She Will*, l'une des préférées de Laura. Cela va la faire sortir de sa tanière, il en est certain. « *May, she will stay /Resting in my arms again.* » Il chante, mais elle ne sort pas.

*

Urgence à l'hôpital le matin où Laura a rendez-vous chez le médecin. Ed quitte la maison avant même qu'elle se réveille, laissant sur la table une lettre griffonnée à la hâte. *Je suis vraiment, vraiment désolé, mon amour. Urgence à Boulder. On se rattrapera ce soir.*

Mais il rentre tard, et Laura dort, elle a laissé une note près de celle du matin. *Je suis enceinte de dix-sept semaines. Le cœur du bébé bat à un rythme parfaitement régulier.*

12

Il y a beaucoup de choses à l'hôpital dont Ed n'est pas fier, mais il pouvait au moins se targuer de n'avoir perdu aucun de ses patients jusqu'ici. À présent, c'est chose faite.

Dans la nuit, un homme de vingt-six ans, Philip, s'est étranglé avec un haricot vert. Le bruit de ses gargouillis n'a attiré aucun employé car il n'y avait qu'un surveillant pour les deux étages du pavillon 3, et qu'il était occupé à l'étage inférieur avec un patient pénible qui refusait de se mettre au lit. Philip était valide, mais ses capacités intellectuelles étaient très limitées. L'homme dans le lit voisin dit qu'il emportait toujours des haricots verts le soir, pour les manger pendant la nuit – personne ne s'en est jamais préoccupé. Lorsqu'un autre patient a donné l'alerte, Philip était déjà décédé.

Ed se rappelle avoir dit à Dean qu'il ne pouvait rien lui garantir. « Ce ne sont pas des menaces, mais je ne peux pas prévenir seul tous les accidents potentiels. » Ces mots le hantent.

Ce qui le hante plus encore, c'est l'espoir insidieux qu'il ressent. Comme le lui a précisé Dean au début, si la presse est trop mauvaise, l'État sera obligé de prendre des mesures.

Mais les problèmes ne concernent pas seulement Philip, et on ne peut pas tous les résoudre avec de l'argent.

Jack Haller, ce foutu candidat au poste de gouverneur à Great Falls, demande à nouveau une enquête approfondie au sein de l'établissement, et il a réussi à dénicher une poignée d'anciens patients prêts à parler à la presse des mauvais traitements qu'ils ont subis à Boulder. Un homme de Billings prétend qu'on lui a donné des doses massives de Thorazine pendant toute la durée de son hospitalisation ; une femme à haut potentiel de Missoula raconte qu'elle a été constamment brutalisée ; enfin, les parents d'une jeune fille de dix-huit ans disent que l'hôpital l'a contrainte à se faire stériliser avant de la laisser sortir. Pire : l'infirmière Sheila a informé Ed qu'une patiente alitée, dans le service des hospitalisations de longue durée, est enceinte.

« Depuis combien de temps est-elle là ?

— Huit ans. La… l'*acte*, si je puis dire, s'est produit alors qu'elle était placée sous notre responsabilité. »

Ed est allé voir la pauvre femme, clouée sur son lit d'hôpital, gêné à l'idée qu'il n'était pas venu là depuis l'automne. Son ventre se remarque sur son corps menu. Elle a le regard vide, comateux. Elle ne peut ni parler ni comprendre. Impossible qu'elle ait pu donner son consentement. L'*acte*, ainsi que le nomme Sheila, est un viol. Ed a prévenu le shérif. Le violeur, que l'hôpital avait engagé par erreur et renvoyé dès que possible, a été interrogé et relâché.

« Il a un bon alibi, Ed.

— Comment ça ? Cet homme a été condamné pour viol, et il travaillait ici à l'époque où cette femme a été mise enceinte.

— Il ne travaillait pas auprès d'elle et n'a jamais mis les pieds dans ce service. Bien sûr, nous n'avons pas les dates exactes, mais il semblerait qu'il ait été renvoyé avant qu'elle… » Le shérif n'a pas pu finir sa phrase.

« Nom de Dieu.

— C'est terrible, Ed. Pour sûr. Dites-moi si vous avez besoin de quelque chose. »

L'affaire est close, du côté du shérif comme à l'hôpital, et Ed ne peut pas faire grand-chose. On a interrogé les patients à haut potentiel, mais nul n'a rien vu ni entendu. Cela peut être un soignant ou un patient, impossible de savoir.

Le médecin de l'hôpital a pris en charge la patiente. Elle doit accoucher dans quatre mois, à peu près à la même date que Laura.

Il devrait démissionner. Retourner dans le Michigan avec sa femme, reprendre son poste à Howell. Élever son fils auprès de ses parents.

Mais il arrive dans la salle commune, où se termine la réunion du club de lecture, et l'espoir renaît. Penelope en est la source. Elle sera son plus bel exemple de réussite : guérie et tout à fait capable de retourner vivre en société, ils utiliseront à leur avantage les tragédies récentes.

« Vous avez entendu ce que Chip a dit à propos d'*Araignée d'eau* ? demande Penelope à Ed lorsqu'il s'approche. "Nous sommes tous des araignées d'eau."

— Non !

— Si ! Je croyais que vous nous espionniez pour *apprendre*. Ah là là. » Ensemble, ils rangent les chaises.

« Et César est l'araignée d'eau ? demande Ed.

— Rien à faire, avec vous. C'est son "âme", qui "avance sur le silence".

— Tu viens avec moi faire ma ronde ?

— Bien sûr », dit-elle en souriant.

Dehors, ils découvrent une vingtaine de patients dans la cour, sans personne pour les surveiller. Margaret et Barbara se dirigent vers la rivière. Ces deux-là semblent toujours prêtes à frôler la mort.

« Mon Dieu.

— Je m'occupe d'elles, allez voir Karen. »

Cette dernière se frappe la tête contre un des poteaux de la balançoire, ferme et méthodique. Elle s'arrête aussitôt qu'Ed pose la main sur son épaule, et lui adresse un sourire aussi vaste que le ciel. Puis elle s'en va retrouver un groupe d'amis – si facile à remettre sur les bons rails.

Ed réussit à convaincre Gregory, douze ans, de descendre du haut de la balançoire, ensuite il met un terme à un échange de baffes entre deux patients d'une trentaine d'années. Il regarde Penelope rattraper Margaret et Barbara, et les ramener vers le troupeau.

Un employé sort, un jeune homme nouveau dont Ed ne connaît pas encore le nom. Ed lui fait signe d'approcher. « Vous devez rester dehors auprès des patients jusqu'à ce qu'ils rentrent, vous comprenez ? Ils ne peuvent pas rester dehors sans surveillance.

— Pour sûr, docteur. »

Ed sent Penelope glisser son bras autour du sien, et l'employé suivre son mouvement des yeux. Qu'il regarde donc.

« Personne ne doit rester seul dehors. Compris ? » Sa voix est plus autoritaire que nécessaire. Il prend la posture attendue pour affirmer qu'il est le chef. Le directeur. C'est lui le patron de ce maudit endroit. Il peut donner le bras à qui il veut.

« Oui, monsieur. »

Ils passent devant le pavillon des convalescents, et Ed ne peut s'empêcher de penser à Caroline, enceinte et immobilisée dans son lit. Il secoue la tête et se force à penser à ce qu'il a réussi : il a transféré vingt-cinq patients de l'hôpital vers l'extérieur – dix dans leurs familles, onze dans des maisons communes, quatre dans des appartements individuels. Il pense à George chez Thriftway. À Hettie dans les couloirs du bâtiment Mitchell.

Ed et Penelope continuent leur chemin. Les pavillons sont vides, comme il se doit, car les patients sont en thérapie ou suivent des activités de groupe. Il voit l'un des thérapeutes avec un groupe de patients assis en cercle dans l'herbe, où ils pratiquent les formes du langage. Il fait bon, pas trop chaud. Le soleil apparaît et disparaît entre les nuages. On dirait un des tableaux de Laura.

Ils se dirigent vers la rivière, le bruit de l'eau les accueille. Ils sont loin des autres, hors de vue, au pied de la colline.

« Pen, je suis épuisé. »

La main de Penelope se pose au creux de son dos, au-dessus de la taille. « Vous faites du bon travail, docteur Ed. Vous aidez beaucoup de gens. » Il sent sa main glisser le long de son corps lorsqu'elle passe devant lui, mais il ne mesure pas le degré de proximité, d'intimité. Il pense à Caroline et Philip, ces personnes qu'il n'a pas su protéger. Soudain le visage de Penelope est près du sien, ses mains se nouent autour de son cou, et il revient aussitôt à l'instant présent, brusquement, tous ses sens en éveil, dans un vaste jaillissement d'informations – vent, soleil, herbe, bruit de la rivière –, le visage de Penelope à quelques centimètres du sien, ses doigts dans son cou, à la base de sa mâchoire, sa bouche qui se rapproche, et – *non !* – ses lèvres contre les siennes, la chose la plus douce qu'il ait jamais sentie.

« Non ! » Il la repousse si brutalement qu'elle trébuche.

Elle revient vers lui, ses mains empoignent les boutons de sa chemise, sa ceinture. Il les repousse, elles reviennent telles des mouches insistantes, et tout à coup l'une d'elles se glisse dans son pantalon, son désir est si manifeste que la jeune fille se met à rire, et sa bouche est à nouveau dans son cou, lui murmurant : « Tout va bien. J'en ai envie. »

Jamais il n'a repoussé une femme, et il s'accorde un moment de battement, le temps de sentir la manifestation de son désir. Ils pourraient se mettre à genoux dans l'herbe. Il pourrait lui retirer son pantalon, faire glisser sa culotte sur ses pieds, la serrer contre lui, la prendre encore et encore, jusqu'à ce qu'ils soient tous les deux rassasiés et guéris. Un souffle. Un instant de fantasme.

Soudain il s'arrache à son étreinte, le cri qu'il

pousse n'est pas humain, tel le rugissement d'un élan qui court se cacher, le ventre déchiré, la mort l'attend – lente et douloureuse. Il reste loin d'elle – à presque deux mètres –, rentre sa chemise dans son pantalon, le reboutonne, remet sa ceinture.

« Ed.

— Pas ça, Pen. Jamais ça. Je regrette d'avoir laissé les choses aller si loin. »

Penelope demeure là où il l'a laissée, poings serrés le long du corps, la poitrine fière. « Vous m'aimez.

— J'aime ma femme, Pen. J'aime Laura.

— Vous m'aimez aussi. »

Il l'a fait. Quel imbécile.

« Pas comme ça », répond-il.

Elle passe devant lui, mais il ne peut courir après elle, ils ne peuvent se donner ainsi en spectacle. Il se force à compter jusqu'à soixante avant de rebrousser chemin lentement vers Griffin Hall.

Un jeune homme appelé Leonard est accroupi contre le bâtiment, il écrase des fourmis du bout d'un bâton. Il lui fait signe. « Cou. Cou. Doc. Teur. Ed.

— Coucou Leonard. »

Il rentre par la porte sur le côté, traverse le couloir jusqu'à son bureau, referme derrière lui, se laisse choir par terre, dos à la porte, la tête dans les mains.

C'est alors que la peur le prend. Une jeune femme qui lui a été confiée a plongé la main dans son pantalon, et il l'a laissée faire, ne serait-ce qu'un instant. On pourrait facilement l'accuser de le lui avoir demandé. Sa carrière est finie, son couple, sa future famille. C'est cette vie-là qu'il veut, celle qu'il a imaginée pour Laura et lui sur la Troisième Rue, avec l'odeur des peintures de sa femme, le chaos des enfants. Il imagine cette vie depuis la première fois qu'il a vu Laura. Il avait bondi par-dessus une table pour elle, et comme elle l'ignorait, il avait sauté sur la scène du bar pour chanter *Girl from the North Country*. Elle s'était retournée pour lui crier : « Mais comment vous le savez ? »

C'était sa chanson préférée.

Il ne peut pas la perdre.

Mais il a si peur, et sa peur fait ressurgir sa Babcia, cette vieille femme rabougrie, la tête couverte d'un foulard, avec tous ses proverbes. La première chose dont il a eu peur, c'était sa manière austère de le toucher, car ses doigts rappelaient à Ed la grenouille morte qu'il avait un jour trouvée dans le parc – elle ressemblait déjà à du cuir tanné, mais au-dessous on sentait encore la chair et les os. Enfant, il était persuadé que sa Babcia était morte, en réalité, les forçant tous à partager sa lente décomposition. La mort semblait progressive, une couche tombant après l'autre, s'amenuisant, le point de départ restant difficile à déterminer. La grenouille du parc était morte, c'était certain – elle ne respirait plus, son cœur ne pompait plus son sang froid d'amphibien dans son corps desséché –, mais sa mort, pensait Ed, avait commencé longtemps avant qu'il ne la trouve. Peut-être avait-elle nagé dans l'étang du parc, ses pattes palmées poussant sur les algues et les herbes aquatiques. Peut-être s'était-elle assise sur le banc, pour attraper des insectes. Peut-être avait-elle gonflé sa poitrine pour attirer un partenaire. Le plus important, se disait Ed dans son esprit d'enfant, c'est que la mort n'était pas identifiable au début. La grenouille était morte, alors même qu'elle paraissait vivante. Babcia était morte, mais tout le monde s'en moquait. Edmund Malinowski est mort, mais il est toujours assis par terre dans son bureau et il respire.

Il reste là jusqu'à la fin du jour. Il feint de ne pas entendre les appels de Martha ni ses coups frappés à la porte. Il refuse l'invitation de Pete à aller boire une bière. L'hôpital se replie autour de lui, se met en position pour dormir.

*

Une semaine plus tard, Ed appelle les parents de Penelope.

« Monsieur Gatson ?

— Lui-même. » Cet homme est doué pour refroidir les gens.

« Je souhaiterais que Mme Gatson et vous-même puissiez venir à l'hôpital. Penelope aimerait beaucoup vous voir et je voudrais que nous prenions le temps de nous asseoir pour discuter de sa sortie. » Il ne lui laissera pas la possibilité de refuser. « J'insiste pour voir les gens en personne. Je vous passe ma secrétaire pour prendre rendez-vous. » Ed transfère l'appel à Martha et met M. Gatson en attente. Fait.

Ensuite, il demande à Martha d'aller chercher Penelope.

Elle s'assoit en face de lui, derrière la barrière de sécurité de son bureau. Elle refuse de le regarder. Il n'y a pas eu de séance individuelle depuis l'incident près de la rivière.

Mais il a réfléchi au moyen de s'en sortir : une échappatoire qui leur sera bénéfique à tous les deux et qu'il aurait dû mettre en place depuis des mois.

« Il est temps que tu rentres chez toi, dit-il.

— Vous avez peur que ce qui est arrivé l'autre jour se reproduise. »

Il espérait qu'elle adopterait le même comportement que lui – silence et oubli. Mais il est également préparé à cette réaction.

« Ce qui est arrivé était une erreur, Pen. De la part de chacun de nous. Je n'aurais pas dû permettre que nous devenions si proches…

— Vous ne croyez pas à ce que vous dites.

— Veux-tu m'écouter, s'il te plaît ? »

Elle fronce les sourcils et sa colère l'effraie. Penelope l'aime, elle ne veut pas lui faire de mal, mais la douleur de l'amour repoussé – est-ce vraiment de l'amour ? – peut vaincre les meilleures intentions. Il ignore ce qu'elle pourrait faire afin de se venger.

Il ne veut pas la pousser dans ses derniers retranchements.

Toutefois, il faut qu'elle s'en aille.

« Tu te portes assez bien pour vivre en dehors de cet établissement, Pen. Cela fait un moment à présent. C'est égoïste et stupide de ma part de t'avoir gardée aussi longtemps.

— Vous voyez ? C'est vous qui m'avez gardée.

— J'aurais dû insister pour que tu quittes ces lieux plus vite.

— Mais vous m'avez gardée parce que vous le vouliez.

123

— Peut-être, mais les choses ne sont plus de mon ressort, dorénavant.

— Que voulez-vous dire ?

— Dans le protocole de réadaptation des patients à la vie en société, tous les patients à haut potentiel doivent être remis dehors. Et plus encore : l'État ne considère plus l'épilepsie comme un facteur nécessitant l'hospitalisation. Ce qui est une bonne chose. Toi et moi, nous savons qu'ici, tu n'es pas à ta place. »

Il ne lui dit pas qu'il est l'auteur de ces changements, et qu'il y a procédé dans le courant de la semaine. La dernière version de ses propositions décrit avec le plus grand soin les caractéristiques qui permettent la sortie des patients, et Penelope les possède toutes. C'est une patiente à haut potentiel et hautes capacités. Elle n'est pas physiquement handicapée et elle est capable d'effectuer toutes sortes de choses. En outre, l'épilepsie aurait dû être retirée de la liste il y a bien longtemps.

Ed se persuade qu'il a seulement rédigé des règles justes. Si elles l'aident à se sortir de la situation délicate où il s'est mis, tant mieux.

Il regarde Penelope encaisser la nouvelle.

« Je pourrais parler, vous savez. »

Il s'est aussi préparé à cela, même s'il espérait qu'elle ne jouerait pas cette carte-là. Il n'a pas envie de la contrer.

« Pen.

— Je pourrais raconter à tout le monde ce qui s'est passé entre nous. Je pourrais vous dénoncer. »

Ed regarde les tableaux de Laura accrochés au mur, puis ce portrait d'elle qu'il a récemment mis sur son bureau. Il pose les mains à plat devant lui sur son buvard.

« Et que dirais-tu ? Que tu as glissé la main dans mon pantalon et que je t'ai repoussée ? Tu aurais l'air d'une adolescente énamourée, et moi, du pauvre médecin qui est l'objet du transfert des émotions d'une patiente. » Il déteste dire tout ça. Déteste voir la manière dont les traits du visage de Penelope sont bouleversés, dont sa colère se transforme en dégoût, puis en tristesse. Pourtant il doit le faire. « Si tu dis qu'il y a eu plus que cela, personne ne te croira. »

Elle détourne les yeux, et lorsqu'elle reprend la parole, sa voix est tranquille. « Ce n'est pas vous, Ed. Vous pouvez bien raconter tout ce que vous voulez, mais moi, je sais. » Elle se lève, et en se redressant ainsi, à son tour sa voix se fait plus forte, plus grande. « Je vais mieux grâce au temps que nous avons passé ensemble. Et vous aussi. » Elle vient à lui, et sa main saisit la sienne avant qu'il ait pu s'en prémunir.

Encore un instant, et elle ne sera plus là. Un instant de plus, qu'est-ce que ça peut faire ? Il voit les choses clairement – ses mains sur le visage de Penelope, sous son chemisier, la dénudant, puis ce corps parfait offert à son regard, à son désir. *Laura*, entend-il dans un coin de son cerveau. *Laura, le bébé, la maison. Ta carrière,* murmure une autre zone. Et puis encore : *prison.* Il entend sa grand-mère chuchoter : *Co cialo lubi, to dusze zgubi.* « Rappelle-toi, Eddy, ce que le corps aime perdra l'âme. »

Tu as la maîtrise de toi-même, se dit-il. *Retire ta main. Recule.*

Il y parvient, et lui annonce : « Tes parents viennent te chercher la semaine prochaine. »

Penelope fait demi-tour et se dirige en hâte vers la porte.

13

Laura

Le bébé arrondit mon ventre comme un galet géant. Ses membres sont pointus, et je l'imagine semblable à l'une des pointes de flèche d'Ed, dont l'extrémité appuie à travers mon ventre.

Miranda adore. « Les clients achètent toujours aux femmes enceintes. Attends et tu verras. Tes ventes vont grimper. »

Elle a raison. Tout le monde achète, même celles qui en général touchent à tout mais repartent les mains vides. Néanmoins, la journée passe lentement, et je consacre plus de temps à repasser et étiqueter les vêtements qu'à les vendre.

Je suis dans la réserve quand la clochette tinte. « Bonjour ! J'arrive tout de suite ! » crié-je.

Une voix d'homme que je connais me répond : « Bonjour ! »

C'est Tim, dont la mère est morte. J'ai toujours sa carte de remerciement dans mon atelier et je la connais par cœur. *Ma mère a toujours cru en la gentillesse des étrangers. Les gens ont toujours fait des choses pour elle. Mais je n'avais jamais vécu ça moi-même avant notre rencontre de l'autre jour. À présent, je comprends ce qu'elle voulait dire. Merci.* Et puis, tout en bas, en lettres encore plus petites : *J'espère pouvoir vous offrir un verre, un jour.*

Je relis cette carte quotidiennement à présent. Il a une écriture petite, compacte, tandis que celle d'Ed est relâchée, illisible.

Tim est à nouveau propre sur lui. Ce qui correspond à son écriture, même si je préfère peut-être la version un peu échevelée de la première fois.

« Vous travaillez, dit-il.

— Oui. »

Il y a au moins un an que sa mère est décédée, et je travaille ici depuis deux ans.

Ed ne le sait toujours pas.

« Je passe tout le temps par là, mais je ne vous vois jamais à travers la vitrine, aussi je n'ai pas le courage d'entrer. »

J'ai dans les bras un paquet de robes à accrocher. « Vous avez besoin de vêtements pour femme ? »

Il se met à rire. « Non. »

Je n'ai pas l'impression qu'on m'ait draguée depuis le jour où Ed a tout fait pour me séduire et me ravir à Danny, mais ça doit être ça. La carte. Passer tout le temps devant la boutique. Avoir besoin de courage pour y entrer.

Je suis flattée.

Quand je me tourne vers lui, après avoir accroché les robes, il découvre mon ventre.

« Oh ! » s'écrie-t-il, et je ne peux m'empêcher de sourire.

« Vous ne vous attendiez pas à ça.

— Non. Je veux dire, je ne m'attendais à rien.

En fait, j'espérais… » Il est si mal à l'aise qu'il ne sait plus quoi dire, le pauvre, puis il se reprend, me regarde. « J'espérais vous offrir un verre. Mais ce n'est sans doute pas la meilleure idée étant donné votre… situation.

— Le médecin dit que je peux boire, à condition que ça n'atteigne pas un pack par jour. » Je suis ridicule et guère généreuse avec lui. Il n'a sûrement plus qu'une envie : prendre la fuite, et moi, je suis là, à répondre à ses avances. Je pose la main sur mon ventre et je dis : « Écoutez, Tim. C'est vraiment gentil à vous d'y avoir pensé, mais je suis convaincue que vous ne vous attendiez pas à me trouver enceinte de six mois, alors vous n'êtes pas obligé de me proposer d'aller boire un verre, vous savez. »

Il paraît soulagé, mais il secoue la tête et s'approche de moi. « Il ne s'agit pas d'un rancard. Mais de vous remercier pour votre générosité. »

Je me sens bête. Est-il vraiment assez gentil pour offrir un verre à une femme sans espérer coucher avec elle ensuite ? Et suis-je bien cette femme ?

Je garde trop longtemps le silence, et à nouveau la nervosité le gagne. « Je suis désolé si je vous ai mise mal à l'aise. J'ai été tellement touché par votre gentillesse, je voulais vous remercier – sincèrement. Juste vous remercier. Mais je comprends tout à fait que cela puisse ne pas être une bonne idée. Je vais vous laisser tranquille et…

— J'aimerais beaucoup boire un verre avec vous. Je termine à la boutique à dix-sept heures.

— Super ! » s'écrie-t-il, visiblement terrifié.

129

*

Nous parlons pendant des heures, tels de vieux amis. Mon ventre n'existe plus, mon mariage n'existe plus. Je ne suis plus qu'une femme qui boit un verre dans un bar avec un homme. Nous parlons de nos défunts parents, de son père qui a le cœur brisé, de son enfance, du lycée, du travail. Il est architecte et entrepreneur.

« J'ai fait des études pour être sur le terrain, et quand je me suis retrouvé dans un bureau, j'ai compris combien j'avais besoin d'être sur place. Alors maintenant je fais la conception et la création. »

Je lui parle de mes peintures. Je lui dis combien j'aime travailler à la boutique. Je n'évoque pas les cours à Boulder parce que je ne veux pas parler d'Ed. Mon alliance est déjà assez voyante comme ça.

Il est vingt heures trente lorsque je quitte le bar en assurant à Tim que je suis en état de conduire. J'ai seulement bu trois verres de vin. Je rentre à la maison dans cette voiture débile qu'Ed m'a achetée : « Pratiquement neuve et jaune : ta couleur préférée. C'est une boîte automatique. Je sais que passer les vitesses te rend nerveuse. » Il était si fier de lui qu'il a presque réussi à me convaincre de ses nobles motivations : un cadeau pour son épouse enceinte, rien de plus. Mais je sais qu'il a acheté cette voiture pour se débarrasser de moi, pour retrouver la liberté de faire seul ses trajets jusqu'à Boulder, le mardi. « Elle te plaît ? m'a-t-il demandé.

— Oui, ai-je menti. Elle est très jolie. »

La maison est tout éclairée quand j'arrive, et je suis

à peine sortie de la voiture qu'Ed est déjà là en train de crier : « Nom de Dieu ! Laura ! Tout va bien ? Mais où étais-tu donc ? J'ai frappé à la porte des voisins. Pete et Bonnie te cherchent. J'allais appeler la police. »

J'éclate de rire. C'est tout ce qui me vient face à pareille ironie du sort. Je ris, je ris, jusqu'à ce que ce rire se transforme en un doigt durement planté sur le torse d'Ed. « Tu t'apprêtais à appeler la police ? Parce que je rentre à la maison à vingt heures trente ? Parce que j'ai raté le dîner ? Oh, mon Dieu ! Il a vraiment dû se passer quelque chose d'horrible, de terrible pour que je reste dehors si tard. Il a dû se produire un accident. Ou une tragédie. Peut-être que mes parents ont été tués. Ah, mais non, ils sont déjà morts. Et si j'avais été assassinée ? Kidnappée. Les possibilités sont sans fin. Pas vrai, Ed ? Parce que, honnêtement, quelle raison peut-on avoir de rester dehors si tard, si ce n'est pour une urgence ? »

Il essaie de parler plus fort que moi, de me calmer. « D'accord, Laura. Je te vois faire. Mais j'ai des responsabilités en dehors de cette maison, et toi…

— Des responsabilités qui exigent que tu ailles au bar tous les soirs ou presque boire un coup avec tes copains ? Et qui te dit que moi aussi je n'ai pas ce genre de responsabilités ?

— Mais nom d'un chien qu'est-ce que ça signifie ? »

Nous crions trop fort pour les voisins.

Je n'ai pas envie d'être là. Je voudrais être encore au bar avec Tim, à parler de la vie que j'espérais. Une critique aurait repéré mon travail lors d'une expo d'œuvres d'étudiants, elle l'aurait accroché dans sa galerie à New York, et mon nom se serait répandu à la surface du globe. La gloire, et peut-être une petite fortune. Un mariage où on rit, on boit et on mange. Les voyages. Les enfants, mais en étant certaine de poursuivre mon œuvre.

« Ça ne me paraît pas impossible, a dit Tim.

— Ouais, sauf que la critique ne m'a pas choisie. Elle a jeté son dévolu sur Tabitha Howser, qui n'était qu'une émule de Georgia O'Keeffe, avec ses fleurs vaginales. Tabitha se débrouille bien, elle vient d'inaugurer une nouvelle expo à New York, et moi, je suis là, à Helena dans le Montana.

— Je n'ai pas vu vos œuvres, naturellement, mais je suis sûr que c'est mieux que les fleurs vaginales. » Il a levé son verre.

« À quoi boit-on ?

— À votre carrière. »

Je ne me rappelle pas la dernière fois où j'ai parlé de ma carrière avec Ed.

« Est-ce qu'au moins tu vas me dire où tu étais ? demande ce dernier.

— Non », réponds-je, et je rentre dans la maison.

*

Le lendemain soir, Ed rentre tôt, avec du vin et un dîner à réchauffer, insistant pour s'en charger lui-même. Je ne bouge pas de ma place, près de la fenêtre, où j'attends que revienne notre couple de casse-noix d'Amérique que la voiture a fait fuir. Nous leur donnons à manger des cacahuètes dans une mangeoire plate. Ce sont de gros oiseaux noir et gris, très bruyants. Nous les avons appelés tous les deux Lewis.

« Les Lewis ? demande Ed et j'acquiesce.

— Je crois qu'ils sont partis pour la journée.

— Ils reviendront, dit-il en me versant un verre de vin. Et voilà, ma belle. »

Je déteste cette version de lui, le lèche-cul attentionné. Je préfère le connard en colère, le buveur aviné, ou le médecin absent. Au moins, dans ces versions-là, il est vraiment lui-même.

Le micro-ondes sonne et Ed rapporte nos plats fumants. Du pain de viande, avec de la purée, des haricots verts et du jus de viande. Naguère on rigolait ensemble de notre amour pour les dîners réchauffés au micro-ondes, combien nos mères auraient été horrifiées de nous voir.

Il lève son verre, à croire qu'en portant suffisamment de toasts, nos problèmes se dissiperont.

« Encore au bébé ? » demandé-je en pensant aux verres que j'ai bus avec Tim. On a trinqué à mon œuvre.

« Autre chose, répond-il. Je voulais te le dire hier soir, quand tu as disparu. » Il s'arrête pour que sa remarque puisse faire son effet, et j'attends la suite. Je ne lui fournis aucune explication sur mon absence. « D'accord – tu ne mords pas à l'hameçon. Alors voilà, nous buvons au fait que Penelope va rentrer chez elle ! » Suit un grand geste, son verre vient heurter le mien et il sourit, plein de fierté. Comme le chien de mon enfance qui un jour m'a rapporté un écureuil mort et l'a déposé à mes pieds avec le plus grand soin. Puis il s'est assis sur son arrière-train, et il m'a souri, langue pendante, si fier de lui. Je n'ai pas eu le cœur de lui refuser ce cadeau, je lui ai caressé la tête et dit qu'il était un bon chien, et puisque cela rendait mes parents malades, il m'a incombé de mettre l'écureuil dans un sac et de le jeter à la poubelle, profitant du fait que le chien était distrait par son dîner.

Ed aussi veut que je lui caresse la tête et que je le félicite. Mais il se trompe plus encore que mon chien, dont la seule erreur était de croire que les humains appréciaient les mêmes choses que les chiens. L'erreur d'Ed est bien plus grande, et son cadeau beaucoup plus laid. Si cela vaut la peine de trinquer au départ de Penelope, c'est que sa présence nécessitait qu'on se fasse du souci. En se comportant ainsi aujourd'hui, il valide mes peurs et mes soupçons. Il leur donne vie.

Qu'il est bête.

Mais je suis trop fatiguée pour me battre.

Du coup je lève mon verre pour trinquer avec lui à la fin de ce qui fut, je le sais maintenant, une liaison. Qu'elle soit consommée ou pas, sa relation avec cette fille est une trahison.

Je pense à Tim. J'essaie le mot *trahison*.

Ed mange son pain de viande, et je suis de retour sur les marches de l'hôpital, le premier jour, quand j'attendais qu'il termine sa séance avec Penelope. Je compte les minutes qu'il passe avec elle.

14

Les parents de Penelope sont là, devant lui, à cinquante centimètres derrière la chaise où s'assoit leur fille pendant ses séances. Il la retrouve dans leurs visages, parfait mélange des deux. Chez eux, ces traits sont presque comiques, surtout quand on les compare – le père est grand et mince, la mère petite et ronde. Ils ont besoin de Penelope pour se compléter, pour être reliés l'un à l'autre. Ed considère alarmant, voire insultant d'apercevoir les yeux de Penelope derrière les lunettes de son père et que la même épaisse chevelure drape les épaules de sa mère. Son nez est aussi présent au-dessus de l'imposante moustache poivre et sel de son père ; quant aux minuscules coquillages de ses oreilles, ils sont attachés au crâne de sa mère. C'est un puzzle, une chasse à l'image cachée. Il voudrait les étudier des heures, cocher les similitudes. Front de la mère, menton du père, mains de la mère, jambes du père. Chacun de ces détails est parfait chez Penelope mais déconcertant chez ses parents, comme si des voleurs s'étaient emparés d'elle morceau par morceau.

Elle ne lui a pas adressé la parole depuis la dernière fois où elle est venue dans son bureau.

« Merci d'être là. » Ed se présente et leur serre la main. Le père : poignée ferme, en colère. La mère : poignée molle et faiblarde. « Asseyez-vous. »

Le père occupe la place de sa fille.

« Pourquoi t'assois-tu toujours là ? lui a-t-il demandé un jour.

— C'est plus loin du couloir. Ça signifie qu'il y a davantage de pas à faire, au cas où on viendrait m'enlever. Si je suis là, vous avez le temps de bondir pour me sauver.

— Est-ce que j'immobiliserais l'intrus à terre ? »

Son rire a carillonné.

La mère renifle et cherche un mouchoir dans son sac.

Le père prend la parole : « Je vais être brusque, docteur Mali… comment déjà ? » Même assis, il est grand, et sa voix est trop aiguë pour sa taille.

« Malinowski. » Ils ont entendu son nom d'innombrables fois, l'ont lu sur les innombrables lettres qu'il leur a envoyées. C'est certes long et bizarre, mais pas impossible à retenir.

« Docteur Malinowski, c'est ça. » M. Gatson pose la main sur le bras de sa femme, vêtue d'une blouse dont les fleurs paraissent négligées, les pétales près de faner. « On ne sait pas pourquoi vous vous obstinez comme ça. »

La mère écarte son mouchoir pour s'écrier : « Penelope souffre d'épilepsie et d'épisodes psychotiques, c'est le diagnostic ! Et vous voulez la renvoyer chez nous !

— Calme-toi, Hattie. » Son mari lui tapote le bras.

Ed regarde le tableau représentant le lac Michigan.

Il voit Laura en bikini, de l'eau jusqu'à la taille, le soleil sur sa peau, regard tourné vers lui. « Viens ! l'entend-il lui crier. C'est merveilleux ! »

« Monsieur et madame Gatson. » Il énonce leurs noms telles des entrées spéciales au menu d'un dîner. « Un diagnostic est la simple description de ce qu'on observe chez un patient. Ici… » Il glisse sur son bureau une copie du dernier diagnostic extensif concernant Penelope, réalisé quelques semaines après son arrivée. « Nous avons une vision plus large. »

Le père prend la feuille à deux mains, à croire qu'elle risque de s'envoler.

« Qu'est-ce que ça dit, Lionel ? »

M. Gatson se met à lire à voix haute, vieille berceuse qu'Ed connaît par cœur : « "Diagnostic social : femme caucasienne de seize ans ayant une sœur (Genevieve, cinq ans de plus), qui réussit à l'école (A et B), sait parfaitement lire et écrire, montre un développement personnel sain dans ses relations avec ses pairs (d'après ce que l'on peut déterminer dans le cadre de l'institution)." Sain ! Ah ! Peut-être ici, avec tous ces retardés, mais c'est sûr qu'elle a pas des relations saines avec les gosses à l'école. Ils sont terrifiés ! »

Au tour de la femme d'apaiser son mari. « Allons Lionel, calme-toi.

— Voulez-vous que je détaille le diagnostic ? » propose Ed.

Ils le regardent comme s'il avait proposé d'enlever son pantalon : suggestion grotesque et déplacée.

« Ce sera pas nécessaire, docteur. » M. Gatson se remet à lire, les mots sont étranges dans sa bouche, dénués de sens, simple série de sons, pareils à des grognements, des glapissements dans les couloirs, des miaulements et jappements. « "Diagnostic médical : occurrences isolées de crises de petit mal et de haut mal. Réagit bien aux médicaments. Diagnostic psychiatrique : développement normal." »

Pif. Paf. Boum. Des bruits qui n'ont aucun sens, un radeau flottant sur les eaux agitées d'un lac, sans rapport avec le rivage.

Mme Gatson dévisage Ed de ses petits yeux qui louchent. Penelope a de la chance de ne pas avoir hérité de ça. « Ça parle même pas de ses épisodes psychotiques !

— Nous n'avons aucune preuve que Penelope ait connu des épisodes psychotiques. Nous croyons qu'il s'agit là d'une erreur de diagnostic.

— Alors vous êtes un idiot. » La femme pointe le doigt sur le papier, toujours dans la main de son mari. « Et ça veut dire quoi "développement normal" ? Elle fait des crises ! Et toute cette partie "lente à la colère", c'est ridicule. C'est un monstre après ses crises. »

Ed sent sa patience s'effriter. Idiot ? Ses diplômes sont affichés au mur : son doctorat, son internat, sa spécialisation. Il pourrait attirer son attention dessus, puis sur les livres posés sur l'étagère. Il pourrait lui montrer son CV, tout ce temps qu'il a passé à l'hôpital, tous les patients qu'il a traités. *Idiot, dites-vous ? Pardonnez-moi, mais à quelle université êtes-vous allée, déjà ?* Il connaît la réponse. C'est dans le dossier de Penelope. Sa mère n'a jamais mis les pieds sur un campus universitaire.

Non. On ne peut pas faire honte aux gens sans vergogne. Ça ne marche jamais.

Et c'est vrai que tu es un idiot, souviens-toi, dit une voix qui est peut-être celle de sa mère. *Elle a raison, Eddy. Tu es un garçon stupide.*

Il reprend sa respiration et croise les mains à nouveau. « Je comprends votre hésitation, madame Gatson. » Il marque une pause, écoute un camion qui démarre en grondant. Mais que fait-il donc, cet engin ? Les sols sont en piètre état. « Toutefois, Penelope est à l'hôpital depuis plus de trois ans, et elle a fait beaucoup de progrès grâce aux nouveaux médicaments et aux changements d'habitudes. Elle a un QI au-dessus de la moyenne, et ici elle n'est pas parmi ses pairs. Nous ne pouvons justifier son maintien dans cet établissement.

— Mais vous pouvez justifier de la renvoyer à l'extérieur ? » M. Gatson monte au créneau de nouveau. *Lionel*, quel nom de chochotte, tellement mou sur la langue. Dès qu'il parle, sa moustache frémit, comme un animal domestique qu'on peut caresser et soigner, par contre il n'a pas de temps à consacrer à sa fille. « Est-ce que vous avez pensé que si elle est aussi bien, c'est justement parce qu'elle est ici ? Que votre diagnostic a changé grâce à cet environnement ? »

Ed entend Penelope lui dire : *Je vais mieux grâce à vous.*

« L'un des problèmes quand on garde une patiente telle que Penelope plus longtemps que nécessaire, c'est que l'hospitalisation finit par influer sur son identité. Penelope se considère déjà suffisamment malade pour être hospitalisée. Plus elle restera ici, plus elle intériorisera cela dans son identité. Si on la garde davantage, cette conception d'elle-même s'élaborera

plus encore dans son esprit. La situation s'aggravera. »
Ed est surpris de ne pas avoir déjà été interrompu
– pas de glapissement de la part de Mme Gatson.
« Aujourd'hui, Penelope est forte et capable, mais elle
ne pourra avancer dans cette direction sans une stimulation intellectuelle supérieure à ce que nous pouvons
lui offrir. » Il décide de se lever, pour leur montrer
que c'est lui le patron et que l'entretien est presque
terminé. Il leur explique ce qu'ils doivent savoir. Ils
devront s'en contenter. « Lorsqu'un diagnostic ne
correspond plus, nous devons l'abandonner et revenir
à la personne qui se trouve devant nous. La personne
que nous sommes est constamment redéfinie, redé-
terminée. Les besoins de Penelope sont différents
désormais. »

Il connaît par cœur cette partie du scénario. Il l'a
déjà jouée à des douzaines de familles : *Les gens sont
malléables, de même que leur comportement, et le
comportement est la seule chose qui nous intéresse, qui
nous importe. Quand il correspond à la norme sociale,
les patients doivent revenir au sein de la société.* Certaines familles sont réceptives, d'autres luttent, comme
celle de Penelope. Il s'est heurté à des grands-parents
– seuls parents d'un garçon parfaitement fonction-
nel – qui disaient que leur petit-fils ne pouvait sortir
de l'hôpital parce qu'« il finirait par mettre enceinte
une autre attardée et ça rajouterait encore des débiles
mentaux sur Terre ». Ed a eu envie de souligner le
fait que les chances que cela arrive étaient beaucoup plus grandes si leur petit-fils demeurait au sein
d'une institution dont la population était uniquement
constituée de personnes handicapées. « C'est très peu

probable », a-t-il dit à la place, et il les a mis dehors. Il est toujours à la recherche d'une maison commune pour ce garçon.

« Et si elle recommence à pas être bien ?

— Nous sommes là pour vous aider, leur promet Ed, et nous allons mettre en place des mesures de sécurité. Penelope devra voir un psychologue une fois par semaine, ou deux si vous pensez que cela l'aide davantage. Elle poursuivra son traitement médical. Nous allons vous donner les recommandations nécessaires quant à son régime alimentaire. Les crises sont souvent déclenchées par la déshydratation et la malnutrition, aussi est-il important qu'elle reste en bonne santé. »

Les Gatson, ce drôle de petit couple, se lèvent à leur tour. « J'espère que vous avez raison à propos de tout ça, docteur, conclut M. Gatson.

— Je suis très confiant. »

Ils quittent son bureau en silence, seuls leurs pas résonnent dans l'escalier, le bruit du couloir du rez-de-chaussée noyé par le fracas de la cour – tout le monde est dehors. Il les ramène à la salle d'attente près du bureau de Martha et va chercher Penelope dans sa chambre.

*

Ed la trouve en train de ranger ses quelques affaires personnelles : des livres, les tubes de peinture et le cahier à dessin que Laura a donnés à chacun de ses élèves (dépense qu'elle a payée de sa poche, c'est-à-dire de celle d'Ed ; il n'a pas eu le courage de se plaindre), ses journaux, l'un rempli, l'autre en cours, et les vêtements que ses parents lui donnent. Elle aurait pu avoir beaucoup plus, mais il est risqué pour une patiente de posséder trop d'objets car il est difficile de les protéger. Penelope lui a souvent parlé de ce qui disparaissait. Parfois, elle les retrouve : un pantalon gisant par terre dans la cour, tout sale ; un de ses livres au réfectoire, de larges portions manquantes – mais la plupart du temps les choses se contentent de disparaître. Une fois, elle a surpris une femme avec un de ses pulls, mais elle n'a rien dit. « Elle ne comprend pas la notion de vol, lui a raconté Penelope ensuite. Elle a vu un joli pull, bien mieux que ceux de l'hôpital qu'elle a portés toute sa vie, et elle l'a enfilé. » Tout serait tellement plus simple si Penelope n'était pas si gentille.

Dans le dortoir, il fait sombre, malgré le soleil éclatant, et les lits sont défaits. Penelope se trouve au milieu, debout à droite du lit, lui tournant le dos, les morceaux épars de sa vie à l'hôpital étalés devant elle sur le drap. Il s'approche lentement, conscient de ses pas qui résonnent, des soupirs et gémissements du bâtiment, du bruit que fait Penelope en rangeant ses affaires.

Elle doit l'entendre, mais ne manifeste rien.

Ils sont seuls et ce sont leurs adieux. Sa vie déménage à l'extérieur, loin de lui, de l'autre côté de ce gouffre qu'il essaie de se représenter dans sa tête. Trop souvent, il songe à la proximité géographique, hélas, lorsqu'elle sera de retour chez ses parents à Helena, juste à l'autre bout de la ville. Il a mémorisé l'adresse. Il ne peut se forcer à l'oublier. Pourtant : un gouffre.

Suffisant pour que si jamais il tombe sur elle dans la rue, il se contente de remarquer comme elle a l'air en bonne santé et continue son chemin.

Leurs adieux… il ne peut y échapper.

Il est derrière elle, à trente centimètres, trop près. Il pose la main sur son épaule. S'attend à ce qu'elle se retourne, mais elle demeure face au lit, un livre entre les mains. Il ne l'a jamais touchée à cet endroit précis. Sa main va de sa clavicule à son omoplate, contours secs de son corps. Elle est sans doute trop maigre, même si la chair est bien placée là où il faut – ce cul parfait, ces seins ronds. Il l'a trop souvent regardée, se maudissant lui-même pour cela, s'interdisant de poser à nouveau les yeux sur elle. Seulement voilà, il la regarde encore une fois.

« Ils sont là ? » demande-t-elle.

Il ne peut retirer sa main.

« Ils attendent avec Martha.

— Comment l'ont-ils pris ? »

Il ne supporte pas la résignation dans sa voix, toutes ces couleurs magnifiques qu'elle déversait sur lui et les autres patients : disparues, éteintes. Il appuie légèrement sur son épaule : « Retourne-toi, Pen. »

Elle se jette contre lui, forçant sa main à descendre plus bas, au creux de son dos. Les êtres humains sont programmés pour répondre à une étreinte et la rendre en retour ; d'instinct, ils cherchent un corps à serrer, pour prendre et donner de la chaleur. Quand une personne s'écarte, cela signifie qu'elle a vécu un traumatisme, ce qui n'est pas le cas d'Ed. Il a d'autres raisons de ne pas vouloir répondre à cette étreinte, néanmoins il l'entoure de ses bras, la serre contre lui sans réfléchir, conscient seulement de son corps contre le sien, de sa joue sur sa poitrine, de ses seins contre ses côtes – il est tellement plus grand qu'elle –, jusqu'à son genou osseux qui appuie contre son tibia. Il l'absorberait tout entière s'il le pouvait.

« S'il vous plaît, ne m'obligez pas à partir. »

Sa main se glisse dans ses cheveux, les caresse. « Tout ira bien. Ils ne sont pas parfaits, mais je suis sûr qu'ils t'aiment à leur façon, et ils te donneront ce dont tu as besoin : une maison, à manger, ils t'emmèneront à l'école, voir ton thérapeute, te rappelleront de prendre tes médicaments. Et puis tu seras avec Genevieve, alors ce ne sera pas si terrible ? Et tu vas avoir dix-huit ans dans quelques mois. Tu seras une véritable adulte. Genevieve et toi, vous pourriez prendre un appartement toutes les deux. »

Elle ne relâche pas son étreinte. Ses mains s'accrochent à sa chemise, elle ne s'écarte pas, son corps tout contre le sien, mais elle redresse la tête.

« Je sais que vous ne voulez pas que je parte. »

Il doit s'arracher à ses bras. Il se donne une série d'ordres, comme il le ferait avec un patient, chaque étape clairement expliquée pour éviter toute confusion. *Retire tes doigts de sa chevelure. Enlève ton autre main de son dos. Recule. Encore un pas. Il doit y avoir entre vous une distance d'un mètre.* Il retire sa main, mais elle s'en empare. Il recule. Elle ne le lâche pas.

« Dites-moi que vous ne voulez pas que je parte.

— Tu vas mieux, Pen. Tu dois retourner là-bas.

— Pas ça. *Vous !* Qu'est-ce que vous voulez ? »

Il voudrait la jeter sur ce lit.

Son visage est si proche, bouche entrouverte, excitante.

Mais derrière elle se trouve une rangée de lits aux draps crasseux. Ceux des patients dont il est responsable. Et il est aussi responsable d'autres personnes. De sa femme. Et à présent de son fils.

Il est plus fort que Penelope, et il lui est facile de retirer les mains qui serrent sa chemise. Il les garde dans les siennes mais les maintient à distance, telle une barrière entre eux. « Tout ira bien, Pen. »

Elle s'écarte et se retourne, jette ses dernières affaires dans son sac à dos.

« Pen.

— Arrêtez ! Ne dites plus rien !

— D'accord. »

Ils terminent ce qu'ils ont à faire en silence, Ed prend la petite valise, Penelope hisse son sac sur son dos. Ils traversent la cour, entrent dans Griffin Hall, où il remet la valise à son père.

Elle ne répond pas à son au revoir.

DÉPENDANCES

Septembre – Décembre 1973

15

Laura

Ed a juré qu'il m'accompagnerait à ce rendez-vous, mais une fois encore, il m'appelle : « Laura, je suis vraiment désolé. »

Je ne le laisse pas m'expliquer quelle est la nouvelle crise à Boulder – encore un employé qui n'est pas venu, ou un pervers recruté par l'ancien directeur, ou simplement un patient en pleine crise, et il n'y a personne d'autre que lui pour réconforter cette âme misérable. Ça m'est égal. Ce n'est pas parce qu'il reste là-bas que cela va changer les choses. Un après-midi de plus n'y suffirait pas, quoi qu'il prétende. D'autres crises surviendront.

« Il y aura d'autres rendez-vous chez le médecin, a-t-il dit la dernière fois qu'il l'a raté.

— Pas tant que ça. »

Il a réussi à venir une fois, jusqu'ici.

Il neige presque : pluie glaciale à moitié gelée qui me pique le visage. Les rues sont glissantes à cause des précipitations, et je roule plus lentement que d'habitude. Ce n'est pas seulement passer les vitesses que je n'aime pas : tout ce qui touche à la conduite me rend mal à l'aise. Mettre en branle ces énormes paquets de métal autour de soi, quatre pneus pour tout contact avec la terre, tant de choses qui bougent : cela paraît fou.

Un type en colère me double dans la rue Winne, un quartier résidentiel. Il klaxonne, me fait un doigt d'honneur. Je lui réponds gentiment. « Noie-les sous la gentillesse », disait ma mère.

Je voudrais qu'elle soit à mes côtés dans cette voiture, qu'elle m'accompagne à mon rendez-vous pour voir si le bébé est en bonne santé. Elle aurait rendu l'absence d'Ed acceptable.

J'aurais dû demander à Bonnie de venir, mais elle m'a déjà accompagnée les deux dernières fois, et on commence à avoir l'impression que c'est elle, le second parent.

Malgré tout, elle défend Ed.

« Tu vas bien, dit-elle. Pourquoi as-tu besoin qu'Ed soit là ?

— J'ai besoin d'attention, ai-je répondu une fois. Comme il en accorde à sa précieuse Penelope. »

Bonnie essaie toujours de calmer mes inquiétudes. Quand Penelope est sortie de l'hôpital, elle a déclaré : « Tu vois ? S'il y avait eu quelque chose, Ed ne l'aurait jamais remise dehors. »

Nous savons toutes les deux qu'elle mentait.

J'allume une cigarette et j'entrouvre la fenêtre. J'ai diminué pendant ma grossesse, à la demande du médecin, mais il m'est impossible d'arrêter complètement. Les risques encourus le laissent hésitant. « Un poids plus faible à la naissance, voilà tout ce qu'ils ont trouvé, or vous êtes très menue. Un petit bébé sera plus facile à faire naître pour vous. »

Des gouttes parviennent jusqu'à l'intérieur, taches sur ma main. Dans l'air, une odeur de feu de bois, elle demeurera jusqu'au printemps. Je ferai un feu dans le poêle en rentrant. Ed adore le fait que je sache allumer un feu.

Dans mon ventre, le bébé bouge, plonge, cabriole. « Coucou, petit homme. » Je lui chante une berceuse : *Hush a-bye, don't you cry, go to sleep my little baby.*

Au cabinet, on me pèse, me mesure : tension artérielle, taille du ventre. « Vous devriez prendre davantage de poids, dit l'infirmière replète avec malice.

— J'essaie », réponds-je, même si je ne fais sûrement pas assez d'efforts. Les nausées du début de la grossesse ne se sont pas arrêtées au quatrième mois comme promis, et manger est devenu une nécessité gênante envers laquelle je n'ai guère de patience. Tout me rend malade. Tout me paraît dégoûtant. Seuls la bière et le vin me font envie. Je me force à manger des biscuits salés, du bouillon fait maison, de la purée, un porridge insipide.

L'infirmière écoute les battements de cœur du bébé, un bruit de baleine qui plonge, tout droit sorti d'une grotte sous-marine. « Il est très robuste », dit-elle, montrant une gentillesse nouvelle envers cette toute petite femme qui porte un bébé au cœur vaillant. *Vous voyez ? Je peux porter un enfant en pleine forme, même en mangeant peu. Il va se servir sur mes réserves, et c'est très bien.*

Le médecin arrive et appuie sur mon ventre rond, puis glisse ses doigts à l'intérieur de mon corps. Son regard est fixé au-dessus de moi. Sa main ressort et il fait un pas en arrière avant de prendre la parole.

« Tout a l'air parfait. Vous êtes un cas d'école, Laura. J'aimerais que toutes les grossesses soient si faciles. »

Je lui pose ma liste de questions, notées dans un carnet que je garde dans mon sac. *Est-ce qu'on finit un jour par ne plus avoir mal aux seins ? Est-il possible de ne manger et boire que de la nourriture et des liquides blancs ?*

Les câlins sont-ils encore permis ?

« Laura, là où est votre bébé, il ne peut pas être plus en sécurité. Vous et votre mari, vous pouvez avoir des rapports sexuels jusqu'à l'accouchement. Vous aurez mal aux seins plus encore au moment de la montée de lait, alors mieux vaudrait vous y habituer. Et vous savez, je déteste dire cela étant donné ce que ça signifie pour vous, mais les bébés sont des parasites. Ils se servent autant qu'ils veulent sur la mère, aussi la seule personne qui souffrira si vous n'ingérez que de la nourriture ou des liquides blancs, c'est vous-même. Mangez ce que vous pouvez et ne vous inquiétez pas. Vous suivez les cours Lamaze ?

— Oui.

— Et comment va votre mari ?

— Bien. »

Le médecin sourit et écrit quelque chose dans mon dossier. Je pourrais lui dire : « Mon mari est un gros salopard », il ne l'entendrait pas. Ses patientes ont des maris, et c'est son travail de s'enquérir à leur sujet. Ni plus ni moins. L'état du mari n'a aucune importance.

« Encore un dernier rendez-vous et ensuite nous

nous verrons à l'hôpital. » Tout en me parlant, il s'en va. L'infirmière me laisse à son tour et je me rhabille lentement, me repassant le bruit du cœur du bébé, si différent du mien. Le sien m'évoque la pluie et les vagues, une grande tempête océanique que j'imagine déferler sur la côte pacifique, tandis que le bébé et moi sommes en sécurité dans une petite maison, alors que la pluie dégouline sur les fenêtres et martèle le sable en contrebas. Je voudrais dire à Ed : *Le cœur de notre enfant bat telle une tempête, une grande démonstration de puissance et de force. Il est plus fort que nous.*

À la maison, je commence une nouvelle toile. Un corps, depuis les hanches jusqu'au cou, avec un énorme ventre et une peau transparente. À l'intérieur, un bébé. Son corps s'ouvre à la tempête qu'il transporte dans sa poitrine, un grand océan se brisant sur les rochers, des nuages lourds de pluie dans les cieux.

*

Mes élèves adorent mon ventre et je les laisse me toucher sans rechigner. Même les plus balourds deviennent élégants quand leurs doigts se posent sur moi, soudain fluides et contrôlés.

Chip a hurlé la première fois où il a senti un coup de pied. « Lau-ra a-ttaque ventre. » Il a retiré sa main comme s'il s'était brûlé.

« Parfois, il appuie si fort contre mon ventre avec son pied qu'on voit le contour. »

Mes élèves écarquillent les yeux devant pareille

magie : un pied à l'intérieur d'un ventre. Une grossesse est un don que l'hôpital ne reçoit pas souvent.

« Comment sortir ? demande Lilly.

— Par. Là. Hou-ah ! » s'écrie Eva

Tout le monde rit, et je souris avec eux. Pourquoi ai-je cru qu'ils ne connaissaient rien au sexe ? Ils sont retardés, handicapés mentalement, mais pas physiquement. Ce sont toujours des hommes et des femmes.

Plus qu'un mois avant l'accouchement. Ed continue à me presser de cesser d'enseigner, mais je tiens bon. Au départ, j'ai décidé d'animer cet atelier pour le reconquérir, mais à présent cela n'a plus rien à voir avec lui. Je viens chaque semaine parce que j'aime mes élèves. J'adore voir leurs compétences s'améliorer, leurs sujets se multiplier. Je sais que c'est bien plus facile que tout ce qu'Ed fait pour eux, mais je pense que cet atelier artistique a contribué à améliorer leurs vies d'une manière qui échappe aux programmes officiels.

Et puis c'est agréable de battre Ed pour une fois. Surtout sur son propre terrain.

Certains matins où a lieu mon cours, je lui dis : « D'accord, je reste à la maison », juste pour qu'il s'en aille tranquillement. Puis j'appelle Martha et Sheila pour leur assurer que, contrairement à ce qu'Ed va leur dire, l'atelier aura lieu comme prévu, et qu'elles peuvent amener les élèves.

Ce matin, la situation se répète.

« Il n'est pas très rapide pour comprendre, hein ? dit Martha en riant. Il vient d'arriver en me disant que vous ne venez pas aujourd'hui et que je dois annuler le cours. Il n'a pas compris.

— Il croit ce qu'il veut. »

Deux mardis, au moins, je suis venue à l'hôpital sans qu'il le remarque, cette infraction ne lui a été rapportée que plus tard, lorsqu'il a vu la preuve des dernières œuvres, ou a discuté avec l'un de mes élèves.

« Dale m'a dit que tu étais là hier, a-t-il hurlé la semaine dernière.

— Oui, c'est vrai. »

La colère empourprait son visage. « Il y a tellement de choses qui ne vont pas, là, Laura. D'abord, tu m'as menti le matin. Ensuite, tu conduis sur cette route dangereuse sans que personne en sache rien. Ensuite...

— Des gens sont au courant.

— Troisièmement, tu ne viens même pas me dire bonjour quand tu es là ? » Il a seulement entendu ma réponse après avoir terminé son discours. « Qui sait que tu viens ?

— Je le dis toujours à Bonnie. Et puis j'appelle Boulder. Martha et Sheila savent que je viens.

— Ce sont mes employées !

— Et je suis une de tes bénévoles. C'est le travail du personnel de m'épauler. » J'imagine le bébé qui me prête un peu de son sang tempétueux.

Ed finit toujours par capituler, il enserre mon ventre dans ses mains, puis vient sa supplique : *Reste à la maison pour lui.* Pas pour moi, pas pour Ed, pour le bébé.

« Je continuerai à animer mon atelier jusqu'à l'arrivée du bébé, lui dis-je. Si tu veux qu'on se dispute tous les mardis, pas de problème, je mentirai puis je m'en irai. »

Tout au fond de moi, j'adore l'idée qu'il ne puisse influer sur mon comportement, ce spécialiste du comportementalisme, malgré toute sa formation – j'ai été plus maligne que lui, je me suis soustraite à son emprise.

Nous en sommes restés là et, ce matin, j'ai menti à nouveau.

« D'accord, je reste.

— Tu me mens, là ?

— Non.

— Comment puis-je être sûr que tu me dises la vérité, Laura ? Veux-tu, s'il te plaît, rester à la maison ? Tu fais courir au bébé un danger chaque fois que tu prends la route pour Boulder.

— Je reste. »

Puis au téléphone, à Martha : « Le cours a lieu.

— Bien entendu. »

Que dirait Ed de son propre comportement ? De son besoin de s'inventer une fiction, même s'il sait que ça n'arrivera pas ?

Aujourd'hui, mes élèves commencent de nouvelles œuvres. Ils ont eux-mêmes fabriqué les cadres, tendu et agrafé la toile – des compétences dont ils pourront se resservir dans le monde extérieur. Lors d'une de mes querelles avec Ed, je me suis appuyée sur cet argument pour lui montrer à quel point mon atelier est important. « Je les forme, Ed. Il ne s'agit pas seulement d'expression artistique. Nous *fabriquons* des choses, comme faisait l'école autrefois, c'est exactement ce que tu souhaites.

— Tu n'es pas ergothérapeute, Laura. »

Mes élèves sont déjà là quand j'arrive, une heure

avant le cours : c'est une surprise. Sheila est avec eux, à la place des employés brusques et autoritaires qui crient des ordres et sortent promptement leurs matraques. J'entends leurs voix depuis le couloir, pleines d'excitation, et pendant une minute je les épie depuis la porte.

Ils m'ont organisé une sorte de fête pour le bébé, chacun et chacune m'a préparé un cadeau, une œuvre d'art que j'accrocherai dans la chambre d'enfant. Ils ont confectionné d'autres toiles, en dehors du cours, se sont débrouillés entre eux pour avoir accès au matériel et aux outils. L'œuvre de Raymond est énorme, presque de la taille de la table, de grands tourbillons de vert et de jaune. Celle de Janet aussi est vaste, avec peinture et collage – techniques que tous adorent –, les images ont été découpées dans *National Geographic*, des lions et des éléphants dans une savane qu'elle a peinte, au ciel pâle et aux arbres arides. Eva a peint une pomme magnifique.

Je prends une voix chantante : « Mais que se passe-t-il ici ? »

Ils se mettent à hurler, à faire comme s'ils avaient été surpris dans la plus grande indiscrétion. Ils veulent tous être celui ou celle qui me prendra par la main, m'amènera jusqu'à leurs cadeaux, et je fais une place à chacun autour de moi, leurs doigts se posent sur mes bras et mes épaules et ils m'attirent vers les tables. Sheila a un appareil photo : « Surprise ! » s'exclame-t-elle.

Raymond insiste pour être le premier. « Magnifique ! dis-je en le serrant. C'est parfait, Raymond. »

Je passe de l'un à l'autre dans le sens des aiguilles

d'une montre, chaque artiste explosant de joie tour à tour. Je les prends tous dans mes bras, accueille avec bienveillance les mains qui se posent sur mon ventre. « Que c'est beau, ne cessé-je de dire. Toutes vos œuvres sont si belles. »

J'arrive devant une petite toile de vingt-cinq centimètres sur vingt, qui est toute seule. « De. Pen », dit Chip. L'adultère de mon mari revient me hanter. C'est un portrait d'Ed, et je fais de mon mieux pour ne pas le mettre en pièces.

Je le laisse là où il est, et à nouveau je remercie mes étudiants. « Ils sont tous si merveilleux. Je vais les accrocher dans la chambre du bébé.

— Dans ton ventre ? me demande Chip. Pas bien. »

Janet glapit à cette pensée : *Des peintures dans le ventre de Laura !*

« Mon ventre ne sera sa chambre que pendant encore un mois, Chip, après, il va sortir et il aura une vraie chambre dans notre maison. Les toiles seront là, pour qu'il puisse les voir. »

Chip fronce les sourcils, sans vraiment comprendre.

Janet se met à clamer : « Ventre chambre. Ventre chambre. Ventre chambre.

— Allons, mettons-nous au travail », dis-je.

Sheila m'aide à disposer les tableaux sur le côté. « Donnez-moi vos clés et je vais les ranger dans votre voiture. Raymond, tu m'aides ? »

Raymond arrive, tout heureux. J'ai découvert qu'ils adorent qu'on leur confie des tâches à effectuer.

J'installe chacun à sa place et je leur distribue leurs travaux : les sujets sont déjà ébauchés au crayon. Une route, un grand triangle qui pourrait être une montagne, de l'herbe, une longue rangée de plates-bandes. Janet distribue les palettes et j'y dépose un peu de peinture : noir, blanc, rouge, jaune, bleu. Des couleurs simples qu'ils ont appris à utiliser correctement, à mélanger afin d'obtenir le ton qu'ils désirent.

Ils sont si concentrés ces derniers temps que je me suis mise à peindre avec eux, moi aussi. Je retourne à ma propre toile, à l'avant, à ma propre palette. Je peins une maison que je n'ai jamais vue, aux murs épais, couverts de briques, forte, indestructible.

Raymond revient avec mes clés et s'assied à sa place. Il travaille à de nouvelles herbes, prenant la place que George a laissée vacante.

Nous peignons ensemble pendant plus d'une heure, ne nous arrêtant que quand un aide-soignant beugle depuis le couloir : « Vous allez rater l'ergothérapie ! »

Mes élèves ont l'air paniqués. « Tout va bien, dis-je pour les rassurer. Pas de problème. Allez retrouver vos groupes, je nettoierai. À la semaine prochaine. Et merci encore pour vos œuvres d'art. »

Leurs visages s'illuminent – ils sont très réceptifs aux compliments.

Je me sens triste en les voyant partir, et je reste travailler à ma propre toile plus longtemps que je ne devrais, tandis que la peinture durcit sur les palettes de mes élèves, que leurs pinceaux se raidissent. Le soir tombe, et je me rends compte que j'attends Ed, j'attends qu'il s'aperçoive de ma présence ici – de celle de ma voiture remplie des œuvres de ses patients, de mon corps dans cette salle, rempli de son enfant. J'attendrai qu'il vienne. Je resterai assise à cette table tachée, à peindre cette maison, jusqu'à ce qu'il apparaisse à la porte.

Mon amour, je l'imagine dire. *Mais que fais-tu encore là ?*

Mon amour, c'est si bon de te voir peindre. À quoi travailles-tu ?

Mon amour, allons dîner.

Le soleil se couche, l'obscurité arrive à l'est, mouchetée d'étoiles. Autour de moi, le bâtiment fait silence tandis que les patients finissent leur dîner et retournent à leurs pavillons.

Ed ne vient pas.

Je gratte les palettes, mets les pinceaux à tremper dans de l'eau savonneuse, laisse les peintures sécher. Le couloir est sombre, seule ma salle est éclairée, mais je ne peux la laisser ainsi – gaspillage d'électricité, Ed s'en servirait contre moi, aussi, j'éteins, et j'attends à la porte, le temps que ma vision s'ajuste. Je n'ai pas peur. Les fantômes sont pareils à mes élèves : doux et gentils. Ils vont me guider à travers ce couloir sombre, ces escaliers, et jusqu'à la porte sur le côté. Je reste debout dans l'herbe. L'établissement est plus silencieux que jamais, prêt pour la nuit. Sur le parking, le squelette des voitures du service de nuit, et la mienne, seule dans sa rangée. Celle d'Ed n'est plus là. Il est pratiquement impossible qu'il ne l'ait pas remarquée lorsqu'il est parti.

« Bonne nuit, Boulder », dis-je, mes clés à la main.

16

Dans son bureau, rare moment de tranquillité, Ed travaille aux propositions qu'il va présenter lors de la prochaine session législative, quand Martha l'appelle.

« Ed, M. Gatson au téléphone. Il n'est pas content. Je peux vous le passer ? »

Penelope est partie depuis plus d'un mois, presque deux. Ed a réussi à les contacter deux fois, mais il n'a obtenu de ses parents que de froides et brèves réponses. Le plus souvent, il tombe sur le répondeur, et ils ne rappellent jamais.

« Monsieur Gatson ? Que puis-je faire pour vous ?

— Espèce de fils de pute ! Vous avez dit qu'elle allait bien ! Qu'elle était prête pour la société ! Vous nous avez affirmé que c'était la meilleure chose. Vous voulez savoir où elle est, Penelope, maintenant ? À l'hôpital de Great Falls. Les docteurs à St Pete étaient choqués de savoir qu'on l'avait fait sortir de Boulder, et ils l'ont envoyée aux spécialistes qui sont là-bas.

— Pour quelle raison a-t-elle été hospitalisée ?

— Elle fait tout le temps des crises. Sa mère et moi, on savait plus quoi faire. Ça n'a jamais été aussi terrible.

— Prend-elle ses médicaments ? Suit-elle les règles de vie établies ?

— Elle dit que oui, mais on peut pas la surveiller tout le temps. » L'homme respire fort, taureau en colère. « Écoutez, ça m'intéresse pas de discuter avec vous. Les docteurs à Great Falls veulent parler avec vous, c'est pour ça que je vous appelle, pour vous prévenir. Un type qui s'appelle Wang, ou un truc comme ça. Vous pouvez être sûr que vous, on veut plus vous voir. » Il raccroche.

Ed sait parfaitement qui est le médecin en charge de Penelope à Great Falls : Anthony Wong, un collègue et ami. Il lui a parlé plusieurs fois du cas de Penelope au fil des années.

Il lui laisse un message et revient aux papiers sur son bureau. Il était tellement sûr d'avoir accompli des progrès. Caroline, la patiente enceinte, a donné naissance à une petite fille parfaitement normale et en bonne santé. Une information qu'Ed pourra utiliser pour contrer la peur rampante que les déficients mentaux donnent naissance à d'autres déficients mentaux. Dès le début, Boulder a lui-même perpétué cette crainte en affirmant dans ses propres textes que si les patients étaient remis dehors : « Les garçons deviendront des criminels ou les victimes de criminels ; quant aux filles, elles seront rejetées de la société et donneront le jour à d'autres handicapés. »

Les parents de Caroline ont adopté le bébé. Évidemment, ils ont entamé une procédure en justice pour poursuivre l'État du Montana et l'hôpital, mais bon, le bébé est en bonne santé et en sécurité.

Il a réussi à placer trois patients de plus dans des maisons communes.

Il parvient à rentrer dîner à la maison au moins trois fois par semaine, et Laura se radoucit. Rien qu'hier soir, ils se sont serrés l'un contre l'autre pour se prémunir contre les premiers frimas de l'hiver, et ensemble ils ont chanté sur la véranda. Ils avaient trop bu, ce qui les a menés au lit pour la première fois depuis des mois, et ça a été fantastique, mieux que jamais, le ventre de Laura prouvant qu'ils agissaient uniquement par désir et envie de jouir, sans songer à la procréation. Il n'y a aucune raison biologique pour faire l'amour à une femme enceinte.

Et il se réjouissait d'autant plus, sachant que tout allait bien pour Penelope dehors. Il est même allé jusqu'à l'imaginer au lycée, bavardant avec des amis dans les couloirs, flirtant avec les garçons. Sa place est là-bas.

Seulement elle n'est pas là-bas. Elle est à l'hôpital, à Great Falls.

Le téléphone sonne à nouveau et Martha lui passe Anthony Wong.

« Désolé de te contacter dans des circonstances pareilles. J'aurais aimé avoir de meilleures nouvelles à t'annoncer au sujet de ta petite patiente, mais elle enchaîne crise sur crise de manière incontrôlable depuis qu'elle est ici. On a réussi à maîtriser à peu près les choses en lui injectant du Valium, mais dès que les effets se dissipent, ça repart. On l'a remise sous carbamazépine, mais ça ne fait pas encore effet.

— Mais elle était déjà sous carbamazépine.

— Pas de trace dans son sang. Elle a dû arrêter de prendre ses médicaments à un moment donné. »

Comment n'a-t-il pas songé à cette possibilité ? Il était persuadé qu'elle suivrait les règles qu'ils avaient mises en place : prendre ses médicaments tous les jours, boire beaucoup d'eau, éviter le café, manger une nourriture saine, faire de l'exercice et avoir une stimulation mentale en allant à l'école ou en suivant des cours ailleurs. Il pensait que ses parents coopéreraient, mais ils l'ont probablement laissée toute seule, irrités par le fardeau de cette enfant malade.

Elle ne voulait pas sortir, elle s'est sabotée elle-même pour pouvoir revenir.

« J'arrive tout de suite. » Ed raccroche, attrape le dossier de Penelope dans son placard, dit à Martha qu'il a une urgence, et se précipite au parking. La voiture de Laura est là, et il comprend – un bref instant, comme des graines de peuplier cotonneuses emportées par la brise – qu'elle est venue donner son cours. Il n'a pas le temps de monter la prévenir qu'il s'en va.

*

Dans le canyon, il roule trop vite.

Anthony l'accueille dans le couloir de l'hôpital, et Ed lui remet l'épais dossier qui contient l'historique de Penelope à Boulder. Ils conviennent d'aller boire un verre dès qu'Anthony aura fini la tournée de ses patients. Puis Ed va voir Penelope.

Une infirmière s'occupe de son intraveineuse.

« Vous êtes de la famille ? demande-t-elle en tournant la tête.

— Oui.

— Pauvre petite. Elle a passé un sale moment. » L'infirmière lui change sa perfusion, l'inscrit sur son registre, puis repart en vitesse. Ed referme la porte derrière elle et s'approche du lit.

La tête de Penelope est couverte de capteurs, reliés à une machine par des fils. Il écoute le battement de son cœur à travers le moniteur. Les points verts sur l'écran le réconfortent.

« Je suis là, Pen. Je suis là. » Ils sont seuls dans la pièce et il s'autorise à lui prendre la main. « Mais à quoi donc est-ce que tu pensais ? » Il voudrait être en colère contre elle, mais c'est à lui-même qu'il en veut. Il connaissait la volonté et la détermination de Penelope. Il aurait dû songer à cette possibilité, mettre en place des garde-fous pour s'en prémunir. Seulement il n'a pensé qu'à lui.

Il lui lâche la main et attrape une chaise. L'infirmière lui apporte une tasse de café, et il se met à parler à Penelope, à lui raconter tout ce qui lui passe par la tête. N'importe quoi, du moment qu'elle puisse entendre sa voix. Il lui parle de sa mère et de son père, de ses frères, de ses grands-parents. « Ma mère a toujours été vieille. Mon frère aîné est mort. Le suivant envisage de devenir prêtre. » Sa bouche parle, son esprit se démène, sa mère se tient devant lui, lui dit : *Mais qu'est-ce que tu fais, Edmund ?*

J'essaie de la réveiller.

Ce n'est pas à toi de le faire.

Il a toujours eu besoin de l'austère réconfort que lui

procure sa mère, forte Polonaise au visage tanné, profondément ridé. Même sur les photos de son enfance, avec le cheval de bois fabriqué par son propre père qu'elle traînait derrière elle, l'inquiétude se lisait sur son visage. Elle paraissait imperméable aux joies de l'enfance, la sienne comme celle de ses enfants. Elle était capable de les faire taire en un instant. Ça marche encore, dans cette chambre d'hôpital. Il est à nouveau petit, rit très fort avec ses frères, ils jouent aux cow-boys dans le jardin, avec leurs revolvers dans leurs étuis, sans peur, bruyants, jusqu'à ce que leur mère apparaisse derrière la porte grillagée de derrière. Ils sentaient sa présence avant qu'elle ne les appelle, mains croisées devant elle, la bouche formant un trait fin, les yeux plissés sous l'effet de la lumière. Dès qu'elle prononçait le mot *dîner*, les armes étaient immédiatement abandonnées dans la caisse sur la véranda, les chaussures retirées et alignées sur le tapis et, en file indienne, ils s'en allaient à la salle de bains où ils passaient chacun leur tour, par ordre de naissance – l'eau était si chaude qu'elle leur rougissait les mains, le savon si épais qu'il fallait une bonne minute pour tout enlever sous le jet.

« Je me lave les mains religieusement », dit-il à Penelope. Son regard se fixe sur les lacets de cuir qui attachent les poignets de la jeune fille, imprimant leur marque.

Tu es trop sentimental, entend-il dire sa mère. *Tu ne lui fais aucun bien.*

Mais la voix doit se tromper, et Ed reste là, continue de lui parler.

À vingt heures, Wong vient le chercher et ensemble

ils s'en vont au Sip'n'Dip où des dames portant des soutiens-gorge en forme de coquillages nagent dans un immense bassin derrière le bar. Ed a fait ici plusieurs enterrements de vie de garçon, dont celui de Wong. Ils commandent des pintes de bière et des petits verres de whiskey.

« Il y a de bonnes nouvelles, lâche Wong.

— Ah ?

— Nous commençons à pouvoir situer avec exactitude la source des crises dans le cerveau des épileptiques. Tu as sûrement dû lire des choses là-dessus dans les dernières publications. Si on arrive à identifier l'endroit d'où ça part, on peut opérer et le retirer. Il y a des complications, évidemment, il s'agit de chirurgie du cerveau, alors on n'y a recours que dans les cas les plus graves.

— Tu veux lui retirer une partie de son cerveau ?

— Si elle peut vivre sans, oui. » Il avale son whiskey. « Écoute, Ed, j'ai fait les tests et j'ai opéré trois patients jusqu'ici, plus aucun d'entre eux ne fait de crises. La guérison est longue, mais je te jure que leurs vies se sont largement améliorées depuis. »

La médecine sait si peu de choses sur les relations du cerveau avec le reste du corps. Qui pourrait dire que la zone identifiée n'est pas nécessaire ? Et si c'était cette zone qui lui faisait écrire des paroles pour accompagner les bruits des couloirs de Boulder ? Ou celle qui aime la poésie ?

« C'est une gamine brillante, Anthony.

— Elle le sera toujours. D'après les tests qu'on a réalisés jusqu'ici, les crises trouvent leur origine dans le lobe temporal gauche. On va s'appuyer aussi sur un électroencéphalogramme intracrânien qui va enregistrer les mouvements de son cerveau au cours des prochains jours. Si on obtient les résultats qu'on espère, on passe à la suite et on l'envoie directement sur la table d'opération.

— Les parents sont d'accord ?

— Tu rigoles ? Ils ne m'ont même pas laissé finir mon discours : *Attendez, vous êtes en train de dire qu'on peut lui faire une opération pour lui réparer la cervelle ? Où est-ce qu'on signe ?* »

Lui réparer la cervelle. Comme s'il s'agissait d'un jouet cassé, d'une voiture au pneu crevé, d'une assiette ébréchée.

Ed ne devrait pas être surpris. Tout ce qui intéresse ses parents, c'est de mettre fin aux crises, peu importent les conséquences.

Il voudrait retourner au bord de la rivière, ce jour-là. Il voudrait suivre ses désirs, sans se soucier de ce qui arrive ensuite.

Ou ne jamais faire cette promenade, ne jamais suggérer qu'elle quitte l'hôpital. Il voudrait retourner dans son bureau et jouer au poker avec des pistaches, parler du superbe travail qu'elle accomplit avec le club de lecture. Continuer d'assister à ses progrès, voir le nombre de ses crises diminuer, de semaine en semaine. Et quand il serait temps qu'elle quitte l'établissement, ils s'accorderaient tous les deux sur le fait que c'est mieux pour elle. Elle irait directement à l'université – elle dormirait dans un dortoir avec d'autres jeunes filles et suivrait des cours captivants – et elle n'aurait plus besoin d'avoir de rapports avec ses parents. Elle serait adulte, et les Gatson n'auraient plus rien à dire sur le traitement de son cerveau.

« Tout est décidé, donc ?

— Nous allons procéder à l'électroencéphalogramme demain. Tu es le bienvenu si tu veux rester assister à l'opération. »

Ed regarde une sirène blonde qui se presse contre la vitre, puis remonte à la surface pour reprendre sa respiration. Il se dit qu'il voudrait la sortir de l'eau et l'emmener à l'hôtel du coin.

Mais ce fantasme ne tient pas. Même une jeune femme sexy avec un soutien-gorge en forme de coquillage ne peut chasser Penelope de son esprit.

« Je vais rester auprès d'elle cette nuit, dit-il à Wong, et on verra pour demain. »

Ils se disent au revoir, et Ed téléphone à Laura depuis la cabine du fond. Elle ne décroche pas, et il laisse un message : « Désolé, mon amour. Une urgence avec un patient, il a été transféré à Great Falls. Je travaille avec l'équipe des médecins. Je serai sûrement là demain, mais je t'appellerai le matin pour vérifier que tout est en ordre. J'espère que tu dors bien. Fais une petite caresse à ton ventre pour moi. Je t'aime. »

Il n'aurait jamais dû commencer à mentir au sujet de Penelope. Peut-être que s'il n'avait pas parlé autant d'elle lorsqu'ils ont emménagé, Laura n'aurait pas eu ces soupçons, et tout serait resté normal.

De retour à l'hôpital, il se verse une tasse de café puis revient au chevet de Penelope, où il lui raconte d'autres histoires dans les moments de calme et aide l'infirmière à la maintenir au cours des trois épisodes de crise qui surviennent.

Les progrès sont partis en fumée.

Et demain, Anthony Wong va lui ouvrir le crâne.

*

Ed contemple les fils qui sortent de la tête de Penelope quand une infirmière entre dans la chambre.

« Edmund Malinowski ? »

Il frotte ses yeux troubles et fatigués pour se concentrer sur le visage de l'infirmière. Il est là depuis plus de quarante-huit heures, il sait qu'il doit rentrer chez lui, mais il est terrifié à l'idée de quitter le chevet de Penelope. C'est irrationnel, mais une partie de lui croit qu'il la protège. S'il reste, la jeune fille qu'il connaît ne peut pas disparaître.

Il espère que les tests ne seront pas concluants – qu'on ne trouvera pas la source – et qu'on ne lui découpera pas le cerveau.

L'infirmière tient un papier à la main, un message. Il ne comprend pas son hésitation.

« Un ami à vous a appelé, il s'appelle Pete ? Il voulait vous transmettre un message.

— Ah oui ? »

L'imagination d'Ed ne fonctionne pas. Seul le présent existe : cette pièce avec Penelope, sa santé, sa guérison. Pete doit lui demander de revenir à Boulder, c'est tout.

L'infirmière cligne les yeux. Elle regarde le papier et lit : « C'est un garçon. Deux kilos huit. »

Penelope gémit dans son lit.

L'infirmière le félicite et quitte la pièce.

Il faut bien à Ed une minute pour comprendre.

Il entend sa Babcia lui dire : *Co bylo, nie wróci*, puis sa mère : « Ce qui a été ne reviendra pas. Tu m'entends, Eddy ? Tu ne peux pas prendre ce qui a déjà été pris. »

Le bébé est en avance.

Il est père. Père d'un fils. De même que son père et son grand-père avant lui. Leur nom de famille signifie « habiter près des framboisiers », ce que son père a perpétué en plantant ces baies hérissées d'épines autour de sa maison, ainsi que sa mère l'avait fait, et sa Babcia, et la Babcia de sa Babcia, et ainsi de suite jusqu'à l'aube des temps.

Pourquoi le bébé est-il en avance ?

Penelope ouvre les yeux, mais elle n'est pas vraiment consciente.

« Salut, Pen. Le bébé est né, il faut que j'y aille. »

Il croit déceler un faible sourire sur ses lèvres.

« Je reviendrai dès que possible. » Il l'embrasse sur la joue.

*

Dès qu'il a quitté la chambre, Ed fonce comme un fou. Les couloirs de l'hôpital sont trop encombrés, le parking trop grand, sa voiture trop lente. Il file à travers le canyon, reprenant le chemin par lequel il est venu, mais même les virages serrés lui paraissent trop longs, sans fin. Il sent les jours lui glisser entre les doigts, les années peut-être.

Le parking de l'hôpital d'Helena est beaucoup plus petit que celui de Great Falls, et peu rempli. Ed entre d'un pas précipité. Malgré tout, il arrive trop tard. La réceptionniste lui dit que Laura et le bébé sont sortis un peu plus tôt dans la journée. « Elle a de la chance d'être rentrée si vite chez elle », lui dit-elle.

Il est certain que Laura ne lui pardonnera jamais, et il songe à retourner à Great Falls. Il pourrait reprendre sa place sur la chaise, au chevet de Penelope, prétendre qu'il n'a pas d'autre vie. Ni femme ni bébé. Ni maison sur la Troisième Rue. Penelope a dix-huit ans maintenant et elle n'est plus sous sa responsabilité. Personne ne les féliciterait, mais leur relation ne serait pas illégale non plus.

Il pense à ses mains sur lui, à sa bouche.

Mais il file acheter des fleurs et du champagne.

*

À travers les portes vitrées de derrière, il voit Laura assise dans le rocking-chair, le bébé dans les bras. Elle devrait être fatiguée, mais elle a l'air radieuse, plus en éveil que jamais. Le fantasme de Penelope s'évanouit. Sa place est ici, dans cette maison, auprès de Laura et de leur fils. Il y a des accrocs dans la vie parfaite qu'il envisage pour eux, mais il saura les réparer. Il sera le mari dont Laura a besoin – présent et attentif. Il sera un père pour ce garçon, un bon père. Et ils auront d'autres enfants, et Laura le regardera à nouveau comme au début, quand elle croyait encore qu'il était l'homme le meilleur qu'elle ait jamais rencontré.

Il entre.

« C'était qui ? demande-t-elle à l'instant où il referme la porte. C'était qui l'urgence ? »

Il traverse la cuisine et entre dans le salon où il s'agenouille devant elle. « Il va bien ? Il est en avance. »

Elle serre le bébé plus fort contre elle. « C'était qui ? »

Ed distingue l'oreille du bébé, coquillage minuscule, son nez, ses lèvres. D'épais cheveux noirs semblables à ceux d'Ed.

« Une de nos patientes à faible potentiel, répond-il en posant la main sur la tête du bébé. Tu ne la connais pas. »

Laura ricane. « Vraiment, Ed ? » Elle le repousse et se lève pour aller appuyer sur la touche du répondeur, déjà experte pour marcher en tenant le bébé dans ses bras. Comment a-t-elle pu apprendre si vite ? Soudain la voix d'Ed résonne : « Désolé, mon amour. Une urgence avec un patient, il a été transféré à Great Falls. » Laura appuie sur pause, puis rembobine. Lecture : « Désolé, mon amour. Une urgence avec un patient, il a été transféré à Great Falls. »

Elle le regarde : « *Il* a été transféré à Great Falls. Alors maintenant, redis-le-moi, qui est le patient en question ? »

Tant d'erreurs commises, et celle qui cause sa ruine, c'est une faute de pronom. Dérisoire. Il sait mieux que quiconque que les mensonges les plus crédibles sont ceux qui se rapprochent le plus de la vérité. Il aurait dû dire qu'il s'agissait d'une femme. « Tu sais qui c'est. »

Laura hoche la tête. C'est si dur de la regarder ainsi, avec le bébé dans les bras. Il ne connaît même pas son nom.

173

« Est-ce que je suis toujours aussi bête de croire que ta relation avec elle n'était pas normale ? »

Il revoit Penelope dans son lit à l'hôpital de Great Falls, avec tous ces fils.

Il l'a remise dehors afin de sauver son couple. Et la voilà qui vient de tout fiche en l'air.

Ed s'imagine dire : *Je te promets de ne plus jamais la revoir.*

Elle n'est rien pour moi.

Mais il sait que Laura n'y croira pas davantage que lui-même.

« Elle a rechuté, Laura. Je l'ai mise dehors, et les choses sont allées de mal en pis, et à présent, un neurologue de Great Falls va lui enlever une partie du cerveau, peut-être qu'elle ne s'en remettra jamais. »

Le bébé gémit et Laura le fait gentiment tressauter dans ses bras. Ed n'aurait pas su le calmer ainsi, il se demande si les capacités de Laura sont innées ou si elles sont advenues avec l'enfant, parce que Laura a un jour d'avance sur lui. Quoi qu'il en soit, Ed admet son retard. Il craint de ne jamais pouvoir le combler.

Laura revient sur le rocking-chair et Ed la voit s'installer, puis donner le sein au bébé. « J'ai essayé d'avoir de la compassion pour elle, Ed. Je sais que sa vie est injuste. Que c'est tragique. Mais au bout du compte, je m'en fous. Je me moque complètement que son cerveau soit charcuté et qu'elle ne récupère jamais. Je me moque que ses parents soient horribles. Je me moque que ses crises empirent. » Elle repositionne la bouche du bébé. « Tu en as fait ma rivale, Ed. De cette jeune fille, de cette patiente. Et je ne sais pas tout ce qui s'est passé entre vous, mais je sais que ça va plus loin que tu ne le dis, et à présent que nous avons un enfant, je ne sais plus quoi faire. » Elle le fixe des yeux. « Que dois-je faire, Ed ?

— Laisse-moi arranger les choses.

— Ça aussi, j'ai déjà essayé.

— Encore une fois. » Il s'agenouille à nouveau devant elle, les mains posées sur les accoudoirs du rocking-chair. « Je serai là pour toi et le bébé, Laura. Je le promets.

— Quelle était cette citation que tu aimais tant, Ed ? C'était de Skinner, peut-être. Ou de Watson. Un des pères du comportementalisme. "Les paroles échouent. Seuls les actes comptent." C'était bien ça, docteur ? » Jamais elle ne l'a regardé avec une telle froideur, mais cela ne dure pas.

Puis ses prunelles se fixent à nouveau sur leur fils.

17

Laura

Ed m'a offert un chiot. Une toute petite bête noire et douce, aux oreilles énormes. Ed jure que c'est un labrador pure race, mais je pense que c'est un croisé.

Il l'a apporté dans une boîte, avec un collier et une laisse, un panier, des jouets et de la nourriture. Quand il est arrivé, je préparais le dîner, des nouilles avec une sauce rouge en boîte. Il a posé la boîte sur la table, et tout d'abord, je n'y ai pas prêté attention. En ce moment, mon cerveau ne fonctionne pas.

Le bébé s'est mis à geindre dans son transat, au salon. Je l'ai baptisé Benjamin à l'hôpital et j'ai consenti à lui donner le prénom d'Edmund en seconde position, en raison de son histoire familiale. Benjamin Edmund Malinowski. Je l'appelle Benjy.

« Je vais le chercher », a dit Ed.

J'ai entendu gémir à nouveau et j'ai demandé : « Mais qu'est-ce que c'est que ce bruit ?

— Quel bruit ? » Puis j'ai entendu Ed parler à notre fils : « Tout va bien, mon petit. Il ne faut pas pleurer. » Il est revenu à la cuisine avec Benjy contre son épaule, alors j'ai vu la boîte.

« Oh ! » J'ai pris le petit chien et je l'ai tenu en face

de moi. « Salut, toi. » Je l'ai bercé dans mes bras en regardant Ed. « Ça s'appelle un coup bas, docteur.

— Au moins, tu me regardes. »

J'ai détourné les yeux.

Benjy a près de deux mois, et Ed rentre à la maison pour le dîner presque tous les soirs. Il emmène le bébé se promener pour que je puisse me reposer. La plupart du temps, je vais directement me coucher, mais hier, après leur départ, je me suis mise à mon chevalet.

« Tu t'es remise à peindre », a dit Ed en s'approchant. C'était une petite toile, une image simple en apparence – des graines desséchées sur la branche d'un vieil érable negundo, or friable en forme de haricots. Les lignes étaient précises et complexes, cela ne ressemblait à rien de ce que j'avais peint jusqu'ici.

« Laura, j'adore !

— Merci », ai-je seulement trouvé à répondre, mais au cours du dîner, j'ai reconnu que j'étais attirée par la minutie du détail, l'ordre, chaque ligne et couleur à sa place. La vie avec un nouveau-né, c'est le désordre, le chaos. Benjy et moi, on est sales, on sent mauvais et on est couverts de merde, de pisse ou de lait quand ce n'est pas les trois à la fois. C'est agréable de créer quelque chose de propre.

Tout cela ressemble au progrès, mais je ne sais toujours pas ce que je vais faire.

À présent, je tiens le chien à bout de bras, ses pattes minuscules pédalent dans l'air, son petit ventre nu exposé. Je le tourne d'un côté, de l'autre, pour l'examiner. « Tu es dégoûtant, dis-je. Affreux et dégoûtant, mais j'imagine que tu peux rester. Pour contribuer au désordre ambiant. » Je serre la petite bête contre mon

cou, comme je le fais avec Benjy. Par-dessus sa tête
soyeuse, je déclare : « Je voulais un chien à l'époque
où la maison était vide. » Je le remets dans sa boîte,
afin de finir le dîner.

« Que puis-je faire pour t'aider ?

— Chaque chose en son temps, Ed. Tu ne peux
pas débarquer un soir en devenant soudain l'homme
parfait. » Je lui souris, malgré tout, et notre dîner se
passe à merveille : j'allaite le bébé, Ed me donne à
manger, notre nouveau petit compagnon dort dans
son panier – c'est presque la vie dont je rêvais.

*

Je ne dors pas. Il y a Benjy, qui a toujours faim, et
maintenant le chien. Je l'appelle Beau, parce que c'est
un son que Benjy aime prononcer, une combinaison
consonne-voyelle qui forme un mot. Quand je me lève
la nuit pour allaiter le bébé, je marche dans la pisse
de chien, parfois dans la merde. Ed, lui, continue à
dormir quoi qu'il arrive.

Je voulais un chien à l'époque où j'étais seule toute
la journée dans le Michigan, lorsque je travaillais à la
boutique. Mais Ed ne voulait pas – trop de travail,
trop de bazar, trop de soins. Il a choisi ce moment
pour changer d'avis ? Il essaie de détourner mon
attention, un tour de passe-passe, un truc de magi-
cien : *Regarde par là ! Ta-da ! Le lapin qui était dans
mon chapeau a disparu !*

J'essaie de ressentir quelque chose, mais rien ne
vient. Je suis une scientifique objective qui se penche
sur l'objet de son étude. Il s'agit d'Edmund Mali-

nowski, trente-six ans, psychiatre comportementaliste, directeur de l'hôpital de Boulder. C'est un homme travailleur. Il sait écouter avec une grande attention. Il peut braquer la lumière de son esprit et de son cœur sur n'importe quel sujet à n'importe quel moment, alors cette personne se met à briller sous la puissance de son regard. Il ne partage pas sa vie personnelle. N'a pas de relations intimes. Le flux est à sens unique. Il absorbe, renvoie ce qu'il a pris, mais jamais il n'offre ses pensées personnelles, ni ses réflexions. Ce qui fait de lui un médecin brillant, et sans doute un père brillant. Mais un terrible mari.

Je songe à une réflexion de Bonnie, l'autre jour où nous parlions de nos époux, à Boulder, de tous ces verres qu'ils éclusent à la Taverne après le travail, de tous ces soirs où ils rentrent tard. Je lui ai dit qu'Ed rentrait plus tôt depuis quelques jours. « Et même à temps pour le dîner.

— Non.

— Et il s'occupe du bébé et m'aide à faire la cuisine. »

Bonnie a ri et déclaré : « Profites-en tant que tu peux. Parce qu'il est méchamment difficile pour les hommes de changer. Ils font des efforts. Ils essaient. Mais c'est comme demander à un chien de se comporter comme un chat : ce n'est pas dans leur nature. »

Demander à un chien de se comporter comme un chat. Qui demanderait une chose pareille ?

Pourtant c'est peut-être ce que j'ai demandé à Ed : de se comporter comme un mari, alors qu'il appartient à l'espèce des célibataires.

Bonnie semble accepter Pete tel qu'il est. « Ce sont des types bien, me rappelle-t-elle.

— Il a raté la naissance de son fils parce qu'il était auprès d'une autre femme », dis-je pour lui rafraîchir la mémoire.

*

Miranda me rappelle que ma place à la boutique m'attend quand je souhaiterai la reprendre, mais je ne parviens pas à justifier l'embauche d'une baby-sitter. Je suis sidérée de penser que j'ai occupé un emploi, puis l'ai quitté, sans qu'Ed en sache rien. Le compte en banque attend tranquillement, lui aussi.

Bonnie garde Benjy les mardis pendant que je vais donner mon cours à Boulder, et puis les mercredis pour que j'aille longuement courir dans les montagnes.

« Tu n'as plus besoin de perdre du poids, me dit-elle.

— Je n'essaie pas.

— Est-ce que tu manges ?

— Un peu. »

Bonnie nous verse un grand verre de vin à toutes les deux ; Benjy et Hank font la sieste. « Et au lit, ça va ? »

Je ris en frissonnant. « On n'a pas fait l'amour depuis avant la naissance de Benjy. » Je songe à lui dire que je suis à peu près certaine que c'est fini de ce côté-là, entre Ed et moi, que je ne suis plus qu'observatrice, et lui, l'homme que j'observe. « Benjy me touche sans cesse toute la journée, ça et allaiter, c'est merveilleux, mais j'en ai ras le bol qu'on me touche. » Voilà ce que disent les femmes après avoir eu un enfant.

Je m'apprête à lui parler de Tim, avec qui j'ai bu d'autres verres, mais elle me coupe : « Il faut que tu fasses l'amour avec Ed. Ce soir. Je ne garde plus Benjy tant que vous n'aurez pas recommencé à baiser.

— Mon Dieu, Bonnie ! »

Elle hausse les épaules et vide son verre, qu'elle remplit aussitôt. « Il faut que tu rompes le cycle de l'assèchement. Tout sera plus simple après. Si tu veux continuer à donner tes cours et faire ce que tu veux, tu ferais mieux d'avoir de bonnes nouvelles à m'annoncer mardi matin. »

Je suis une scientifique. Les scientifiques procèdent à des expériences.

Je finis mon vin et j'accepte un autre verre. Si j'ai assez bu, peut-être que j'y arriverai. Si j'ai assez bu et qu'Ed rentre avant que je m'endorme. Cela fera partie de mon étude. *Comment réagit le célibataire quand sa femme veut lui faire l'amour ?* Je prendrai des notes et les ajouterai au dossier dans ma tête au nom de *Malinowski Edmund.*

*

Ed rentre tard, mais pas horriblement tard. Le dîner est toujours sur la cuisinière, tiède. J'ai mangé un peu, allaité Benjy et je l'ai mis au lit dans sa chambre, entouré par tous les travaux de mes élèves. Il est rare qu'il passe la nuit là. La plupart du temps, il dort auprès de moi, dans mon lit, ou dans le berceau qui est dans notre chambre.

J'ai vidé une bouteille de vin et c'est une créature en piètre état qui se jette sur Ed dès qu'il rentre, faisant tomber sa mallette de ses mains. Son corps répond immédiatement au mien. Il me soulève telle une plume dans ses bras, mes jambes se nouent autour de sa taille, il avance à l'aveugle vers notre chambre, se cogne contre le plan de travail, au chambranle de la porte, au bois de lit. Notre étreinte est affamée, animale, et nous nous arrachons nos vêtements l'un à l'autre, même mon soutien-gorge. Mes seins sont vidés de leur lait, ils ne sont plus que des seins, à nouveau, le temps de se remplir.

« Oh, ma chérie. » Le visage d'Ed se presse contre mon ventre plat, et j'ai mal à nouveau cette fois-ci, comme la toute première fois il y a si longtemps au lycée avec Tommy Baxter (quand ai-je pensé à lui pour la dernière fois ?) dans sa chambre en sous-sol, un jour où ses parents n'étaient pas là. Pas la douleur de l'accouchement, mais celle de la capture.

Je lutte pour venir sur lui, mes doigts s'écrasent contre son torse, sa respiration résonne à mes oreilles. « Dis-moi que tu me vois », murmuré-je, les os de mes hanches saillants à transpercer, ses doigts serrés.

« Oh, chérie. » Mots grognés, arrachés.

« Dis-moi que j'existe bel et bien. »

Il me tire vers lui, appuie sur moi, ses pouces s'enfoncent sur ma peau, dans mes muscles, mes os, poussent. Consumé et consommateur, il est seul, et je prends des notes. *Baiser sa femme, c'est juste baiser, c'est purement physique, ainsi qu'on s'y attendrait de la part d'un célibataire. L'épouse est invisible. L'épouse disparaît.*

*

Après nous fumons ensemble au lit, ma tête sur sa poitrine, sa main dans mes cheveux, et j'envisage d'ajouter une note de bas de page, mais il n'y a rien à ajouter. Poser la tête sur un torse, ce n'est pas de l'intimité.

« Waouh, chérie. C'était parfait. »

C'était bon. Faire l'amour avec Ed est toujours bon.

Je me lève pour aller prendre une douche. Un moment après, son visage apparaît à travers le rideau. « Il y a de la place pour deux ?

— Laisse-moi une minute, s'il te plaît. » Je l'embrasse, paiement en échange d'un petit peu plus de temps seule.

CHANGEMENT

Novembre 1974 – Juin 1975

18

Le temps s'est accéléré depuis la naissance de Benjamin – tout le monde les avait prévenus, mais Ed ne parvenait pas à le comprendre, jusqu'à ce qu'il sente à son tour les jours défiler à toute vitesse. Benjamin a à peu près un an, et Bonnie vient de donner le jour à son second fils.

Ed et Laura arrivent à l'hôpital chacun de leur côté – il vient de l'hôpital, elle de la maison. Bonnie a accouché d'un énorme bébé de cinq kilos. « Vous voyez, clame-t-elle. Tout ce poids en plus ne s'est pas logé que dans mon cul. »

Ils le prénomment Justin Edmund Pearson, en l'honneur d'Ed, et afin que leurs fils aient un nom en commun. « Comme des frères », dit Pete, le bras passé autour des épaules d'Ed. Ils trinquent au whiskey autour du lit d'hôpital, et Bonnie boit le sien tout en donnant le sein. Benjamin est au bout du lit, où il joue avec les clés de Laura ; Hank s'amuse avec ses figurines dans un coin.

« Beau travail, maman », dit Ed. Il passe le bras autour de la taille de Laura et lui murmure à l'oreille : « Il est temps qu'on s'y mette pour le second. »

Elle incline la tête contre sa poitrine mais ne dit rien.

Ed est certain qu'ils se raccommodent peu à peu, que leur intimité s'est renforcée depuis la nuit où elle lui a sauté dessus sans prévenir. Il ne rentre pas aussi tôt qu'il l'avait promis, mais il est là pour le dîner au moins une fois par semaine – assez tôt pour mettre Benjamin au lit dans sa chambre à lui, boire un verre ou deux, et aller se coucher avec Laura. Parfois, lorsqu'il arrive tard, elle ne dort pas encore, lit un livre dans son lit, calée sur ses oreillers, ou assise sur le canapé, ou bien elle est en train de peindre, et ils vont se coucher ensemble ces soirs-là également, et alors toute l'angoisse du jour s'évapore. Penelope apparaît parfois dans ses pensées – il a appris qu'elle s'était parfaitement remise – mais il la chasse aussitôt. Il se concentre sur Laura. Et Benjamin. Sa famille.

Pete et Bonnie sont dans leur monde, ils n'ont d'yeux que pour leur bébé et leur conjoint.

« Bonnie ne va pas pouvoir garder Ben pendant un moment, chuchote Ed à Laura. Ce serait peut-être le moment de faire une pause dans tes cours d'art ? »

Il la sent se raidir. « D'accord, dit-elle. Tu as gagné. Tu as enfin réussi à te débarrasser de moi.

— Cela n'a rien à voir », dit-il même s'il éprouve une vague de soulagement. Éloigner Laura de Boulder est la dernière étape pour réparer leur couple. « Tu devrais peindre tes propres chefs-d'œuvre. Pas t'occuper de mes patients.

— Bien sûr, tu sais ce qui est bon pour moi. »

Il entend la voix de sa propre mère dire : « Je suis

très méfiante à l'égard du mot *devrais*. » Ed et ses frères ont appris à ne jamais l'utiliser dans leurs raisonnements et explications. « Il n'existe rien qui *devrait* être fait, Eddy. Les choses sont ce qu'elles sont. » Elle s'exprime sur le même ton et au même rythme que sa grand-mère, mais les mots sont différents.

« Mon trésor. » Il la prend par les hanches et s'aperçoit qu'il sent fermement ses os, là où auparavant il y avait de la chair. « Il faut que tu arrêtes de courir autant. Sinon tu vas disparaître complètement. »

Il ne comprend pas le regard qu'elle lui renvoie. « Tu vois ? dit-elle.

— Quoi donc ? » demande Bonnie, ramenant l'attention sur l'ensemble de la pièce, le regard posé sur eux. « Qu'est-ce que tu regardes ?

— Je vois que Laura est maigre. » Ed sait que ce n'est pas une chose à dire, de même qu'il sait que son geste n'est pas le bon – main tendue pour la présenter, tel un animateur de jeu télé, montant et descendant le long du corps de Laura, comme pour présenter le gros lot –, pourtant il ne s'arrête pas. « Elle n'a plus que la peau sur les os maintenant, vous ne trouvez pas ? Elle est toujours en train de courir. » *Tais-toi. Change de sujet. Parle d'autre chose.* « On n'a vraiment pas besoin de ça, pas vrai ? D'avoir sur le dos une accro à la remise en forme. Si ça se trouve, demain, elle va nous dire d'arrêter de boire. » Il attrape la bouteille pour essayer de détourner l'attention, la brandit bien haut en guise de preuve – preuve de quoi ? Il ne sait pas. Preuve de la vie qu'ils *devraient* mener ? Whiskey, bébé et corps mous ?

« Tu rigoles ? dit Bonnie en riant. La Laura que je connais n'arrêtera jamais de boire, pas vrai, madame ? »

Ed regarde Laura, elle affiche une expression à mi-chemin entre tristesse et dégoût. Qu'il voit se transformer en légèreté pour son amie – pour Bonnie, pas pour lui. « Jamais. » Elle sourit et remplit les verres des autres, puis elle vide le sien d'un trait et se sert à nouveau.

Il *devrait* savoir se sortir de ce pétrin.

Il ne *devrait* pas y avoir de pétrin.

Ed se tourne vers leur fils, aux pieds de Bonnie. L'enfant contemple les clés dans ses mains, son regard inquisiteur voit au fond des choses. Ed essaie de ramener Laura à lui, mais elle esquive son geste, s'écarte du lit, va se poser sur le bord. Elle attrape les clés, les fait tinter, et le bruit fait sourire Benjamin, qui produit un son ressemblant au mot *clé*.

Le nouveau-né s'est assoupi, bouche ouverte contre le sein dénudé de Bonnie. Mon Dieu, qu'elles sont belles, les femmes – surtout quand elles se transforment en mères, les seins gonflés, avec cette force féroce, ce puissant instinct protecteur. Ed ne devrait pas trouver ça sexy, mais soudain il se sent terriblement excité.

« On peut vous confier Ben une minute ? demande-t-il en attrapant Laura par la main, serrant trop fort pour qu'elle ne puisse se dégager. J'ai besoin de parler à ma femme une minute.

— Arrête, Ed, on parlera plus tard.

— Ce sera vraiment rapide, insiste-t-il en l'emmenant.

— Allez-y, dit Pete. Prenez votre temps. On surveille le petit. »

Laura est un poids mort derrière lui, mais il la tire hors de la chambre, à travers les couloirs austères de l'hôpital, à l'air étrangement abandonnés dans cette lumière froide. Des voix proviennent du quartier des infirmières, les bips des moniteurs, un couinement de chaussures non loin de là. Les sanitaires sont à droite. Il se souvient de les avoir vus – de véritables salles de bains privées avec des toilettes, des lavabos et des douches pour les jeunes mères, un endroit où se laver après le désordre de la naissance. Il entend à peine Laura qui résiste : « Ed, allez, lâche-moi. »

Il entre par la première porte ouverte, attire Laura derrière lui, referme la porte.

« Ed, mais qu'est-ce que tu fais ? »

Il prend son visage dans ses mains, l'embrasse tel un homme affamé. Au début, il sent qu'elle ne veut pas, mais sa main descend dans son cou, puis jusqu'à sa taille, ses doigts défont le bouton de son pantalon, pénètrent à l'intérieur – image fugitive de Penelope – et Laura se relâche. Il baisse son pantalon sur ses hanches, la retourne, la pousse contre le lavabo, il a les deux mains sur ses seins. Il ne se déshabille pas, et quand il vient en elle, elle gémit.

Il les voit tous les deux dans le miroir, Laura, des cheveux voilant son visage, les yeux clos. Elle incarne toutes les amantes qu'il peut désirer – l'inconnue mystérieuse, la putain vulgaire, la serveuse étourdissante. *La belle patiente ?* Ses paupières se closent pour laisser place au fantasme qui envahit son esprit. Penelope dans l'herbe près de la rivière, Penelope contre son bureau, Penelope ici même, sous ses mains, son souffle se fait plus fort, et ils jouissent en même temps.

En ouvrant les yeux, il s'aperçoit que Laura le regarde dans le miroir. Elle lui rend son sourire, mais il voit poindre le soupçon, et il craint ce qu'elle a pu voir avant qu'il ne redescende sur Terre, les détails de son fantasme s'imprimant sur son visage. *Elle n'a lu que ta passion pour elle.* Néanmoins il sent une rupture, et il sait que Laura le sent aussi.

Elle s'arrache à son étreinte, prend des serviettes en papier pour s'essuyer. Elle boutonne son pantalon, lisse ses vêtements et ses cheveux dans le miroir. Il est toujours derrière elle, et à son tour il l'imite, range les pans de sa chemise en désordre, boucle sa ceinture. Leurs regards se rencontrent dans la glace. « Tu es un bon amant, Edmund Malinowski. Ça, je te l'accorde. »

Il la retourne et l'embrasse gentiment cette fois, en mari attentif.

Elle s'écarte et lui tapote la joue, ainsi qu'à un enfant. « Mais c'est à toi-même que tu fais l'amour. Tu le sais, ça, hein ? »

Elle referme la porte derrière elle, l'empêchant de répondre.

C'est à toi-même que tu fais l'amour. Qu'a-t-elle lu sur son visage ? Qu'a-t-elle ressenti ? Il voudrait lui assurer que c'est elle qui enflamme en lui le désir. C'est sa beauté qui l'excite, de toutes les façons dont elle se présente : artiste, fêtarde, épouse. Tout le monde a des pensées qui batifolent. Les humains sont des créatures primaires, des êtres de chair. Elle le sait. Et ces pensées sont comme un film rapide dans sa tête. Elle, elle est réelle, et aucun fantasme ne peut lutter contre ça.

Les pensées sont des comportements secrets.

Il y croit dans son univers professionnel et face à ses patients, mais en cet instant, il ne peut l'appliquer. Ses actes, son comportement visible : voilà ce qui compte. Oui, il a couché avec des prostituées quand il ne pouvait faire l'amour avec Laura, mais ces actes-là ne sont pas des trahisons ; il s'agit juste de combler des besoins physiques. C'est le lien émotionnel avec Penelope qui rendrait toute relation physique si dangereuse pour son couple, mais en dehors d'un instant d'égarement (et cela se discute ; après tout il n'a pas répondu à ses avances), il est irréprochable. Il a gardé ses pensées secrètes.

Il va emmener Laura dîner dehors, il lui consacrera toute son attention, la questionnera sur les dernières toiles qu'elle a peintes, sur l'atelier à Boulder. Il insistera pour qu'elle continue. C'était une idée stupide de vouloir qu'elle arrête.

Il lisse sa barbe et ses cheveux, inspecte ses dents comme s'il venait de manger, s'entraîne à afficher un sourire vainqueur. Les choses vont s'arranger entre Laura et lui. Tout ira bien. Il s'assure que sa chemise est correctement rentrée dans son pantalon, sa braguette fermée. Dans le couloir, il adresse un grand sourire à une gentille infirmière assez jeune, qui lui renvoie son sourire avec nervosité. Il peut faire sourire toutes sortes de femmes, leur donner du plaisir, mais il est concentré sur Laura. Seulement Laura. Cette femme brillante et forte qu'il a convaincue de l'épouser, drôle, acerbe, douée. L'esprit mordant. *C'est à toi-même que tu fais l'amour.* Ces mots le font rire à présent, à nouveau il est amoureux de son honnêteté. Elle n'a jamais tenté de le flatter.

« À table ! s'écrie-t-il en entrant dans la chambre de Bonnie.

— C'est toi qui invites ? » répond la voix de Pete.

Il entend Bonnie rire. « Je ne crois pas que je sortirai ce soir. Vous, les garçons, allez vous chercher quelque chose à manger. Emmenez Hank et Benjy. Moi, je vais faire une sieste avec ce petit, là. » Elle contemple le bébé, toujours assoupi dans ses bras.

Ed fait le tour de la pièce : Hank joue tranquillement dans son coin, Benjamin est toujours fasciné par les clés, Pete se tient debout près du lit, et puis il y a Bonnie et le bébé. « Où est Laura ? »

Il surprend ses amis qui échangent un regard. Il est censé savoir où elle est. À les voir, c'est évident.

Mal à l'aise, Pete reprend : « Elle est passée dire au revoir. Elle a dit que tu lui laissais du temps pour aller peindre.

— Oui, bien sûr, répond Ed après un instant d'hésitation. Je croyais qu'on se retrouvait ici pour s'échanger les clés de voiture parce que le siège de Ben est dans la sienne.

— C'est fait, s'exclame Bonnie. Elle a trouvé les tiennes dans les poches de ton manteau. Et celles-là, ce sont les siennes », ajoute-t-elle en désignant Benjy.

Bonnie et Pete échangent un sourire, à nouveau tranquilles, concentrés sur leur fils qui vient de naître, et pas sur leurs impossibles amis.

Ed sent la peur monter en lui, une énergie nerveuse dans son ventre. Il revoit le visage de Laura lorsqu'elle est sortie des toilettes – résolue – et il comprend qu'elle pourrait le quitter. Vraiment. Il y a souvent pensé mais n'y a jamais réellement cru. Et

194

s'ils échouaient ? Son fantasme pourrait ne jamais se matérialiser. Est-ce ainsi qu'elle s'y prendra ? En lui tapotant la joue et en lui disant que c'est à lui-même qu'il fait l'amour, avant de disparaître ? Il la voit filer jusque chez eux, jeter des vêtements dans un sac, attraper quelques affaires de toilette, sa boîte de peintures et son chevalet. Est-ce qu'elle emmènera le chien ? *Allez viens, Beau, mon pote. Monte.* Elle prend la direction de l'ouest, sa voiture l'emporte par le col MacDonald, puis vers Elliston et Avon, Garrison, puis l'autoroute qui la mènera là-bas, jusqu'à l'océan Pacifique.

Il prend Benjamin dans ses bras, le serre contre sa poitrine. *Jamais elle ne laisserait son bébé.* C'est une certitude, son seul réconfort, et il ne cherchera pas à comprendre ce qu'il y a derrière, à lire les mots qui restent hors de portée pour l'instant. *Pourtant, elle pourrait bien te quitter.*

19

Laura

Je rêve que je grimpe un escalier branlant qui me projette dans une grande salle – à mi-chemin entre une salle de sport et une salle de jeux vidéo, avec des machines hybrides de sport/jeux vidéo. Une jeune femme fait de l'aviron sur un bateau qui penche et se renverse sur un étang virtuel – exercice d'équilibre. Un homme met un panier avec un ballon de basket, il ne cesse de sautiller car le sol est brûlant sous ses pieds. Exercice de motivation. Je me dirige vers un poisson énorme, sachant que c'est pour moi. Je m'allonge et glisse mes jambes dans sa gueule ouverte. Mon corps disparaît jusqu'à la taille et sa bouche se referme sur mon ventre. Un employé m'attache les mains au-dessus de la tête et appuie sur un bouton. Le poisson se met à bouger, à donner des coups de queue, sa bouche se resserre. Exercice de fuite.

Toute la matinée durant, je sens les cordes sur mes poignets, la bouche humide du poisson autour de ma taille. *Trop définitif*, pensé-je. *Trop évident.* Mon subconscient affleure à la surface.

Ed est à un colloque à Washington DC.

Le soir, je dépose Benjy chez Bonnie et je retrouve

Tim pour boire un verre. J'ai l'impression de passer mon temps à faire des comparaisons entre les deux – Ed et Tim. Ils sont si différents physiquement, Tim est fin alors qu'Ed est bien bâti, chacun a le physique qui conviendrait au métier de l'autre. Mais Tim est attentif alors qu'Ed est constamment préoccupé. Quand nous sommes ensemble, Tim ne voit que moi. Le barman pourrait laisser échapper un plateau entier de verres, Tim ne se détournerait pas pour regarder.

Après deux verres, je monte dans la voiture de Tim et il m'amène chez lui.

« Cet endroit est trop charmant pour un mec célibataire », lui dis-je. Parquet, plafonds dignes d'une cathédrale, énorme cheminée, canapés en cuir.

« Tu as oublié ce que je faisais pour vivre ? »

Il est architecte. Il a bâti lui-même sa maison.

Sur la table basse, douze boîtes de biscuits vendus par les Girls Scouts.

« Et ça ?

— Les petites Baker. Deux sangsues infatigables. Les pires du quartier. Tu devras faire attention si tu viens plus souvent par ici. »

L'invitation n'a rien de subtil.

L'ongle de son pouce gauche est noir.

C'est lui qui nous a amenés ici, mais c'est à moi de franchir les quelques mètres qui nous séparent pour poser mes lèvres sur les siennes. Il s'écarte un instant pour me demander : « Tu es sûre, Laura ? »

Je réponds en glissant mes mains sur son corps, et il m'emmène jusqu'à un lit à baldaquin qu'il admet, timidement, avoir construit lui-même.

J'ai une aventure, mais les choses sont douces et

tranquilles. Rien à voir avec Ed et moi dans les toilettes de l'hôpital ou, cette fois-là, dans ma salle de classe à Boulder. Aucun désespoir, aujourd'hui. Tim m'enlève chacun de mes vêtements avec une grande attention, tout en me regardant. Il touche mes épaules comme de précieux objets, ses doigts s'attardent ensuite dans mon cou. « J'en ai envie depuis la première fois où je t'ai vue, murmure-t-il.

— Tu étais en deuil quand on s'est rencontrés.

— Et je me sentais coupable de te désirer autant. »

Je m'attends moi aussi à me sentir coupable. Je m'attends à voir Ed, à sentir son poids m'oppresser. Mais je suis là et bien là, attentive et remplie de désir. Pour Tim.

« Je n'attends rien de toi, dit-il après. Tu n'as pas à quitter ton mari si tu ne le veux pas. »

Je déteste le mot *mari* dans sa bouche.

« Je crois que si. » Nous sommes face à face dans le lit, et je me demande si ça va continuer, cette aventure avec Tim. J'ai toujours eu des relations avec des hommes plus âgés, mais Tim a quatre ans de moins que moi. Il est plus intelligent que mon pompier, mais il est loin derrière Ed. Ses mains sont calleuses, son corps mince et musclé. Il a bon goût, sait créer des choses, de grandes choses telles que des maisons.

J'entends Ed dire : *Je reconstruis tout un établissement. Qu'est-ce qu'une maison comparée à ça ?*

Mais c'est la maison que je veux, maintenant. Cette chose tangible, là, devant moi.

Je n'ai plus que faire des aspirations à présent.

Tim me ramène à ma voiture, et on s'embrasse

comme des adolescents, trop longtemps, derrière les vitres embuées.

Lorsque enfin je m'écarte et ouvre la portière, il me dit : « S'il te plaît, ne disparais pas, Laura. »

Je sais qu'il veut dire « de ma vie », mais ces mots m'évoquent seulement LA disparition plus vaste à laquelle je fais face. Déjà plus attentif qu'Ed, il me demande de rester, d'occuper à nouveau ma place.

*

Quelque chose s'est enclenché. Je le sens. Quand je viens récupérer Benjy, je sais que Bonnie le devine elle aussi.

« Tout va bien ? demande-t-elle.

— Oui, oui. »

Elle a l'air soupçonneuse. « Tu me diras ce qui se passe, j'espère ?

— Oui, bientôt », promets-je.

Benjy me tend les bras. « Mama ? »

Il connaît beaucoup de sons, mais il met du temps pour acquérir les mots. *Mama* et *Beau* font déjà partie de son vocabulaire. *Papa*, pas encore.

Je le soulève et le cale sur ma hanche. Il grandit, mon bébé.

Bonnie m'offre un verre de vin, mais je refuse, j'ai hâte de partir. Je veux savoir si je me sens toujours différente lorsque je suis seule avec Benjy. Lorsqu'il n'y a plus que lui et moi.

« Il se passe quelque chose, répète Bonnie.

— Tout va bien », lui dis-je.

En rentrant à la maison sur la Troisième Rue avec

mon fils, j'ai le sentiment que la situation est temporaire. Je passe d'une pièce à l'autre, je touche les objets, si peu d'entre eux sont à moi. Mon chevalet, mes peintures, mes vêtements, quelques livres, les œuvres de mes élèves.

*

Quelques jours plus tard, je vais me promener avec Benjy et Beau. Les rues sont encombrées après la fonte des neiges, envahies de graviers. Nous descendons la colline, traversons State et Highland, nous nous arrêtons à cause de la circulation sur Broadway, puis continuons, traversons Breckenridge, une autre rue qui a un vrai nom et pas un numéro. Nous tournons dans la Sixième Rue. Benjy dort dans sa poussette. Beau avance tranquillement à mes côtés, une partie de sa laisse dans la gueule. Je sens encore l'haleine de Tim, ses mains.

Au-dessus de nous, les arbres bourgeonnent, l'herbe verdit dans les jardins, et là, sur ma droite, à l'angle de la Sixième Rue et de Beattie, une petite maison verte avec un joli porche et des jardinières devant les fenêtres où l'on vient de planter des fleurs : sur la pelouse, un panneau « À louer ».

Dans le manuel d'interprétation des rêves d'Ed, le six est symbole de complétude. Ma grand-mère s'appelait Beattie ; cela signifie « qui apporte la joie ». Je ne crois pas aux signes, néanmoins je note le numéro sur le panneau. Je me hâte de rentrer, je remonte la colline en courant à moitié derrière la poussette, Beau bondissant à mes côtés.

Une voix d'homme profonde me répond dès la première sonnerie. «Je peux vous faire visiter tout de suite, si ça vous intéresse. » Et je réponds : « Oui, oui, oui. S'il vous plaît. »

20

Ed est chez lui pour le dîner. Il entre par-derrière, tandis que Laura sort les victuailles d'un sac, les boîtes blanches d'On Broadway, le traiteur des grandes occasions.

Il pose les mains sur les hanches de sa femme, l'embrasse dans le cou. « Je peux faire quelque chose pour t'aider ?

— Assieds-toi avec Benjy. Prends-toi une bière. »

Réponse parfaite.

Ed retire sa veste, sa cravate, décapsule la bière qu'il a prise dans le frigo. « Tu en veux une ? » demande-t-il à Laura, et d'un signe de tête elle lui montre le verre de vin sur le plan de travail, près de la bouteille à moitié vide. « C'est bien. »

Benjamin est assis dans sa chaise haute, ses doigts minuscules saisissent les petits pois et les morceaux de viande, aussi habiles qu'une grue, Ed vient s'asseoir à côté de lui et pousse la nourriture au centre de l'assiette.

« Ce garçon devient vraiment grand, dit-il. Il va falloir lui donner un frère ou une sœur un de ces jours. » Il ne cesse de répéter cela depuis que Pete et

Bonnie ont eu leur second enfant, il revient à la charge dès qu'il le peut, mais Laura prend toujours la pilule.

Elle ne répond pas.

Ils dînent à la table de la cuisine, Laura dispose la nourriture dans les assiettes comme s'ils étaient au restaurant – steaks, pommes à l'ail et champignons sautés. Benjamin se concentre sur sa nourriture à lui, mais il prend le morceau de pomme de terre que lui donne Laura, puis les petites bouchées de steak. Ensuite, elle lui tend un bout de champignon, il le mâche quelques secondes, puis fait la grimace et le rejette hors de sa bouche. Ses parents éclatent de rire. Ed lui raconte sa journée, combien il aime ses patients, que Chip va aller vivre chez son oncle et commencer à travailler en tant qu'homme de ménage dans une école élémentaire toute proche, un grand succès.

Ed poursuit : « Ça fait du bien de se faire plaisir. Il faut qu'on sorte dîner un de ces soirs. Qu'on trouve quelqu'un pour garder le petit. »

Après le dîner, ils mettent Benjamin dans son parc et vont s'asseoir sur la véranda, Ed avec une autre bière, Laura, un verre de vin. Par la grande fenêtre du salon, ils voient Benjamin assis dans sa petite cage, qui analyse ses jouets. Il ne semble d'ailleurs pas jouer avec, mais les observer. Ils laissent la porte ouverte pour l'entendre s'il pleure.

Ed allume une cigarette pour chacun d'eux.

La soirée est tiède, les lilas près des marches de l'entrée commencent à avoir des feuilles. Ed sent presque le parfum des fleurs. Le lilas, c'est ce qu'il préfère. Tant de choses préférées en une seule soirée.

Laura dit : « Il faut que je te parle de quelque chose. »

Ses pensées à lui sont toujours aussi légères et aériennes. Peut-être est-elle enceinte – une pilule oubliée, un autre bébé, quelle bonne nouvelle, une magnifique surprise. Peut-être a-t-elle vendu une toile et sa carrière est sur le point d'exploser, une brillante artiste découverte dans cette petite ville de montagne.

Il lui attrape la main, entrelace ses doigts avec les siens, cherche son alliance, car il aime la tripoter. Elle n'est pas là et pourtant – pourtant ! – aucune alarme ne retentit dans son cerveau, rien. Elle a dû l'enlever pour peindre. Elle le fait parfois.

Il a le temps de penser à toutes ces choses.

Laura tire une bouffée de cigarette, et il s'apprête à lui dire à quel point elle est bandante quand elle déclare : « J'ai signé un bail pour une maison, aujourd'hui. »

Ed ne comprend pas. Ils sont propriétaires de leur maison. Il n'y a pas besoin d'en louer une autre.

« C'est sur la Sixième Rue – au croisement de la rue Beattie. C'était le nom de ma grand-mère, tu te rappelles ? C'est tout près, ce qui sera très bien pour Benjy. »

Ed ne sait pas de quoi elle parle. Elle parle de sa grand-mère, elle a sûrement une raison – sans doute le dîner. Sa grand-mère n'était-elle pas bonne cuisinière ? Mais il y avait une histoire de maison ? La maison de sa grand-mère ?

« Je commencerai à déménager mes affaires demain. »

Cette phrase-là est parfaitement claire. Son incom-

204

préhension se fissure, tel un œuf à la coquille épaisse qui se fend.

Benjamin geint dans son parc.

« Qu'est-ce que je peux faire ? » Ed écrase sa cigarette et celle de Laura, il prend ses mains dans les siennes. « N'importe quoi, mon amour. Dis-moi. »

Benjamin crie de plus en plus fort. Un mot émerge : « Mama ! »

Elle secoue la tête.

« Mama ! »

« Non, Laura. Ça ne peut pas finir comme ça. »

« Mama ! » Pleurs de rage.

« J'arrive, Benjy ! » Laura retire ses mains des siennes. La place est chaude sur le banc à côté d'Ed, là où elle était assise.

Ed connaît les limites de sa profession – toutes les façons dont il peut échouer auprès de ses patients. Il sait combien il est important de changer de direction, de trouver de nouvelles solutions. Si l'une ne fonctionne pas, il en essaie une autre. Puis encore une autre. Seulement il a échoué à appliquer cette méthode à son couple. Il a eu beau remarquer les changements, il n'a pas modifié le traitement. Il s'est contenté de continuer, aveugle, croyant que les choses s'arrangeraient d'elles-mêmes.

λ

Ed ne sait pas depuis combien de temps il est assis dehors. Il fait noir à présent, et il aspire au prochain printemps, que tout ça soit derrière eux, réparé.

À l'intérieur, Laura est allongée sur le canapé, les

yeux clos, même s'il sait qu'elle ne dort pas. Il s'assoit par terre et appuie la tête contre le canapé. « Je t'en prie, dit-il. Je vais changer. Je suis un spécialiste du comportement. Si je parviens à aider les autres à changer, je le peux également. » Il sent sa main dans ses cheveux, ses longs doigts à travers ses mèches, qui le console à la manière dont elle console leur fils quand il tombe et s'égratigne le genou, ou touche quelque chose de brûlant ou de pointu. « Je t'en supplie. » Il le répétera jusqu'à ce qu'elle dise oui. « Je t'en supplie. Je t'en supplie.

— Non, Ed. » Sa voix est aussi douce et tendre que sa main.

Il se lève et l'attrape dans ses bras, tout contre lui, ses jambes et ses bras sont mous comme ceux d'une poupée de chiffon. « Je t'en supplie.

— Ed, pose-moi par terre. »

Il ne le fait pas. « Je t'en supplie, Laura. » Elle ne peut pas le quitter s'il la tient ainsi dans ses bras.

« Pose-moi par terre. »

Il attend encore un moment.

« Tout de suite, Ed. »

Il la pose, et ils s'assoient tous les deux sur le canapé.

« Viens au lit.

— Non, Ed. »

Il se met à pleurer. C'est une tristesse profonde, brute, telle qu'il n'en a jamais connue, et il enfouit son visage dans ses mains. Il sent les doigts de Laura qui dessinent des cercles dans son dos. *Doucement*, disent-ils. *Tout ira bien. Tout finit par guérir.*

Mais il ne veut pas de cette blessure.

Je t'en supplie. Il ne sait pas s'il parle toujours à haute voix, mais c'est tout ce qu'il entend, tout ce qu'il ressent, une demande urgente, inflexible.

Ce moment dans le salon s'étire à l'infini, de même que tout à l'heure, sur la véranda. Ils ont toujours été là, ils n'ont jamais été là.

*

Quand les pleurs matinaux de Benjamin le réveillent, il est allongé sur le canapé. La tête toujours sur les genoux de Laura. Il la sent s'esquiver, une de ses mains lui soutient la tête, puis la dépose doucement sur le coussin qu'elle glisse à la place. Il garde les yeux clos, l'écoute parler de sa voix douce à l'enfant irrité.

« Coucou, mon amour. Oh, mais il n'y a pas de raison de pleurer. On va changer la couche et prendre le petit-déjeuner. Ça te va ? » Les chouinements disparaissent, remplacés par des rires, des gazouillis de plaisir, et l'appel sonore : « Mama ! » Il entend le cliquetis des griffes de Beau sur le sol lorsqu'il se lève de son panier près du poêle, son collier qui tinte quand il s'ébroue au sortir du sommeil. La voix de Laura résonne à nouveau : « Est-ce qu'on fait sortir Beau ? » Et Benjamin de crier : « Beau ! » Puis le claquement des petits pieds de Benjamin par terre, qui sort de sa chambre, comme tous les jours. Il va jusqu'à la porte de derrière avec Laura, craquement du parquet, ouverture-fermeture de la porte, grincement de la poignée, Beau qui aboie après un passant. Ed entend Laura hisser Benjamin dans sa chaise haute, attacher le plateau, lui servir ses Cheerios pour commencer.

Elle laisse le chien rentrer, et Ed l'entend manger ses croquettes dans l'écuelle de métal. « Assis, lui dit Laura. Pas bouger. Bon chien. Voilà. » Pourquoi n'a-t-il jamais écouté tout cela auparavant. Les bruits de sa famille.

Peut-être que tu as rêvé tout ça.

Il repense à ce premier voyage. Dean qui le courtisait, les montagnes et les cours d'eau, la jolie petite ville, cette maison, tout s'alignait parfaitement pour leur faire la vie belle dans le Montana. Et s'il avait eu tort de les amener ici ? Il revient à leur appartement dans le Michigan, le chevalet de Laura dans un recoin du salon. Il lui apporte un chiot la première fois qu'elle le demande, accepte tout de suite d'avoir des enfants. L'appartement se remplit de monde jusqu'à ce qu'ils soient forcés de trouver une nouvelle maison, un foyer qu'ils cherchent ensemble.

Seraient-ils encore dans cette maison ?

Peut-être que oui, et cela l'effraie plus encore que la possibilité de s'être trompé en venant ici. Leur échec devenant inhérent, écrit – qu'importe l'endroit où ils sont.

Il se redresse et Laura lui apporte une tasse de café. « Prépare-toi ou tu vas être en retard.

— Je ne vais pas travailler aujourd'hui.

— Si, il le faut. Tu as cette réunion, tu te rappelles ? Tu m'en as parlé au dîner, une grosse réunion, un truc important. » Elle se force à sourire. « Tu dois y aller, Ed. »

Il la laisse l'aider à se lever et se tourner doucement. L'emmener jusqu'à la salle de bains, où il réussit à se doucher et à peigner sa barbe. Puis, il va tout seul jusqu'à son placard et choisit des vêtements qu'il sait enfiler, une cravate qu'il sait nouer, une veste où il sait ranger son portefeuille et ses cigarettes, son briquet et ses clés. Lorsqu'il revient à la cuisine, Laura est assise à table avec Benjamin, une tasse de café entre les mains pour se réchauffer, tel un feu minuscule. Benjamin lève les yeux vers lui et s'écrie : « Papa !

— Oui, Benjy. » Laura regarde Ed. « C'est papa. »

Elle se lève, l'accompagne jusqu'à la porte. *Reste*, lui dit son esprit. *Enlève ton costume et enfile un jean. Emmène ta famille dans la montagne. Faites une randonnée jusqu'en haut du mont Ascension, comme vous en avez tant de fois discuté.*

Il pose la main le long de sa joue, la contemple en essayant de mémoriser chaque détail, afin de se le rappeler quand il en aura envie, de la faire revenir à lui. « Reste ?

— Non. »

Son autre main se pose à son tour sur son visage, et ses lèvres sur les siennes, il ressent de la gratitude car elle lui rend son baiser. Ils demeurent ainsi enlacés jusqu'à ce que Benjamin les sépare, à force de frapper sur le plateau pour demander encore à manger tout en criant ces mots qui ne veulent rien dire. Laura met la main devant sa bouche.

Ed prend à nouveau son visage entre ses doigts. « Je suis désolé, dit-il.

— Moi aussi. »

Reste.

Mais il ne dit rien et, à son retour, elle n'est plus là.

21

Ils décident de tout dire ensemble à Pete et Bonnie dans la maison de la Troisième Rue. Benjamin dort dans son parc, Justin dans son siège auto, et Hank regarde la télévision dans le salon. Les adultes sont assis à la table de la cuisine, deux packs de six devant eux, ce qui n'est pas assez selon Ed.

« Pas de whiskey, dit Laura. S'il te plaît.

— Mais alors comment pourrais-je te soûler pour que tu oublies tout et viennes au lit avec moi ? » Il essayait d'être drôle, de faire preuve de la légèreté et de l'humour qui avaient conquis le cœur de Laura au début.

« Pas de whiskey. »

Il y a une semaine qu'elle est partie. Elle n'arrive pas à croire qu'il n'en ait pas parlé à Pete, et pourtant c'est vrai. Il n'y arrive pas. Il ne sait même pas s'il en est capable à présent.

« Tu es bien sûre que c'est ça que tu veux ? lui a-t-il demandé chaque jour de la semaine. Il est encore temps de revenir en arrière. » Chaque fois, il essaie de la serrer contre lui, et chaque fois elle le repousse. Il ne l'a pas touchée depuis ce dernier matin, même s'il essaie chaque fois qu'il vient à la nouvelle maison chercher Benjamin et le chien pour une promenade. « Accompagne-nous ? » propose-t-il. Comme toujours, elle secoue la tête. Il essaie encore en les ramenant, et elle refuse encore une fois.

Il se dit que c'est une séparation temporaire. Il a accepté d'en parler à Bonnie et Pete uniquement parce qu'il pense qu'ils prendront son parti.

Chacun décapsule une bière et Pete leur dit : « Ben qu'est-ce que vous êtes sérieux. Mais qu'est-ce qui se passe ?

— Nous allons divorcer, dit Laura.

— Non, la contredit Ed. C'est excessif. Nous nous séparons un moment. Laura a besoin de prendre de la distance. » Il avale sa bière, en prend une autre.

Bonnie et Pete restent silencieux, éberlués.

Enfin, Bonnie dit : « Je n'aime pas ça. »

Ils éclatent tous d'un rire nerveux.

« Moi non plus, dit Ed. Aidez-moi à la convaincre de revenir, vous voulez bien ? »

Mais plus personne ne rit car Bonnie regarde Laura, elle est en pleurs, elle bredouille quelque chose, qui tout à coup devient clair, et Ed entend soudain raconter une version de la vie qu'il croyait mener dépeinte sous un jour qui lui paraît soudain laid et étranger. « Je me sentais tellement seule, dit-elle, seule, piégée, et si en colère, si triste, et il ne parvenait pas à voir que je disparaissais, que j'avais besoin de lui. J'étais tellement fatiguée d'être en compétition avec ses patients, avec Penelope. J'avais besoin de lui pour croire que j'existais vraiment, que j'étais importante, que je faisais partie de quelque chose, et les rares fois où ça s'est produit, ça a été si bref qu'après c'était presque pire que si ça n'avait jamais existé. Je veux juste être à nouveau entière. » Sa voix se brise, puis elle se reprend. « J'ai besoin d'être à nouveau entière. »

Ed tente de l'attirer contre lui pour la réconforter, qu'elle se sente protégée, à nouveau entière. Il peut y arriver. Mais elle se dégage de son étreinte, se relève d'un bond, fait basculer la chaise dans sa hâte, et s'écrie : « *Putain !* Ed. Tu comprends rien. J'avais besoin que tu me prennes dans tes bras il y a des années ! J'avais besoin d'être *ta femme* ! Pas une patiente de plus à soigner. Et nom de Dieu, si je devais être une patiente, alors, le minimum, c'était que tu me donnes un meilleur traitement ! »

Elle redresse la chaise, attrape son pull accroché à la patère, sur la porte, et s'en va.

Combien de fois devra-t-il la voir partir ainsi ?

Bonnie et Pete finissent tous deux leurs bières et en reprennent une autre.

« Je suis désolé, mon frère », dit Pete.

Ed les regarde, ses deux amis, de l'autre côté de la table, un beau couple. « Comment vous faites ? demande-t-il à présent presque en colère. Pete fait autant d'heures que moi, il va boire après le boulot lui aussi. Pourquoi tu es toujours là, toi ? » Il lance à Bonnie un regard noir, comme si c'était sa faute.

Elle pose les mains à plat sur la table, geste d'apaisement puissant qu'Ed reconnaît quelque part dans son esprit. Il entend Hank rire devant la télé.

« Tu es sûr que tu veux entendre la réponse à cette question ? demande-t-elle.

Non. « Oui.

— Je suis toujours là parce que Pete n'a jamais baisé avec une de ses patientes.

— Mon Dieu, Bonnie ! » Ed fusille Pete du regard. « C'est toi qui lui as raconté ça ?

— Ce ne sont pas les mots que j'ai employés.

— Allez, Pete. De quoi tu te protèges, là, Laura est partie. » À son tour, Bonnie lance à Ed un regard noir. « Pete m'a parlé de ta relation avec Penelope, Ed, mais tu sais qui d'autre m'en a parlé ? Ta femme, bordel ! Et j'ai fait de mon mieux pour te défendre, mais c'est devenu carrément dur après que tu as raté la naissance de Benjy. Alors tu peux bien continuer d'appeler ça comme tu veux, toute cette attention que tu accordais à cette fille, mais les gens y ont vu autre chose. Et je peux te dire avec certitude que si jamais j'avais le moindre soupçon de ce genre-là au sujet de Pete, il serait dehors en moins de deux !

— Calme-toi, Bonnie.

— La ferme, Pete. »

Ed les a rarement vus se disputer. « J'étais le médecin de Penelope. Je suis allé à Great Falls parce qu'elle avait besoin de mon expertise. »

Bonnie ricane. « De même qu'elle avait besoin d'une thérapie individuelle avec toi à Boulder.

— Nom d'un chien, mais vous avez un dossier sur moi ou quoi ? Et putain, tu es qui pour me juger, là ? Qu'est-ce que tu fais de ta vie, Bonnie ? Te bourrer la gueule en espérant que tes gosses ne vont pas se blesser pendant que tu cuves ? Et toi, Pete : tu fais tes heures sur place, tu suis ta routine. Tu te fous de savoir si on arrive à améliorer les choses. Tu n'en as sûrement rien à branler non plus de savoir si on réussit à aider quelqu'un !

— J'ai juré à Laura que tu étais un mec bien, au fond de toi, Ed. Ne me fais pas douter de ça non plus.

— Ta gueule, Bonnie. »

Pete et Bonnie secouent la tête et Ed les hait parce que la déception qu'il leur cause ne fait que les unir davantage. Il déteste les voir si proches. Pete ne vaut pas mieux que lui. Et Bonnie n'est en rien une femme meilleure que Laura.

Ils vont chercher leurs enfants sans dire un mot.

À la porte, Pete lui dit : « Tu sais, Bonnie est un peu brusque, mais on est là pour toi, mon frère. Tu surmonteras tout ça. »

Ed en a marre qu'on lui dise qu'il va s'en sortir.

22

Pete et Bonnie, le septième jour. Premier rendez-vous avec les avocats, le quatorzième jour. Mise en place du mode de garde alternée, le seizième jour. Le vingt et unième jour, exactement trois semaines après que Laura a rapporté ce dîner à la maison et lui a annoncé qu'elle le quittait, Ed vient tambouriner à la porte de sa nouvelle maison ivre, en pleurs, il la supplie, et c'est alors qu'un type en caleçon arrive à la porte. Ed essaie de le frapper, rate son coup, se cogne le poing contre le chambranle. Laura apparaît vêtue d'un tee-shirt d'homme trop grand, ses longues jambes dénudées, et Ed se jette sur elle, il a besoin de la serrer contre lui, qu'elle le serre en retour, mais l'homme l'en empêche. Un bras atteint Ed en pleine poitrine et l'expédie à terre. Il entend Laura lui parler, elle répète les mêmes mots : « Ed, rentre chez toi. Ed, ça ne va pas, ça. » Et puis ces paroles nouvelles : « Ed, si tu ne quittes pas ma maison, j'appelle la police », des paroles qui le font reculer, redescendre les marches à quatre pattes et se relever au milieu de la pelouse de son nouveau jardin. « Au moins, rends-moi mon chien, bordel ! » s'écrie-t-il, et il a la surprise d'entendre le cliquetis des griffes de Beau sous le porche, puis de sentir la chaleur de son souffle. Lorsqu'il lève les yeux, l'homme est toujours là, il lui donne le chien qu'il a partagé avec Laura. Ed fait monter Beau dans sa voiture et parvient tant bien que mal à rentrer chez lui.

*

Tous les soirs, quand il arrive chez lui, la maison est plongée dans le noir. Tous les soirs, il pense la même chose : *Mais pourquoi fait-il si sombre ?*

Et tous les soirs, il se souvient.

Le lendemain du jour où il est allé chez Laura et a tenté de frapper cet homme – *mais putain, c'est qui ce type ?* –, il est allé chez Dorothy et, après son service, il a emmené Lynn à l'hôtel. Il était trop ivre pour se souvenir si c'était bon.

*

Le cinquante-troisième ou cinquante-quatrième jour (il a un peu perdu le fil à un moment), Laura apporte chez lui les papiers du divorce pour qu'il les signe. Il est vingt heures et il est déjà ivre car il a entamé sa bouteille de whiskey en arrivant chez lui.

« Où est Ben ? demande-t-il d'une voix traînante.

— À la maison.

— Avec ce type ? C'est qui, d'abord, ce mec, Laura ? Je ne veux pas qu'il approche de mon fils.

— Mon Dieu, Ed. » Elle va lui remplir un verre d'eau, le lui apporte. « Bois ça. Tu veux que je repasse plus tard pour te laisser le temps de les regarder quand tu seras plus sobre ?

— Laura. » Il tend la main vers elle encore et encore, et elle s'écarte encore et encore.

Elle gratouille les oreilles de Beau. « Je vais les laisser sur la table, tu pourras y jeter un coup d'œil demain matin, d'accord ? »

Il s'écroule sur une chaise et pose la tête sur ses bras croisés sur la table, tel un enfant triste et brisé. Il ferme les yeux, mais il la sent qui hésite, au-dessus de lui. Bientôt il se remet à pleurer, ses épaules tremblent, tout vacille en lui, et il sent la main de Laura qui lui frotte le dos, en décrivant de petits cercles. Il s'oblige à rester assis, à garder la tête sur ses bras pour ne pas être tenté de l'enlacer, parce qu'il sait que ça la ferait fuir comme un animal effrayé qui a initié le contact avec prudence. Il doit lui prouver qu'il est apprivoisé, doux, gentil. Il est capable de rester assis et de se laisser toucher ainsi qu'elle le fait, non ? Une brave bête.

« Tu verras, Ed, ça va aller. » Il adore sa voix. Il y a tant d'autres choses qu'il voudrait l'entendre dire. « Oublie un peu la bouteille. »

Et puis sa main n'est plus là.

*

Le soixante septième (ou soixante huitième) jour, il signe malgré lui les papiers qui mettent fin à son mariage, et se résigne à n'être plus que parent à mi-temps.

« Nous sommes toujours mariés aux yeux de l'Église, dit-il à Laura.

— Tu ne crois pas en Dieu, Ed. On s'est mariés à l'église pour ta mère. » Elle lui prend les papiers des mains. « Merci. »

Ce soir-là, il ramène Lynn chez lui, le lendemain, une femme qui s'appelle Kathy, puis Lynn à nouveau, et enfin une étudiante de vingt et un ans, si jeune, si innocente, qu'il doit boire pendant plusieurs jours pour oublier.

*

Quelque temps plus tard – il a complètement perdu le compte des jours –, sa mère arrive. Elle le gifle puissamment, puis maintient sa tête sur ses genoux pendant dix minutes exactement. Ensuite elle le prend par les épaules et lui dit : « Nous apprenons de nos échecs. » Elle lui tapote fermement la joue. « Va prendre une douche. Je vais te préparer à manger. »

Elle reste trois jours, nettoie le bazar qu'il a accumulé dans la maison et lui prépare de gros repas qu'il dévore.

« Tu vas mieux, dit-elle le jour où elle repart. Arrête de t'apitoyer sur ton sort. Va promener ton chien. Sinon vous allez devenir gros tous les deux. »

*

Le lundi suivant, il se réveille tôt, se prépare une pleine cafetière, et un œuf au plat sur un toast. Il emmène Beau en promenade, puis il prend sa douche, s'habille et s'en va à Boulder, où Martha lui dit : « Ça fait du bien de vous revoir, Ed.

— Ce n'était qu'un week-end. »

Elle lui tend une pile de courrier et de mémos. « C'était plus long que ça, mais on a fait avec. Contente que vous soyez de retour. »

Son bureau l'attend, ses patients, ses médecins, son personnel mal adapté. Il est doué pour ça, et il va tout donner les jours où il n'a pas Benjamin, et faire ce qu'il pourra les jours où il sera avec lui. Il songe un instant à Penelope, là-bas, en ville. Pas une patiente. Juste une jeune femme en bonne santé qui vit sa vie. Il ne sait pas s'il est responsable de sa réussite à elle, en revanche il sait qu'elle est responsable de bon nombre de ses échecs. Il se souvient de ce moment, au bord de la rivière. De ses mains.

Il doit continuer de croire qu'il est un bon médecin.

DEVRAIT

Mai 1976 – Février 1977

23

Laura

Ed et moi sommes divorcés depuis presque un an, et je suis chez Thriftway pour faire les courses et acheter un test de grossesse. C'est George qui range mes commissions dans les sacs en papier, et il chante mon nom tandis qu'il s'en occupe. « La. Rau. La. Rau.

— Je suis heureuse de te voir, George. »

Je ne regarde ni la caissière ni George lorsqu'ils se passent la petite boîte.

Une femme derrière moi pousse son Caddie et commence à déposer ses courses à son tour sur le tapis. Un adolescent s'accroche à la poignée du Caddie, il a les yeux un peu trop écartés, la lèvre inférieure un peu trop protubérante, épaisse et rose. Au moment où il tourne la tête, j'aperçois une cicatrice à la base de son crâne, qui descend le long de son cou et disparaît sous sa chemise. Il serait à sa place à Boulder. Je l'aurais invité à participer à mon atelier.

« Alors comme ça, tu plais à cette fille ? » dit la mère sans y penser, les yeux vissés sur les aliments qu'elle entasse derrière mes achats.

Le garçon soupire de frustration. « C'est pas seulement que je lui plais. Elle est amoureuse de moi, maman !

— Ouh là là ! » La femme agite les mains, se moque de lui, et j'ai envie de lui parler de Frank et Gillie à Boulder, de leurs tailles différentes, de leur amour profond l'un pour l'autre, une des plus belles histoires dont j'aie été témoin. Ils se faisaient des dessins l'un pour l'autre, cueillaient des herbes et des fleurs pour faire des bouquets, marchaient dans la cour en se donnant la main. Ils se querellaient, bien sûr, ainsi que tous les couples. Entre eux, il y avait une vraie relation, aussi réelle que n'importe quelle autre ici, et je voudrais les défendre face à cette femme, et en même temps défendre son fils et son cœur mélancolique.

Ce sont les gens qu'Ed aide, et la colère laisse place à la tristesse.

Je suis enceinte de l'enfant d'un autre homme.

Je décline la proposition de George de porter mes courses jusqu'à ma voiture et je range moi-même les sacs dans mon coffre le plus vite possible, afin de quitter cet endroit qui me rappelle Ed.

Bonnie me met régulièrement en garde au sujet de Tim. « Tout est merveilleux avec ton nouveau mec, maintenant, Laura, mais ça va vite virer au glauque, tu sais. C'est le problème de tous les mariages.

— Je ne veux pas me marier, Bonnie. »

Mais avec un bébé, ça peut arriver aussi.

Bonnie continue de défendre Ed, de me raconter des anecdotes qui le présentent sous son meilleur jour, et je ne cesse de l'envoyer paître, ferme dans ma décision, mais en même temps je suis tétanisée devant l'ampleur de ce que j'ai laissé derrière moi. Quitter Ed n'était pas une mauvaise décision, seulement là, tout de suite, il me manque, et j'aimerais bien le faire apparaître sur le siège à côté de moi, si je pouvais, poser ma tête contre son épaule solide, et lui demander ce que je dois faire. Il a toujours été doué pour aider les autres à diriger leur vie. *Donc, il y a cette femme hypothétique,* lui dirais-je, *elle est enceinte d'un bébé hypothétique, le père du bébé n'est pas son mari, et son mari n'est plus son mari non plus, même si elle se surprend toujours à penser à lui en ces termes par moments, et la plupart du temps elle éprouve un sentiment de liberté et de soulagement, mais parfois – comme en ce moment – la tristesse l'envahit en songeant à tout ce qu'elle a perdu. Dites-moi, docteur, ce qu'elle devrait faire.*

Il me dirait d'épouser Tim, d'avoir cet enfant. Il me dirait que j'ai déjà reconstruit ma vie loin de lui, alors faire quelques pas de plus, qu'est-ce que ça changerait ?

Ed est tout sourire lorsque nous nous voyons pour nous échanger Benjy. Il est poli, fort, en bonne santé, même si les histoires qu'on me rapporte disent autre chose.

Quand Ben, trois ans, rentre, il me raconte lui aussi leurs aventures, avec tous ces mots qu'il possède.

« On a construit une cabane avec des rondins. »

« On a attrapé des fourmis. »

« On a grimpé une montagne. »

« On a fait un feu de camp dans le jardin. »

J'admets qu'il m'est douloureux de constater quel bon père Ed est devenu en mon absence.

*

Benjy est avec Ed, je suis seule dans ma petite maison verte, assise devant le plan de travail de la cuisine, et je me sers un verre de vin. Tim sera là bientôt pour m'emmener dîner dehors, après nous reviendrons ici et nous ferons l'amour tranquillement, gagnant en confort ce qu'on perd en excitation.

Tim entre par la porte de derrière et me prend aussitôt dans ses bras. « Qu'est-ce qui te ferait plaisir pour le dîner ? » demande-t-il.

Je n'en ai pas la moindre idée – je suis un peu nauséeuse – alors je lui réponds : « Je suis enceinte. »

Il me repousse. J'étais si concentrée sur mes propres sentiments que je n'ai pas songé un seul instant à ce que Tim pourrait penser ni vouloir. Il est très bien avec Benjy, mais je ne sais pas du tout s'il veut avoir des enfants à lui, et soudain j'ai peur qu'il me demande si je veux le garder, ce qui signifiera qu'il ne veut pas, et alors... je n'ai aucune vision dans cette direction-là, j'ignore à quoi elle ressemble, où elle mènerait, et je ne sais même pas si je souhaite l'emprunter.

Ses mains sont posées sur mes bras, et je ne peux me résoudre à lever les yeux vers les siens, j'ai trop peur. « Laura, regarde-moi. Est-ce que c'est une bonne nouvelle ? »

Je n'en sais rien. « Veux-tu être père ? »

Il prend une inspiration profonde : « En théorie, oui. J'ai toujours pensé que je le serais un jour. Mais ce n'était pas dans mes plans immédiats. Tu ne prends pas la pilule ?

— On n'est pas obligés de le garder », je bredouille, pas tout à fait certaine que ce soit une proposition.

« Laura. » Il m'attire contre lui, et je suis heureuse de l'entendre me dire : « Jamais je ne voudrais ça. » Il me caresse les cheveux et c'est lui qui répond à sa première question : « C'est une bonne nouvelle », même si moi je n'en suis toujours pas sûre.

*

Je suis en avance pour déjeuner avec Ed. J'ai tenté de le persuader de me retrouver au Grill, ou au salon de thé – un endroit qui ne dégouline pas de souvenirs de notre histoire – mais il a refusé. « Chez Dorothy, a-t-il répondu. Je ne mange nulle part ailleurs. »

Benjy demande que Beau fasse le va-et-vient entre les deux maisons avec lui, et c'est là la raison principale de notre déjeuner, un changement de mode de garde du chien. Je dois annoncer ma grossesse à Ed aussi. Et mon prochain mariage. Petits apartés à la fin.

Gail s'occupe de nous, comme toujours, et elle me place à notre ancienne table, contre le mur nord qui est couvert de lambris jusqu'à une hauteur d'un mètre vingt, laissant ensuite la place aux vieilles pierres. Au-dessus de nous, une photo en noir et blanc du Marlow Theater. Il a été démoli la deuxième année où nous habitions ici – le plan de rénovation urbaine d'Helena a détruit beaucoup de bâtiments anciens. Chez Dorothy, chacune des tables rend hommage à l'un de ces bâtiments. Lorsqu'ils ont détruit le cinéma Marlow, ça a senti le pop-corn pendant une semaine dans les rues.

« Je peux vous servir quelque chose à boire pendant que vous attendez, ma belle ? » C'est Lynn, une des dernières serveuses arrivées, même si elle est là depuis plusieurs années.

Je lui demande une bière et un shot de Jameson. Je veux rencontrer Ed sur son propre terrain.

Je sors une cigarette du paquet que j'ai acheté en chemin. Tim a réussi à me faire arrêter, mais j'ai constamment envie de fumer, et quand je tire une bouffée, c'est pour moi un retour à la maison, un endroit que je connaissais bien autrefois.

Ed a dix minutes de retard. J'ai bu mon whiskey et la moitié de ma bière. Je me lève pour l'accueillir, m'attendant bizarrement à lui serrer la main en une sorte de nouveau formalisme, mais il me prend dans ses bras comme si nous étions encore les amants les plus intimes qui soient. J'ai toujours aimé la forme, la chaleur de son corps, la façon dont il m'enveloppe, me prend tout entière. Je l'oblige à me libérer après être restée déjà trop longtemps contre lui, et lorsque mon visage se trouve à sa portée, il m'attrape par le cou et m'embrasse sur la bouche. À nouveau, j'attends trop longtemps pour le repousser. « Ed.

— C'est un baiser amical, c'est tout. » Il lève les mains, innocent. « Tu as goût de whiskey.

— J'ai bu un petit verre.

— Il faut que je te rattrape alors. » Il lève la main en l'air, chef d'orchestre de sa vie, le monde entier tournant autour de lui, prêt à obéir à ses ordres. Lynn paraît se raidir lorsqu'il commande deux tournées pour lui et une pour moi – que je ne devrais pas accepter.

Nos verres arrivent. « Vous voulez connaître le plat du jour ? » me demande Lynn.

« Pas besoin. Ed ?

— Oh, je sais déjà ce qu'Ed va prendre. Il choisit toujours la même chose. » Elle le regarde un peu trop longuement. « Ou bien tu as envie de changer, aujourd'hui ? » Il a dû coucher avec elle, j'en suis sûre, une parmi d'autres.

Il répond sans la regarder : « Non, la même chose que d'habitude. » Burger Teriyaki saignant avec du fromage Monterey Jack, des frites, et une jatte de sauce ranch à côté. Je prends un sandwich club à la dinde et des frites, même si je doute que je puisse réellement garder grand-chose dans mon estomac. La confirmation de ma grossesse semble avoir décuplé les symptômes. J'ai mal aux seins. Je suis épuisée. Je vomis tout ce que j'avale.

Une fois Lynn repartie, Ed me dit : « Punaise, qu'est-ce que c'est bon de te voir.

— C'est bon de te voir toi aussi. » Réponse automatique, dont je reconnais la sincérité uniquement après l'avoir prononcée. Oui, c'est bon de le voir, d'être là. Nous avons presque toujours été heureux, ici.

« Tu es magnifique. » De son côté, il est très beau, la barbe plus courte, mieux entretenue, plus propre sur lui et pourtant toujours costaud. Mais je distingue une rougeur dans ses yeux qui traduit les longues nuits et l'excès d'alcool.

Je le remercie pour le compliment et il se met à parler. « La vache, tout s'emballe en ce moment. Je suis sûr que tu suis ça dans les journaux, mais on touche au but, Laura : Boulder est à la pointe en ce qui concerne le mouvement pour la réintégration des patients dans la société civile, et je fais une percée incroyable auprès du bureau du gouverneur. Tout va changer : tout. Les établissements tels que nous les connaissons vont disparaître… » Je suis de retour dans cette vie-là, juste une personne de plus parmi un immense public.

« Ed. » L'interruption le choque au point qu'il se tait. « Il faut que je te parle de quelque chose. » Je prononce la même phrase que le jour où je lui ai annoncé que je le quittais, même s'il ne se le rappelle pas vraiment.

Il retrouve sa chaleur initiale, ce charisme enivrant qui m'a toujours désarmée. Je suis au centre de son attention. Il ne voit plus que moi. Tout ce que j'ai si longtemps désiré.

« Je savais que cela arriverait, Laura. » Je sens sa main sous la table qui effleure ma cuisse en cherchant la mienne. Son aveuglement le rend laid, et je retire ma main pour attraper ma bière.

« Si tu savais que l'homme que je fréquente allait me mettre enceinte par accident, alors en effet, tu as raison, Ed. Je suis stupéfaite de la puissance de ton intuition. » Au moment où je prononce ces mots, j'ai bien conscience qu'ils sont durs. Mais c'est la seule défense dont je dispose.

« Mais bordel, de quoi tu parles ? » Tout change en lui. Ses épaules reviennent en arrière, prêtes au combat, son aisance naturelle disparaît. « Quoi ?

— Je suis enceinte, Ed. Et je vais épouser Tim.

Ce sera un petit mariage. La semaine prochaine, au tribunal. »

J'ai expliqué à Tim que je devais l'annoncer moi-même à Ed. « Je ne veux pas qu'il l'apprenne par les journaux. Pas question. C'est le père de Benjy.

— Tu ne vas pas déjeuner avec lui à cause de Benjy. » C'est vrai. Je me suis répété que je faisais ça pour me prouver que j'étais capable de quitter Ed – définitivement. Mais cette dureté ? Je ne sais pas ce que je cherche à prouver.

Il avale sa bière, son whiskey, s'essuie la bouche. Ses yeux ne savent plus où se poser – sur la photo du Marlow Theater, sur le bar, sur moi, au loin. Dans la lumière blême, ils sont embués. Edmund Malinowski n'est pas un homme à qui l'on peut faire du mal, et voir en lui cette douleur, c'est le plus dur pour moi. Ed n'est pas fait pour la tristesse.

Il cligne des yeux, affiche un sourire que je parviens à peine à regarder.

« Eh bien, mon amour, je dois dire que je ne m'attendais pas à ça. » Il lève son second verre de whiskey et me fait signe de l'imiter. « À toi, dit-il, et ton brillant avenir. »

C'est la pire chose qu'il m'ait jamais dite, et en même temps la plus gentille. Je m'excuse le temps d'aller aux toilettes, où je vomis. Seulement du liquide, assez j'espère pour redevenir sobre. Ensuite, je m'assieds sur le large rebord de la fenêtre qui va presque du sol au plafond, elle est en verre, dessus on a peint le *Bal du moulin de la Galette* de Renoir, tableau que j'ai été surprise de découvrir là, dans les toilettes d'un saloon au beau milieu du Montana.

On frappe à la porte d'un geste incertain.

« Une minute », crié-je, soulagée de cette distraction. Je monopolise les toilettes des femmes – il n'y en a qu'une. Je me rince la bouche à l'eau froide, puis je m'essuie le visage avec une petite serviette.

« Laura ? » fait la voix d'Ed, douce, hésitante.

Sans réfléchir, je le laisse entrer, il referme derrière lui et verrouille la porte, nos corps sont si proches, ses mains sur mon visage, et *je devrais partir*, mais tout ce que me dit mon propre désir, c'est que j'ai envie de sa force, de son réconfort, de son attention, dont je dispose en cet instant – toute son attention –, et lorsqu'il m'embrasse, ce baiser contient toute notre histoire commune, tous nos regrets, la chaleur, la tendresse, l'humour, les bravades, les chansons, la nourriture, la boisson, le sexe. Mes mains déboutonnent sa chemise, puis sa ceinture, son pantalon. Oui, ce sont mes mains qui accomplissent cela, même si les siennes font la même chose, et puis il me soulève sans difficulté, mes jambes se nouent autour de sa taille, son corps contre le mien, nos bouches se touchent. Je voudrais rester dans ces toilettes avec lui pour toujours, sous le sourire des danseurs de Renoir. Nous boirons l'eau du robinet et nous tournerons le dos quand l'autre aura besoin d'utiliser les toilettes.

Il a fini et pourtant il me serre toujours contre lui. Peut-être est-ce ça finalement que je veux : demeurer contre son torse, comme un bébé, bras et jambes serrés autour de lui, avec toute la force d'Ed pour me protéger.

Il murmure : « Je suis désolé, Laura. »

Il a dit la même chose la dernière fois où il a quitté

la maison de la Troisième Rue – à l'époque elle était encore à nous deux.

J'ai moi-même prononcé ces mots-là.

Il me repose doucement par terre, nous nous rhabillons, et l'un à côté de l'autre, devant le miroir, nous nous essuyons le visage. Je le regarde, son épaisse chevelure de politicien, ces yeux bleus qu'il a transmis à notre fils.

« Je ne peux pas m'empêcher de t'aimer », dit-il, et je hoche la tête. Sourire triste : « Ben va être content d'avoir un petit frère.

— Tu prédis le sexe de celui-là aussi ?

— Tu es faite pour avoir des garçons », affirme-t-il avec une autorité absolue.

On frappe à la porte, et nous sursautons tous les deux, avant de nous mettre à rire.

« Une minute ! » s'écrie Ed, puis il me chuchote : « Je vais sortir le premier et lui dire qu'il y a un problème de plomberie. Compte jusqu'à soixante et retrouve-moi à table. »

Quand je sors, le couloir est désert, et Ed est revenu à notre table, calme, installé comme il convient. Nos plats arrivent, je réussis à manger la moitié de mon sandwich, et nous parvenons à revenir à une conversation normale : son travail, ma nouvelle série de tableaux, Benjy, la garde partagée du chien, qu'Ed refuse. « Les chiens ne sont pas capables de comprendre ce genre de nuances, Laura. Beau reste avec moi. » Je laisse couler. Si Ed a besoin du chien, je peux le lui laisser. Lynn semble encore plus contrariée lorsqu'elle nous apporte l'addition, notre absence prolongée de tout à l'heure a éveillé ses soupçons, mais

Ed lui laisse un énorme pourboire, et nous sortons ensemble. Je dois lutter contre moi-même pour ne pas lui prendre la main. Il regarde le ciel, immense, bleu, éclatant, et inspire profondément.

« Quel endroit magnifique, hein ?

— C'est vrai. »

À présent, c'est moi qu'il regarde. « Je ne peux me résoudre à regretter de nous avoir amenés ici. »

Je secoue la tête. « Non, Ed, tu n'as pas à le regretter. »

Il me serre dans ses bras une dernière fois et murmure dans mes cheveux : « Je ne te souhaite que du bien, Laura », puis il s'éloigne.

24

Ed s'est tenu loin de Penelope pendant sa convalescence à Great Falls, mais il n'a pu s'empêcher de prendre de ses nouvelles. Il se persuade lui-même qu'il collecte des données tandis qu'il la surveille à distance, à travers les rapports d'un de ses thérapeutes, un vieux copain, Russel Dougherty.

« Ça va toujours à merveille pour elle, dit Russel. Elle travaille à la bibliothèque maintenant. »

Ed s'est forcé à rester à l'écart depuis sa séparation avec Laura. Il savait malgré le brouillard où il évoluait que si jamais se répétait une scène comme celle de la rivière, il répondrait aux avances de Penelope de manière décuplée.

Mais Laura est enceinte du bébé de son nouveau mari.

Et Penelope est adulte à présent.

Pourtant, il lui faut bien rester une heure à boire chez Dorothy avant de trouver le courage de s'y rendre la première fois. Tout ce dont il a besoin est à la bibliothèque d'État, aussi ne met-il jamais les pieds là-bas. Dans sa tête, il imagine entrer et la trouver là, à l'accueil, parfaitement intacte.

À la place, c'est un homme laid aux dents jaunies qui lui demande : « Je peux vous aider ?

— Est-ce que par hasard Penelope Gatson est ici ? fait-il d'une voix trop aiguë.

— Elle est quelque part dans les rangées. J'en sais pas plus que vous. »

Ed commence par la fiction. Il arpente les allées de A à Z, passe le doigt sur les tranches des livres. Pas de Pen.

Il traverse la non-fiction de manière chronologique, s'arrête dans la section psychologie pour feuilleter la deuxième partie de l'autobiographie de Skinner. Il a déjà passé en revue la première, mais ne l'a pas trouvée plus éclairante qu'une étude de cas.

Il ralentit.

Il regarde quelques pages d'un livre énorme sur les éléphants dans les rangées des 500, un ouvrage sur la guitare classique dans les 700, puis il tourne dans l'aile des 800, et la voilà, à la section poésie. Ed la regarde pendant quelques secondes avant qu'elle ne lève les yeux de son livre. Elle a les cheveux plus longs, et s'il ne savait où regarder, ses cicatrices passeraient inaperçues. Comme des rides imperceptibles aux commissures de ses paupières. Penelope ne devrait pas vieillir. Il a souvent souhaité qu'elle soit plus âgée, mais il n'a jamais pensé que cela se verrait.

« Docteur Ed ?

— Salut, Pen. »

Il est plus vieux lui aussi, et elle s'en aperçoit. Les fils gris au-dessus de ses oreilles, la barbe qui blanchit, les rides plus profondes qui partent de son nez.

« Où étiez-vous donc ? demande-t-elle.

— Tes parents refusaient que je te rende visite. Ils m'ont interdit de m'occuper de toi.

— Il y a des années que je ne vis plus avec mes parents. »

Ed regarde les livres à hauteur de ses yeux, tous sont des recueils de poèmes. L'univers de Penelope. Elle a bien rebondi, c'est évident.

« Je devais me concentrer sur l'hôpital. Et mon couple. Mon fils.

— Vous avez un fils ?

— Il est né pendant que tu étais à l'hôpital à Great Falls.

— C'est pour ça que vous n'êtes pas venu ? »

Il fait un pas vers elle, il n'y a plus qu'un livre entre eux. « J'étais là, Pen. À la seconde où j'ai appris. Mais quand Ben est né, il a fallu que je reparte.

— Ben.

— Benjamin Edmund Malinowski. »

Elle touche sa tête là où Ed sait que se dessine une cicatrice. « Donc il a trois ans et demi, maintenant ? » Elle saura toujours l'âge de Benjamin, comprend Ed. « Et Laura ? demande-t-elle. Comment va Laura ?

— Elle est enceinte de l'enfant de son nouveau mari.

— Oh ! dit-elle surprise. Et vous allez bien ?

— À peu près. » Ed jette un coup d'œil à son livre. « Qu'est-ce que tu lis maintenant ?

— Dylan Thomas. J'ai suivi un cours sur George Eliot, W. H. Auden et Dylan Thomas à Carroll, et je suis tombée amoureuse de tous. Mais Thomas est mon préféré, et ce recueil est celui qui me plaît le plus en ce moment. *Before I Knocked*. Ça aurait été trop compliqué pour le groupe à Boulder, mais j'aurais pu en tirer des extraits. Comme ces vers : "Né de la chair et de l'esprit, je ne suis ni l'un ni l'autre / Ni esprit ni homme, mais fantôme mortel."

— Qu'est-ce que ça veut dire ?

— Il faut chercher par vous-même.

— Mais c'est toi qui enseignes la poésie. »

Ed sent à nouveau la même énergie qui les aimantait à Boulder, il en est sûr. Il va l'inviter à prendre un verre avec lui, et s'il se passe davantage, ce sera parfait. Il y a de pires débuts, de plus grandes indécences.

« Pen, commence-t-il à dire, viens avec moi ce soir... »

Une autre voix s'exclame au bout de la rangée : « La voilà ! »

Ed la sent alors qui lui remet le livre entre les mains et s'écarte.

« Billy ! » Elle se retourne et laisse le grand jeune homme qui vient d'arriver la prendre dans ses bras. Ils s'embrassent, et Penelope se retourne vers Ed, radieuse : « Docteur Ed, voici mon petit ami, Billy. Billy, tu te rappelles que je t'ai parlé de mon incroyable médecin à Boulder ? Le voici. Le seul et unique Edmund Malinowski. »

Ed ne sait pas si ces mots sont sincères ou affectés, il ignore ce qu'elle a choisi de raconter à Billy au sujet de leur passé, mais le jeune homme lui serre la main et ne tarit plus d'éloges : « Oh, monsieur, quel honneur ! C'est vrai, je ne pourrai jamais assez vous remercier pour tout ce que vous avez fait pour ma copine. D'après ce qu'elle m'a dit, elle ne serait plus là, sans vous, alors je vous dois beaucoup. Franchement. »

238

Tout ce qu'Ed entend, c'est *ma copine*. Une fois de plus, il est en retard.

« Très heureux de vous rencontrer, Billy. » Il tient toujours le livre que Penelope lui a donné. « Je peux l'emprunter ? »

Elle lui sourit. « Bien sûr, docteur Ed. Étudiez ce poème et dites-moi ce que vous en tirez la prochaine fois que vous passerez. Et amenez votre fils. J'aimerais tellement le rencontrer. »

Il est son ancien médecin, avec un petit garçon qu'elle aimerait tellement rencontrer. Un homme qui l'a aidée naguère. Une relique.

Il retourne à l'accueil, remplit les papiers d'inscription pour obtenir sa carte et rapporte le livre chez lui. Ce livre que Penelope tenait et qu'elle a partagé avec lui. Il sait qu'il devrait se sentir heureux pour elle. C'est exactement la vie qu'il imaginait pour elle lorsqu'il l'a fait sortir de Boulder. La vie, se disait-il, qu'elle devrait mener. Elle est le fleuron de sa réussite après tout, l'incarnation de sa vie professionnelle. Et c'est plus important que de coucher avec elle. Plus important que de partager sa propre vie avec elle.

Mais il arrive trop tard, et il hait la cruauté du sort. Il hait Laura de l'avoir quitté à ce moment-là. Il se hait lui-même de ne pas s'être autorisé une seule incartade avec Penelope. Il hait Penelope d'être tombée amoureuse de Billy. Et il hait Billy parce qu'il existe.

Un instant, sa vie compliquée lui manque, à l'époque où il avait à la fois Laura et Penelope. Sa femme à la maison. Sa patiente au travail. Certes, c'est cette situation qui l'a amené là où il en est, mais alors au moins il y avait de l'amour en abondance. Deux femmes à aimer, à adorer (s'il a aimé Penelope d'une certaine manière, ainsi soit-il ; quelle importance ?). À présent, aucune des deux n'est plus là, elles donnent le bras à Tim et à Billy, tandis qu'Ed retourne chez Dorothy avec un simple recueil de poèmes sous le bras.

25

L'hôpital de Boulder a attiré l'attention sur son système de réinsertion des patients au sein de la société – conçu par Ed – et le gouvernement s'apprête à l'appliquer à travers tout l'État.

On le cite souvent dans les journaux, extraits éloquents de ses nombreux discours et courriers : « Le but de la réinsertion des patients est simple : il s'agit de retirer des institutions les personnes qui n'y ont pas leur place. »

Il pense à Penelope, à la bibliothèque, avec Billy.

Dans un autre article : « Les principes de notre programme suivent une approche qui prend en compte le développement de l'individu par opposition à l'approche médicale en vigueur dans la plupart des établissements. Le modèle médical accorde trop d'importance à la pathologie, ce qui conduit les gens à considérer le retard et le handicap mental ainsi que des états figés et sans espoir. À l'inverse, le modèle développemental met en valeur le potentiel plutôt que les limites ; *les individus sont considérés en fonction de leurs capacités à se développer et à apprendre.* »

Au milieu de tout ça, Dean l'arrache à son hôpital

pour un entretien au Capitole. Le bureau de Dean est entièrement vitré d'un côté, surplombant la vallée qui s'étale dans toute sa largeur. Comme chez les autres, l'âge se fait sentir chez lui. Ed pense toujours que c'est un salopard, mais il y a longtemps qu'ils ont trouvé leur rythme, et il n'aurait pas accompli la moitié de ce qu'il a fait sans l'aide de Dean.

« Venons-en aux faits. La responsabilité des hôpitaux d'État va être retirée au département des Institutions pour être confiée au nouveau département de la Santé et des Services à la personne. Les gens semblent croire que ce sera mieux adapté qu'ils soient détachés des prisons. Disons que je suis d'accord. J'ai avancé votre nom pour le poste de directeur du nouveau département.

— Et Boulder ?

— Dieu du ciel, Malinowski, c'est à ça que vous pensez ? Je sais combien vous aimez vos patients, mais vous ferez bien plus pour eux en décidant de la politique de l'État que vous ne le faites sur le terrain. Le véritable changement doit venir du siège. Il faut l'écrire sous forme de loi. À ce poste, vous aurez le pouvoir de faire tout ce que vous voulez au lieu de perdre votre temps à lécher le cul des connards dans mon genre qui prennent les décisions. Vous avez fait du bon boulot à Boulder, et on va trouver quelqu'un qui ait la carrure pour prendre votre suite. Mais il est temps de passer à autre chose. Vous serez le plus jeune directeur que cet État ait jamais connu. » Dean regarde les papiers sur son bureau. « Je veux votre réponse demain. »

Ed se lève et repart, un peu étourdi. Il attend

qu'une sensation d'accomplissement l'envahisse, la chaleur du travail reconnu. Il devrait foncer dans un bar pour fêter ça avec ses amis.

Je suis très méfiante à l'égard du mot *devrait*.

Pour la première fois, il comprend vraiment les paroles de sa mère. *Devrait* est une manière de se cacher la réalité. Il indique le fantasme, quelque chose qu'on veut mais qu'on n'a pas atteint, un projet qui ne s'est pas matérialisé. Il souligne ce qui n'est pas. Si Ed reconnaît qu'il *devrait* ressentir et penser telle et telle chose, alors il doit reconnaître leur absence. Il *devrait*, mais ce n'est pas le cas. Il éprouve le besoin de parler à sa mère. Elle va le réveiller d'une bonne claque avec sa prudence et sa discipline, exactement comme elle l'a fait après la séparation.

Il l'appelle dès qu'il arrive chez lui.

« Félicitations, Eddy », dit-elle, puis elle crie à son père : « C'est Eddy. Il a obtenu un meilleur travail ! Tu vois, Eddy ? Cela montre que tu apprends. Tu te débrouilleras mieux, maintenant. » À croire que ce travail est un autre mariage.

Il lui dit au revoir et contemple sa cuisine en désordre : les assiettes dans l'évier, la poêle sale sur la cuisinière, des miettes sur le plan de travail, un demi-pot de café froid. Il a transformé la table de la salle à manger en annexe de son bureau, et dessus s'empilent des dossiers et des papiers de Boulder. Le salon est en pleine déconfiture, les coussins du canapé sous l'oreiller et la couverture qui y sont désormais à demeure. Il dort en effet sur le canapé presque toutes les nuits, s'assoupit devant la télévision, l'étroit espace du divan est pour lui plus réconfortant que la vaste étendue du matelas désert.

Il *devrait* faire le ménage chez lui.

Il *devrait* fêter son nouveau poste.

Il *devrait* choisir entre les deux femmes avec qui il couche.

« Seulement deux ? a plaisanté Pete la dernière fois qu'ils sont sortis. Alors qu'avant tu en étais à… huit ? » Les autres gars présents ont rigolé, et Ed a rigolé avec eux, il les laisse exagérer ses conquêtes de même qu'ils l'autorisent à rendre plus romantiques leurs couples, leurs enfants, leurs vacances en famille. Il est le seul divorcé parmi eux, le mâle errant qui a troqué la monogamie pour le papillonnage. Il ne dit pas aux copains combien sa maison est sale, ni combien lui manquent les cheveux de Laura sur la brosse, les deux degrés de plus quand elle chauffait la maison, le morceau d'ongle verni tombé sur le sol de la salle de bains. Il ne leur dit pas non plus que depuis qu'il a revu Penelope à la bibliothèque, elle lui manque aussi. Combien il préfère le conflit de cette époque au vide d'aujourd'hui.

Il dit à ses amis mariés qu'il s'apprête à prendre une décision au sujet d'une femme, mais il sait qu'il ne se remariera jamais. Il avait une épouse et elle est partie. Voilà comment il préfère songer à Laura : partie – plutôt que de l'envisager avec Tim, son ventre gonflé par la présence de ce maudit enfant.

Elle a déménagé de l'autre côté de la ville pour s'installer dans la maison de Tim, à Jerome Place – quel nom débile pour une rue. Il est douloureux pour lui d'y ramener Benjamin à la fin de son tour de garde, douloureux de le voir entrer dans la maison d'un autre homme, cette grosse maison affreuse, douloureux de savoir que sa femme est là en train de préparer le dîner d'un autre.

Il sait qu'il ne devrait pas l'appeler, pourtant il le fait, les désirs immédiats prenant le pas sur l'avenir et ses bonnes intentions. Il entend la ligne se connecter, puis un froissement, un petit crac. « Benjy, arrête », dit la voix ferme de Laura, et « Désolée, un instant, merci », et puis : « Tu vas aller dans ta chambre, mon jeune ami, et tu n'en sortiras pas tant que je ne t'y aurai pas autorisé. »

Il voudrait être là, prendre part à la querelle, quels que soient les problèmes de Benjamin, la bêtise qu'il a faite. Ed irait chercher le balai et la pelle, ramasserait l'assiette cassée pendant que Laura compterait jusqu'à soixante et irait voir l'enfant dans sa chambre, où elle le consolerait, car il serait en larmes. Il pleure toujours lorsqu'il fait une bêtise.

« Pardon, allô ?

— Salut.

— Ed ? » Chaque fois qu'elle prononce son nom, il songe qu'il doit chérir ce moment. Chaque fois, il craint aussi que ce soit la dernière. Il a toute une liste de dernières fois : la dernière fois où il l'a vue complètement nue, la dernière fois où ils ont partagé un lit, et puis des choses insignifiantes, qui sont presque plus douloureuses : la dernière fois où elle a mis une de ses chemises pour dormir, la dernière fois où elle lui a cuit un œuf, la dernière fois où il a bu le café qu'elle lui avait préparé, la dernière fois où elle s'est assise en face de lui dans la cuisine, à lire le journal.

245

Il passe son temps à anticiper d'autres dernières fois, il les traque partout.

« Tout va bien ? On dirait que vous étiez au beau milieu d'une petite catastrophe quand tu as décroché.

— Rien de vraiment catastrophique, ton fils a cassé une tasse exprès. Il n'avait pas le bon morceau pour la structure en Lego qu'il est en train de construire, alors il a décidé de casser cette tasse pour utiliser un morceau. On se demande vraiment d'où lui viennent des idées pareilles ! » Le ton est léger, nullement accusateur. Ed sait que Ben lui raconte toutes leurs aventures, tout ce qu'ils construisent et démontent. Rien n'est sacré chez lui, tout est sujet à expérience.

« J'admire le principe créatif, mais pas le raisonnement. Les tessons de céramique s'accordent mal avec le plastique. »

Elle éclate de rire. Il adore la faire rire.

« Qu'y a-t-il, Ed ? »

Il n'a plus l'habitude de l'appeler sans une bonne raison. Cela ne fait pas partie de son nouveau rôle.

« Dean m'a proposé un poste de directeur aujourd'hui, à la tête d'un nouveau département : Santé et Services à la personne.

— Ah, le grand Edmund Malinowski accède enfin à son poste auprès du gouvernement. Combien d'heures de travail ça fera, Ed ? Entre quatre-vingts et quatre-vingt-dix heures par semaine ? »

Il n'est pas prêt pour tant d'amertume.

Face à son silence, elle reprend : « Pardon. C'est une bonne nouvelle, Ed. Sincèrement. L'État a de la chance de t'avoir. »

L'État a de la chance de t'avoir, mais pas elle.

« Il faut fêter ça, dit-elle. Dis-moi si tu as besoin qu'on modifie l'emploi du temps de Benjy. »

Elle croit qu'il appelle pour ça.

« J'aimerais fêter ça avec toi.

— Oh non, je suis une grosse femme enceinte qui ne peut plus boire comme avant. Va t'amuser. »

Il l'entend raccrocher, et le téléphone se remet à biper dans son oreille.

*

Le lendemain après-midi, il boit quelques verres chez Dorothy puis se rend à la bibliothèque. Il trouve Penelope dans la section des dictionnaires, où elle aide une vieille dame à trouver la définition du mot *sonore*.

« Donc, on est à la lettre S, et maintenant on va chercher S-O. Vous voyez, là ? Ces mots en haut, ça vous aide à savoir où vous en êtes. » Comment est-il possible que cette femme n'ait jamais appris à se servir d'un dictionnaire ? « Ça y est, il est là : "Sonore : capable de produire un son particulièrement plein et profond." Cela vous aide, madame ? »

La dame en question tapote le bras de Penelope, l'appelle « ma chère ». Elle est toute petite, sa tête arrive à peine jusqu'aux dernières étagères, qui ne sont pourtant pas très hautes.

« Pen ?

— Docteur Ed, dit-elle en glissant le dictionnaire à sa place. Vous avez décrypté *Before I Knocked* ?

— J'espérais qu'on puisse aller en parler dehors. Je t'offre un verre. »

Elle éclate de rire. « Mais je travaille.

— Dis que tu es malade. Allez, viens. Où est passée la fille intrépide que je connaissais ? »

Elle le regarde d'un drôle d'air. « Vous allez bien ? »

Sa promotion ne signifiera pas grand-chose pour elle, et ça n'a pas de sens qu'il vienne la voir pour fêter ça, alors il choisit d'être plus brutal : « Écoute, Pen. Tu me manques. Même si ça n'arrive qu'une seule fois, j'ai envie d'aller m'asseoir dans un bar avec toi pour avoir une conversation entre adultes qui appartiennent tous deux au même monde.

— Je sors avec Billy.

— Il ne s'agit pas de ça, Pen. Juste un verre entre deux vieux amis. » Cette fois, il ment, stratégie efficace. Les gens sont plus convaincants s'ils mélangent la vérité et le mensonge. Des amants ne peuvent pas être de vieux amis, et Penelope se rapproche davantage de cette définition qu'aucune des femmes avec lesquelles il est sorti depuis que Laura est partie. Il le comprend à présent.

« D'accord, dit-elle en se radoucissant soudain de manière surprenante. D'accord. On se retrouve dehors dans cinq minutes.

— Tu es une bonne fille. »

Comme il a déjà bu quelques verres, il s'autorise à la serrer contre lui lorsqu'elle sort quelques minutes plus tard par la porte de devant. Elle le serre à son tour, et leur histoire se déroule à nouveau dans la tête d'Ed. La voilà dans les couloirs de Boulder, le jour où il est venu passer son entretien. « Vous entendez ça ? Quand on écoute bien, on dirait de la musique. » La voilà dans son bureau, avec ses pistaches alignées. Elle l'accompagne lors de ses rondes. Ramène Margaret et

Barbara qui se dirigeaient vers la rivière. Ses lèvres se posent sur les siennes, ses mains sur sa ceinture. Il l'a toujours désirée. Et l'intensité de ce désir le rapproche d'elle à présent, ses mains la serrent plus fort.

Il sent son souffle près de son oreille. Elle lui murmure : « Vous avez toujours envie de moi, n'est-ce pas, docteur Ed ?

— Oh oui. »

Elle s'écarte suffisamment pour le regarder. « Vous avez quelque chose à boire chez vous, je suppose ? » Elle se dirige vers le parking. « Je n'ai pas ma voiture, il va falloir que vous conduisiez. »

Il ne bouge plus.

« Vous venez ? » demande-t-elle.

Il est pétrifié.

« C'est quoi, le problème, docteur Ed ? » Soudain, sa voix est différente, tranchante, forte, en colère. « Le courage ? crie-t-elle. La conscience ? Finalement, vous ne vous sentez pas capable de baiser votre ancienne patiente ?

— Arrête de hurler, Pen.

— Et pourquoi donc ? Vous m'avez fait cette proposition devant tout le monde. Vous m'avez prise dans vos bras juste devant mon lieu de travail. C'est parfaitement légal. Je suis majeure. Vous n'êtes pas marié. Tout est parfaitement honnête.

— Pen… »

Elle s'en revient vers lui comme une furie, l'air plus en colère que jamais il ne l'a vue à Boulder. Il a le temps de penser : *C'est donc ça, la haine*, avant qu'elle n'appuie le doigt sur sa poitrine. « Vous croyez que vous pouvez débarquer ici après tout ce qui s'est

249

passé, et juste m'enlever ? Vous êtes psychiatre, bordel ! Mais à quoi vous imaginez que je réfléchis depuis quatre ans ? Vous pensiez que j'étais là à me morfondre en vous attendant ? Vous ne croyez pas que je me suis répété cent fois ce qui s'était passé à Boulder et après ? Peut-être, je dis bien peut-être, si vous aviez su garder vos distances, j'aurais pu conserver votre souvenir nimbé d'une lumière héroïque. Vous aviez beau être un salopard d'égoïste, au moins j'aurais pu vous attribuer le début de ma guérison. Je n'aurais jamais rencontré le Dr Wong si en premier lieu vous ne m'aviez pas renvoyée de Boulder, rien que pour ça, j'aurais pu vous être reconnaissante. J'aurais pu oublier le flirt, l'excès d'attention et tout ça, et vous laisser demeurer le formidable médecin que j'ai vanté à tout le monde. Mais vous êtes exactement tel que je le craignais. » Elle repousse ses cheveux de son visage, sans y penser touche sa cicatrice. « J'étais tellement jalouse de Laura. À présent, j'ai pitié d'elle. Pour ces années qu'elle a passées avec vous. Heureusement qu'elle est partie. Car c'est ça, hein ? C'est elle qui est partie. »

Elle recule, et Ed se rappelle ce moment où il a dû faire la même chose. *Retire ta main. Recule. Encore.*

« Voilà ce que je vous propose. Je m'en tiens à mon histoire : le grand Dr Malinowski et tout ce qu'il a fait pour moi – et vous restez à l'écart de la bibliothèque.

— Pen…

— D'accord ?

— C'est une bibliothèque publique, Pen. Tu ne peux pas m'empêcher d'y aller. Mon fils a besoin de lire des livres…

— Laura peut l'y amener. On est d'accord ? »

Il la dévisage.

« Je peux raconter une version très différente, Ed. Vous le savez. Vous m'avez convaincue naguère que personne ne m'écouterait, mais aujourd'hui je sais que je pourrais me faire entendre. Vous ne risquez plus de perdre votre femme, bien sûr, mais j'imagine que vous n'avez pas envie de perdre votre travail. »

Sa promotion. À un moment, il a cru qu'il allait obtenir à la fois sa promotion et Penelope. Plus qu'il n'en a jamais rêvé.

« D'accord, répond-il d'une petite voix.

— Au revoir, Ed. »

Il aurait tant voulu entendre ces mots lorsqu'elle a quitté Boulder.

26

Ed prend une semaine de vacances avant de démarrer son nouveau travail auprès des services publics. Il persuade Pete de partir camper avec Beau et les garçons.

Benjamin et Justin sortent la tente du sac et aident à la monter. Ed s'assoit sur sa chaise de camping, Beau à ses côtés, sa lourde tête posée sur ses genoux. Beau est toujours à ses côtés, et Ed tire sans y penser sur ses oreilles. Il en est à sa cinquième bière.

Hank emporte une canne à pêche jusqu'au ruisseau, les deux plus jeunes l'imitent.

« Eh, Ben, tu dois aider à préparer le feu.

— Je veux aller pêcher.

— Pas avant d'avoir préparé ce feu. Tout le monde doit faire sa part du travail.

— Ah ouais ? Et c'est quoi, la tienne ?

— Moi, mon travail, c'est de boire cette bière !

— C'est pas un travail, ça.

— Va pêcher, lui dit Pete. Je m'occupe du feu. Et toi, Ed, ne dis rien. »

Pete coupe du bois et l'entasse. Ed allume son

briquet. Il entend des cris monter depuis le ruisseau, quelqu'un tient une prise.

« Y a rien de meilleur, pas vrai, mon frère ? » Ed lève sa bouteille, et Pete l'imite.

*

Ed se réveille par terre, près du feu qui finit de se consumer, les étoiles au-dessus de sa tête. Il va jusqu'aux premiers arbres pour pisser, attrape ensuite une bouteille de whiskey dans son sac à dos, redresse la chaise renversée et s'assoit.

Dans leur tente, les garçons ronflent, Pete aussi.

Ed est justement venu dans le Montana pour vivre ce genre de moments là, merde alors ! Feu de camp, whiskey et pêche. Il est exactement à sa place. Directeur du département de la Santé et des Services à la personne ! Le plus jeune de l'État ! Plus de femmes qu'il ne peut fréquenter. Des femmes pas embêtantes, qui ne demandent rien de particulier. Il va toutes les embarquer avec lui. Sans faire de promesse à aucune d'entre elles. Pas d'épouse qui lui hurle qu'il doit rentrer tôt. Juste ça : un bon feu et une bouteille de whiskey.

Il allume une cigarette, la laisse choir, recommence.

Un bon feu, du whiskey et des cigarettes. Et un putain de ciel tout entier constellé d'étoiles.

*

Il se réveille à nouveau brièvement car on lui secoue le bras, puis la voix de Benjamin s'écrie : « Papa ! Papa, réveille-toi ! Oncle Pete, il veut pas se réveiller !

— Tout va bien, mon grand. Ton père a juste un peu trop bu hier soir. Laisse-le dormir encore un peu. »

*

Le soleil est déjà haut quand Ed se réveille la fois suivante, il transpire dans son manteau.

« Bonjour, le soleil. »

Il ouvre les yeux, et voit Pete qui le surplombe.

« Tu as dormi par terre, mon frère, recroquevillé sur ta bouteille. Tu sais que je n'aime pas jouer les rabat-joie, mais il faut que tu fasses un effort pour les garçons. Si c'est ce genre d'escapade qu'il te fallait, tu aurais dû venir seul. »

Le soleil est trop éblouissant. Ed sent sa tête qui bat derrière ses paupières. « Soignez-moi, mon bon docteur. Donnez-moi quelque chose. »

Pete éclate de rire.

*

Il retrouve les garçons au bord du ruisseau en fin de journée, et ils font une bonne partie de pêche à la truite. Puis ils font frire les poissons tout entiers pour les manger avec des pommes de terre cuites sous la cendre, et deux boîtes de haricots réchauffées à même le feu. Ed se rassoit, reprend une bière – il va rester à la bière. L'air fraîchit avec le soir qui tombe. Les étoiles apparaissent. Hank et Justin racontent des histoires. Benjamin contemple le feu en se frottant le cou.

« Tu as mal à la nuque, mon fils ?

254

— Ça va, c'est parce que j'ai dormi dans une mauvaise position.

— C'est toujours comme ça lorsqu'on dort sous la tente. » Ed écarte sa chaise du feu et aplatit la terre devant. « Assieds-toi. J'en ai pas l'air, mais je fais très bien les massages. »

Tous les garçons se mettent à rire, et la colère que Benjamin éprouvait pour son père fond.

Ed enfonce les doigts dans la peau et les muscles du petit cou et des épaules de son fils en se promettant de faire des efforts.

*

Après être allés camper dans la montagne, Ed ramène Benjamin chez sa mère et Tim, puis il va directement chez Dorothy où il se soûle dans les grandes largeurs. Il fera plus attention quand Ben est dans les parages, mais ce n'est qu'une responsabilité à temps partiel. La femme qu'il ramène chez lui demande s'il a des enfants.

« J'ai un fils à temps partiel. »

*

La veille du jour où il doit prendre ses nouvelles fonctions, il met de côté l'alcool et les femmes. Il emmène Beau faire une longue randonnée sur le mont Helena. Il se rend chez le barbier. Cire ses souliers.

Il sera toujours un bon médecin.

27

Laura

Benjy est tout excité d'avoir un petit frère. « Je vais lui apprendre tout !

— Mais oui, mon chéri, bien sûr ! »

Nous l'avons appelé Charlie, à cause du père de Tim. Charlie Benjamin Cooke, pour qu'il ait un nom en commun avec son frère, dont le nom de famille ne pourrait guère être plus différent. Comme le père, d'ailleurs.

« Je vais lui apprendre à faire un feu de camp, à graver un bâton, à rôtir des Chamallows et à tirer. Et papa et moi on l'emmènera à la chasse aux canards avec Beau dès qu'il sera un peu plus grand pour pas que le bruit du fusil lui fasse trop peur. Je crois que ça lui ferait peur, maintenant, le coup de fusil, mais il va s'habituer, et ensuite papa pourra lui apprendre à tirer aussi. »

Benjy ne comprend pas que son père n'est pas le père de Charlie.

« Ce n'est pas grave, a dit Tim le jour où je lui ai confié que je me faisais du souci. Il finira par comprendre. »

Tim est resté pendant tout l'accouchement, il me

parlait pendant les contractions, il m'a accompagnée ainsi que Bonnie l'avait fait à la naissance de Benjy. Il est descendu à la cafétéria, à présent, pour essayer de me trouver de la vraie nourriture.

Le bébé dort, bien enveloppé dans ses couvertures, on ne distingue que son petit visage rouge. Son front est froncé, et je me demande ce que va donner ce nouveau cocktail de gènes. Je sais qu'il ne sera pas du tout semblable à mon premier fils.

« Il faut qu'on le dise à papa ! s'écrie Benjy. Papa ne sait pas que le bébé est là. Il faut lui dire ! » Il bondit du lit et se rue sur le téléphone mural.

Je laisse Benjy appeler son père quand il veut. « Tu composes d'abord le 9. »

En attendant qu'Ed décroche, Benjy enroule le cordon autour de son doigt, comme moi. Il est vingt heures trente, l'heure où il se couche habituellement est passée, et tandis qu'il attend, je comprends qu'il n'y a aucune chance qu'Ed soit à la maison à cette heure.

Je m'apprête à lui dire de raccrocher lorsque son regard s'illumine, et il s'écrie : « Papa ! C'est moi ! Le bébé est là ! » S'ensuit un torrent de paroles, avec la même densité et concentration que dans les discours de son père. Benjy décrit à Ed le visage de Charlie, ses cheveux clairs, ses yeux gris. « Maman dit qu'ils vont pas rester de cette couleur, mais moi j'espère que oui. » Il lui dit que les doigts du bébé sont petits, ainsi que ses pieds, et qu'il dort maintenant, mais qu'il était réveillé tout à l'heure, qu'il pleurait, et que c'était triste de l'entendre.

« Bien sûr, attends. Ouais. Moi aussi je t'aime, papa. » Il me tend le combiné. « Il veut te parler. »

Je n'ai pas envie de parler à Ed, mais je lui dis bonjour, en ayant conscience de ma voix éraillée à force de hurler. Accoucher est une guerre glorieuse et dévastatrice contre soi-même. Je suis déchirée, fatiguée, ensanglantée, et je déteste le réconfort que m'apportent les paroles d'Ed. « Bon travail, madame. Je t'avais dit que ce serait un garçon. »

Je ris et j'ai mal partout, mon ventre est mou et douloureux.

« Qu'est-ce que tu fais ? » je lui demande, comme si je bavardais avec une copine que j'ai appelée sans raison particulière.

« Je préfère ne pas te le dire.

— Tu es en compagnie d'une dame ?

— Je préfère ne pas te le dire. » Je ris à nouveau, et je fais la grimace, et je m'émerveille de parler ainsi avec mon ex-mari. Ce n'est pas dévastateur, mais ce n'est pas anodin non plus. Ed est un queutard, et disons que je suis contente pour lui – il est fait pour être célibataire.

« Je te laisse retourner avec elle, alors, dis-je.

— Félicitations, Laura.

— Bonsoir, Ed. »

Je passe le combiné à Benjy pour qu'il raccroche.

« Quand est-ce qu'il va venir ?

— Ton papa ne va pas venir à l'hôpital, mon amour.

— Pourquoi ? »

Il existe une bonne réponse à cette question, j'en suis certaine, et j'aimerais bien la connaître. J'aime-

rais pouvoir faire signe à l'infirmière et lui dire :
« Pourriez-vous aller me chercher la brochure : "Comment parler à son fils de son demi-frère ?", s'il vous plaît ? » Celle-ci contiendrait dix étapes simples, qui nous mèneraient à une plus grande compréhension et une acceptation des choses.

Je pense à notre conversation au sujet de Tim et de notre mariage.

« Tu veux appeler Tim d'une autre manière ? lui ai-je demandé.

— Pourquoi ? C'est son nom, Tim.

— Mais c'est ton beau-père, maintenant.

— Tu veux que je l'appelle Beau-père ? C'est pas très joli.

— Tu as raison, mon chéri », ai-je reconnu.

Je ne suis toujours pas certaine de ce que Benjy pense vraiment de Tim, son demi-père.

Je tapote le lit près de moi. « Ton père ne viendra pas parce que Charlie n'est pas son fils. C'est Tim le papa de Charlie. »

Le petit visage de Benjy se fronce de confusion. « Mais on est frères.

— Parfois, les frères ont un parent qui est différent. Toi et Charlie, vous avez la même maman, mais des papas différents. » J'ai l'impression qu'on est en train d'écrire un script pour la télé nationale sur les familles brisées. Les personnages seront des marionnettes, pour que ça passe mieux. Nous serons une famille de mammouths laineux, espèce depuis longtemps éteinte, afin de permettre un peu de distance, et nous parlerons avec nos voix graves de mammouths, en balançant nos trompes.

Benjy a toujours l'air chiffonné. Il aime les lignes droites, les explications claires, les preuves, l'évidence. Il est plein d'empathie, mais il sait protéger sa propre sensibilité, champion des laissés-pour-compte, incapable de reconnaître quand c'est lui qui a besoin d'aide. Il ressemble déjà tellement à Ed.

« Est-ce que tu comprends ? fais-je de ma grosse voix de maman mammouth.

— Pourquoi tu parles comme ça ?

— Parce que cette conversation me met mal à l'aise.

— Pourquoi ? »

Benjy est tellement curieux.

Le bébé se met à geindre, minuscules bruits de chiot, il faut que je lui donne la tétée, que je redirige toute mon énergie de mère vers lui, mais d'abord, je dois éclaircir la situation pour Benjy. Tout à coup, cela me paraît la chose la plus importante de toute ma vie de mère : lui faire comprendre qu'il peut avoir un frère qui n'a pas le même père que lui, qu'il peut l'aimer d'un amour féroce, lui apprendre à faire un feu de camp, à tirer avec un fusil (s'il te plaît, pas ça), et à démonter et remonter les choses. En outre il a une maman qui l'aime de tout son cœur, un père biologique et un beau-père, et au lieu d'éprouver un sentiment de perte, il devrait ressentir un surcroît d'amour, parce qu'il y a encore plus de gens qui l'aiment.

Je dis tout ça à haute voix, sorte de harangue façon Ed, et Benjy hoche la tête, me regarde fixement, absorbé, et je sens sa menotte se poser sur mon poignet, et j'entends sa petite voix qui dit : « C'est bon, maman », car au lieu de le rassurer, je lui ai transmis mon malaise.

Je le serre contre moi avec mon bras libre, le bébé se met à pleurer, et c'est à ce moment-là qu'arrive Tim avec un hamburger et des frites, suivi de Pete, Bonnie et de leurs enfants – « Regarde qui j'ai trouvé qui erraient en bas ! » –, est-ce parce qu'Ed est absent que je ne me sens pas bien ?

Pensée fugitive, aussi vite évanouie.

Je calme Charlie en lui donnant le sein et je laisse Tim me donner à manger les frites puis le hamburger. Nous rions devant la tête que j'ai, car je m'en mets partout et que de la moutarde tombe sur le bébé. Pete me sert un petit verre que j'accepte, et je le lève de ma main libre comme je l'ai fait à la naissance de Benjy, puis de Justin, et maintenant de Charlie.

« Tu es le bienvenu ! » s'écrie Pete, et nous buvons avant de remplir nos verres. C'est chaud et réconfortant, mais c'est incomplet. Peut-être est-ce cela que la maman mammouth dit à son enfant si curieux. *Écoute, mon petit, il y a plus de gens qui t'aiment, et c'est une chose merveilleuse, mais jamais rien dans ta vie ne sera complet. Comprends-moi : tu mèneras une vie par morceaux.*

28

C'est le chaos. À travers tout l'État. Des patients sont renvoyés des hôpitaux alors qu'ils ne sont pas prêts pour ça, d'autres le sont à bon escient, mais sont confiés à des familles qui n'ont pas les moyens de s'occuper de leur maladie ou de gérer leur handicap. Les foyers collectifs qu'Ed a promis ne se sont jamais matérialisés, en tout cas pas en assez grand nombre. D'anciens patients se retrouvent à la rue, commettent des crimes, sont poursuivis en justice.

Sa secrétaire lui apporte le journal du matin avec prudence. Elle s'appelle Eleanor, elle est jeune et séduisante, efficace et intelligente, mais elle n'arrive pas à la cheville de Martha.

« Il y a un éditorial très négatif en page deux. Vous devriez vite vous en débarrasser. »

Ed lit : « Fermez les yeux et imaginez un prisonnier de guerre qui sort de l'isolement après avoir été en cellule pendant des mois. À présent, imaginez un patient au dernier stade de la maladie d'Alzheimer : il est confus, marmonne, ses mains tremblent. Cette personne, c'est mon fils, mon fils qui souffre d'une maladie mentale à cause d'un lourd handicap et qui sort de la prison d'État du Montana après des mois passés à l'isolement. En prison, l'état des malades mentaux s'aggrave, comme c'est le cas pour mon fils. Dans les zoos, on n'a pas le droit de laisser les animaux vivre dans de telles conditions. Comment pouvons-nous autoriser nos prisons à traiter ainsi les prisonniers ? Mon fils n'est pas un criminel. Il est malade. Il devrait se trouver dans une institution qui le soigne. »

Au moins il n'y a pas de nouvel article aujourd'hui. Il y a déjà eu bien trop de gros titres : « Externalisation des patients : bonnes intentions, conséquences imprévues » ; « La prison : le nouvel hôpital psychiatrique de l'État » ; « L'État criminalise la maladie mentale » ; « Les malades et les handicapés mentaux trop nombreux pour que les services compétents s'en occupent » ; « Les services locaux assument les responsabilités de l'État ». Et ainsi de suite. Le bureau d'Ed est noyé sous les courriers et appels de parents, de tuteurs, et de patients eux-mêmes. Quelques jours plus tôt, le journal a publié une tribune écrite par un psychiatre : « Il y a des limites à la tolérance de la société à l'égard des handicapés mentaux. Si nous refusons que les personnes qui manifestent ce genre de comportement soient prises en charge par le système de santé, la société transférera ces personnes entre les mains de la justice criminelle. C'est une conséquence du contrôle social. Nous échangeons une institution contre une autre, mais dans le cas présent, on passe d'une institution qualifiée à une autre, qui n'a pas les compétences nécessaires. »

Ed regarde par la fenêtre le Capitole. Tout est gris. Arbres gris sur fond de bâtiments gris et de ciel gris.

Le Montana se complaît dans la monotonie des mois d'hiver avec différentes nuances de noir et blanc, et en général, le printemps débarque par surprise – une surprise que nul ne voit venir. Il a mal à la tête et prend deux comprimés de paracétamol, même si sa dernière prise remonte à une heure. Ses maux de tête sont devenus chroniques. Il doit aller consulter un médecin, mais il n'a jamais le temps. Tout le temps qu'il ne consacre pas à Benjamin, il le passe à son bureau. Il fait travailler son personnel nuit et jour.

Eleanor l'appelle : « Téléphone pour vous. C'est Laura. » Laura est la personne qui l'appelle le plus fréquemment, la plupart du temps leurs conversations sont brèves et pragmatiques, elles tournent autour de Benjamin, de ses horaires, d'un changement d'emploi du temps dont l'un d'eux a besoin pour aller à une conférence ou faire un voyage. De temps en temps, l'un d'eux fait une entorse. « Où est-ce que tu vas ? » peut demander Ed lorsque Laura demande à échanger un week-end. « Paradise Valley, hein ? » Et il se souviendra de toutes les fois où il a voulu l'emmener là-bas. Un jour, il avait fait une réservation, mais il s'est passé quelque chose et ils ne sont jamais partis, et à présent, c'est avec Tim qu'elle part à Paradise Valley.

Parfois c'est elle qui demande : « Tu vois toujours Kathy ? » ou : « Bonnie t'a vu avec une personne qu'elle ne peut que classer dans la catégorie des enfants. Tu sors avec des ados maintenant ? » Il entend alors ce qu'il espère être de la jalousie derrière cette sentence amusée.

La plupart du temps, ils s'en tiennent à des informations pratiques, et Ed apprécie ces interruptions, qui le distraient de la merde qui s'accumule sur son bureau. Et puis il met un point d'honneur à répondre à tous les appels de Laura lorsqu'il travaille, même s'il s'occupe d'une affaire importante. Eleanor a reçu des consignes claires. Il s'agit pour lui d'une forme de pénitence, de tentative pour se faire pardonner. C'est trop tard, il le sait, mais c'est quand même quelque chose.

« Passez-la-moi. » Silence pendant le transfert de ligne. « Laura ?

— Salut, Ed. » Son nom encore dans sa bouche, pas au bas de la liste de ses priorités. « Désolée de te déranger. Je sais que tu es débordé.

— Bien sûr que non. » Il met également un point d'honneur à faire semblant d'être disponible chaque fois qu'ils se parlent, comme s'il passait son temps assis à son bureau à attendre ses coups de fil. Mais il ne joue pas la comédie. Il est toujours occupé à d'autres choses, et en même temps, dans l'attente constante d'un appel de Laura.

« C'est ridicule, mais… j'ai laissé la clé sur le tableau de bord de la voiture, et je me suis enfermée dehors. Je crois que je n'ai jamais récupéré le second exemplaire de la clé chez toi. Ça t'ennuie si je passe la chercher ? Ou tu veux regarder pour moi ? Je suis dans le centre-ville, près de la bibliothèque. »

La bibliothèque. Pour lui, elle n'existe plus. La ville ne s'étend pas plus loin que chez Dorothy dans cette direction.

Ed essaie de se rappeler dans quel état est la maison – sale, c'est sûr, mais à quel point ? Il essaie de deviner quel effet cela aura sur Laura, si cela la rebutera, mais il veut la retrouver là-bas – et il suppose qu'elle aussi – pour la voir en privé. Sinon, pourquoi raconter cette histoire de clé qui n'est, évidemment, qu'un prétexte. Comment n'aurait-elle pas fait refaire sa clé depuis deux ans ? L'idée qu'elle ait inventé une excuse pour le voir lui donne le vertige. Il n'a pas vu Laura en tête à tête depuis leur dernier déjeuner chez Dorothy.

« Tu veux que je te retrouve là-bas et qu'on regarde ensemble ? Ou je passe te prendre ? » Peut-être que Penelope sera dehors et le verra venir chercher son ex-femme. *Tu vois, Pen ? Ça ne va pas si mal.*

Laura accepte de le retrouver chez lui, mais décline sa proposition de passer la prendre. « Ça me fera une promenade. »

Il se précipite chez lui pour ranger un peu. Il ramasse des miettes au creux de sa main lorsqu'elle frappe à la porte de derrière. Jamais elle n'a frappé auparavant. Il ajoute : *La dernière fois qu'elle est entrée dans cette maison sans frapper.* Il lui crie que c'est ouvert.

Il se rend compte qu'elle a vieilli. Comme chez lui, l'âge commence à se lire dans les rides de son visage, les cheveux blancs qui parsèment sa chevelure. Il était censé être à ses côtés quand cela se produirait, les changements auraient été si subtils qu'il ne les aurait pas vus d'un jour sur l'autre. Mais il a raté plusieurs années, et il s'aperçoit qu'il désire cette nouvelle version d'elle plus encore que celle qu'il a épousée autrefois. Il espère que le dernier déjeuner chez Dorothy n'était pas *La dernière fois où l'on a fait l'amour.* Faites qu'il y ait encore une fois.

« Tu es superbe. »

Elle rit et regarde ses vêtements : jean, un pull sous le manteau qu'elle a apporté du Michigan, de vieilles bottes de neige. « Tu as toujours été habile à la flatterie. » Son expression change, elle devient contemplative. « Toi aussi tu es très bien. » Son regard se pose un instant sur la chambre, à croire qu'elle entend ses pensées. « Tu as une cigarette ? »

Il sort son paquet de sa poche, heureux d'avoir une raison pour s'approcher d'elle, tout près, et d'allumer la cigarette qu'elle glisse entre ses lèvres. « Je croyais que tu avais arrêté. »

Elle soupire en même temps qu'elle exhale la fumée, et il imagine le goût exquis du tabac après une longue période d'abstinence. De son côté, il a plus ou moins tenté d'arrêter plusieurs fois. Jamais il ne tient.

Il adore regarder Laura fumer.

« J'en ai marre d'arrêter », dit-elle en prenant une nouvelle bouffée.

À son tour, il en allume une, soudain nerveux, ne sachant que faire de ses mains et du reste de son corps, s'il doit s'approcher ou reculer.

Elle est plus séduisante qu'à l'époque où ils étaient mariés. Il y a en elle désormais quelque chose de brut, d'effrité, de dur. Et de la force – elle est beaucoup plus forte.

Il essaie de ne pas la regarder lorsqu'elle dit : « Je ne me suis pas enfermée à l'extérieur de la voiture. »

Il va chercher deux bières dans le réfrigérateur. Elle s'assied en face de lui à la table de la cuisine.

« Qu'est-ce que tu fais ici, alors ? »

Elle boit une gorgée de bière, tire sur sa cigarette. « Le problème c'est que… » Elle s'arrête, s'ensuit un long silence. Puis elle rit d'un petit rire amer. « Je n'arrête pas de penser à toi. »

Il entend le chauffage se mettre en marche, l'air chaud dans les tuyaux, qui souffle sur leurs jambes. Laura le regarde fixement, et les yeux d'Ed se posent sur sa nouvelle alliance avec son gros diamant, criarde comparée aux simples anneaux qu'ils avaient échangés naguère. Celui d'Ed est dans une boîte, dans le tiroir du haut de la commode.

Elle n'arrête pas de penser à lui ? Elle a inventé une excuse merdique pour pouvoir le retrouver chez lui, dans cette maison qu'ils ont autrefois partagée, parce *qu'elle n'arrête pas de penser à lui* ?

La colère prend le pas en lui sur le désir. « Et tu veux que je te donne un coup de main, c'est ça ? *Moi ?* Ton ex-mari. Celui que tu as quitté.

— Tu ne m'as pas laissé le choix, Ed.

— Oh oui, je sais, Laura. Tu l'as exprimé d'une manière très claire : c'est moi qui ai tout fait foirer.

— Je t'aimais tellement. » Passé.

« Et maintenant, c'est fini. Aujourd'hui, tu aimes ton petit constructeur attentionné et ta belle maison toute propre. » Ed s'aperçoit qu'il est fatigué – fatigué de se poser des questions, fatigué d'éprouver des regrets, fatigué de ce sentiment de perte. « Tu ferais mieux de t'en aller, Laura.

— Ed... »

Il secoue la tête.

Dehors, il commence à neiger, des flocons géants, et le soir tombe, les jours sont si courts en hiver. La colère se dissipe aussi vite qu'elle est venue, et il sent la migraine revenir, battre dans sa tempe droite. Il se tient la tête entre les mains, les yeux clos. Il entend Laura se lever et se diriger vers la porte. Il l'entend repartir, et cette fois c'est vraiment définitif. Il va avancer à son tour, cette fois c'est décidé, il va prendre son célibat à bras-le-corps, incarner complètement celui qu'il est devenu, cette nouvelle vie. Il a déjà songé à tout ça auparavant, mais cette fois-ci, c'est sérieux. Tout est terminé pour de bon.

Il va chercher un autre comprimé de paracétamol dans la salle de bains, puis retourne à son bureau. Il reste travailler tard, écrit de nouvelles lettres, demande de nouveaux crédits. La situation est chaotique, mais c'était déjà le cas avant. Au moins fait-il évoluer tout ça dans le bon sens. Le progrès est toujours désordonné, comme toutes les grandes choses – le sang de l'accouchement, la boue de la fonte des neiges au printemps. Le mariage et le divorce.

AU CARREFOUR
ENTRE LA TROISIÈME RUE
ET LA RUE CHAUCER

15 mars 1977

29

Ed est seul avec son chien quand la douleur dans sa tempe droite passe du stade de battement à celui de coups de masse ou de burin. Ça ne s'arrêtera pas, cette vrille, cet étau. Plus tard, il en parlera à une femme qui lui dira : « Nos vies sont pareilles à des tours à bois géants, nos corps sont les fuseaux, les bols, les pieds de table, des objets sculptés et rabotés. »

Le burin se met à l'œuvre et Ed se lève. Il porte la main sur le côté de son visage, comme pour vérifier s'il y a du sang, puis il essaie d'attraper sa cigarette dont la cendre est de plus en plus longue. Sa main se meut par saccades, telle une boîte attachée à une grue. Ses doigts font tomber par terre des cendres et des mégots, mais la cigarette allumée reste sur le livre. Il réussit à la pousser, son bras droit venant suppléer le bâton malhabile qu'est devenu le gauche. Il écrase la cigarette sur le tapis. Il ne peut pas éteindre un feu avec ce tourbillon dans la tête.

« Dehors, dit-il à Beau. Je dois sortir, respirer l'air frais. » Il prononce ces mots, mais ils ne sortent pas. D'autres bruits prennent la place de ses paroles, sauvages, hasardeux, comme sortis des montagnes où il va camper avec son fils, des bruits de terriers en hiver, un embrayage bougon. Il ne sait pas ce qu'est un embrayage. Ni un bougon. Qu'est-ce que c'est que ces mots dans sa tête qui ne correspondent pas aux sons ?

Marcher devient difficile, lent. Sa jambe gauche, de même que son bras gauche, est engourdie, pareille à un bâton. Le tour à bois qui lui a raboté la cervelle travaille à l'inverse sur ses membres, il les transforme en argile, en pierre, en grumeaux que doit modeler la main du créateur. *Dieu ?* demande-t-il, mais à son habitude, Dieu ne répond pas.

Beau se met à geindre, sa langue lèche la main droite de son maître, la pousse. À travers ces gestes il lui demande : *ça va ?*

Ed pose la main sur la tête de son chien, douce et dure à la fois.

Ensemble, ils parviennent à traverser la salle à manger, la cuisine, l'arrière-cuisine, jusqu'à la porte de derrière, la poignée est un mystère qu'il pourrait résoudre s'il parvenait à se concentrer, si ça arrêtait de taper ainsi sous son crâne. Il réussit à tourner la poignée de la main droite et ils se retrouvent dehors, au soleil. Les arbres sont encore dénudés par l'hiver, l'air est froid, pourtant, techniquement, c'est le printemps. Le gel s'accroche encore dans la rocaille qui demeure à l'ombre, il reste un peu de neige dans les coins de la terrasse et dans le jardin. De la glace s'est durcie entre le garage et l'allée, les jours où il était trop paresseux pour déblayer. Il parle à son chien, lui dit de fermer la porte, d'aller chercher le courrier, d'appeler Laura, pour savoir ce que fait Ben. Il sera bientôt temps pour leur premier week-end de camping de printemps, il y a des poissons à pêcher. Il a un rendez-vous galant ce soir – il ne faut pas l'oublier.

En entendant les bruits qui sortent de la bouche d'Ed, Beau aboie d'inquiétude, puis Ed s'effondre, sa tête heurte un vieux tas de neige, pas plus mou que le bois de la terrasse, mais quand même moins dur que la glace que rencontrent son épaule et sa hanche. Une petite coupure au front se met à saigner, ainsi qu'une autre, un peu plus grosse, sur son bras droit. Beau les lèche. De sa truffe, il pousse sur le visage de son maître, ses aisselles, son ventre, son entrejambe, mais Ed ne bouge pas. Beau gémit et pousse, puis il se met à tourner autour de lui, avant de finalement se recroqueviller contre son abdomen, telle une boule de chaleur.

PATIENT

Mai 1977 – Mai 1978

30

Ed se souviendra de s'être réveillé pour la première fois un mois après sa rupture d'anévrisme. Les médecins lui diront qu'il s'était déjà montré lucide à plusieurs reprises, mais sa mémoire n'aura enregistré que cette fois-là. Pete est dans la chambre, son vieux copain Pete.

« Tu nous as flanqué une de ces trouilles, espèce de salopard. »

Ed se met à rire, la moitié gauche de son visage est engourdie. « Tu me croirais si je te disais que je n'ai pas la moindre idée d'où je suis ? »

Pete fait la grimace. Il n'y a pas d'autre mot. « Je n'ai pas tout compris, Ed. Tu peux répéter plus lentement ? »

Ed n'a pas recouvré l'usage de la parole. Sa bouche et sa langue attendent qu'on les rééduque, tels des enfants impatients. Il connaît les mots. Il les formule dans sa tête. Mais il ne parvient pas à les faire prononcer par son corps.

Il essaie de se redresser dans son lit d'hôpital et s'aperçoit que tout son côté gauche est aussi lourd

et engourdi que son visage. Il regarde Pete, celui-ci
détourne les yeux.

« Qu'est-ce qui y a, mon vieux ?

— Tu devrais peut-être te reposer », répond Pete.

Ed a mal à la tête, il ne comprend pas pourquoi
Pete ne lui répond pas. Il ne comprend pas pourquoi
il a l'air tellement triste, et au moment où il pense au
mot *triste*, le mot enfle dans son esprit tel un grand
voile de tissu, une couverture de gaze qui vient tapis-
ser la pièce. Elle recouvre les bips du moniteur, la
lourdeur de ses jambes, la douleur sous son crâne, le
visage de son ami. Une grande voile blanche et calme.

Son souvenir suivant datera d'un mois plus tard.

*

« Quand votre famille vient-elle vous rendre visite,
Edmund ?

— Ma. Rrr. Di. Vient. »

Il entend ses thérapeutes lui parler de ses progrès.
Il entend *réacquisition du langage*. Il voit les mots dans
sa tête, bien qu'ils ne ressemblent pas aux mots sur les
pages des livres. Ses thérapeutes lui disent que ce sont
des mots – ces caractères en désordre qui n'ont aucun
sens –, mais il sait qu'ils mentent. Les mots sont des
objets, comme ceux qui se trouvent dans le sac qu'il
transporte avec lui : crayon, feuille de papier, papier
toilette, cuillère (si on a faim), tasse (si on a soif), une
photo de Benjamin, une photo de Laura. Les mots ont
une texture, des couleurs, vives et éclatantes. Ils traversent ses pensées. Parfois ils parlent. Le mot *Laura*
s'arrête au cours de sa balade pour lui dire : « Salut,

beau gosse. Où étais-tu passé ? » Le mot *Edmund* (moi) répond : « Je suis là, mon amour. » Il se rappelle sa femme et son fils. Il se rappelle ses amis Pete et Bonnie. Le mot-objet *Penelope* revient souvent, il essaie de l'amener jusqu'à sa bouche, dans la pièce où il peut le faire devenir réel, mais ses thérapeutes lui donnent des crayons de différentes couleurs, de plus en plus de crayons.

La moitié gauche de son corps est lourde, toujours, et il ne peut pas marcher, même si chaque matin, il l'oublie, et se redresse sur des jambes qui ne le portent pas. Il voit et ressent la « colère » face à ses kinésithérapeutes. Il n'a pas besoin d'objet pour le mot *non*.

Benjamin vient de temps en temps, et puis Laura, et puis un mot nouveau, *Tim*, qui ne reste pas.

« Tim est mon mari, dit Laura. Toi et moi, nous ne sommes plus mariés, Edmund. Je suis mariée avec Tim.

— Non. »

Il tend vers elle sa bonne main, et quand il sent ses doigts entre les siens, le mot *Tim* disparaît.

31

Laura

Nous allons à Great Falls tous les week-ends, moi, Ben, Tim et Charlie. C'est la première fois que je réussis à persuader Tim de rester à la maison avec Charlie. « S'il te plaît, Tim. C'est trop perturbant pour lui, et Charlie n'a rien à faire là-bas. »

Tim a accepté en me faisant promettre de ne pas laisser penser à Ed qu'il est à nouveau mon mari. « Je sais que c'est dur pour lui, Laura, mais le laisser croire quelque chose qui n'est pas vrai ne l'aidera pas à revenir là où il en était. »

Cette insinuation m'a énervée, mais surtout parce qu'il a vu là une possibilité envisageable. Ed a juste besoin d'une pensée à laquelle s'accrocher, pour reprendre pied quelque part. Ses souvenirs lui reviennent un peu plus à chaque fois, et les médecins nous assurent que c'est très bon signe, cela montre qu'il pourrait bien tout récupérer en fin de compte, seulement il a encore des années de retard : Benjamin est tout petit et je suis sa femme. Il travaille à Boulder. Il essaie un nouveau modèle comportementaliste avec Penelope. Il s'exprime avec des mots clairs, même s'ils sont cabossés, par phrases concises et vives sans articles ni prépositions, juste l'essentiel. Ses médecins disent qu'il recommence à lire, lentement, à la manière d'un enfant. *Le chat s'assoit. Le chien court.*

Je m'entends lui dire : « Je n'arrête pas de penser à toi », la dernière fois où je suis allée dans notre ancienne maison. Je sens sa colère, tel un point final. À ce moment-là, tout s'est terminé entre nous, pour de bon cette fois.

Dans la voiture, je dis à Benjy : « Je vais faire comme si ton papa et moi, on était encore mariés, aujourd'hui. Il a l'air de le croire, et je pense que ça pourrait l'aider à retrouver d'autres souvenirs si je joue le jeu. Ça va ? »

Benjy regarde par la fenêtre, à travers la prairie. Nous avons laissé derrière nous les virages du canyon, l'humidité de la rivière, et à présent nous sommes dans la plaine, tout est d'or sous la chaleur de la fin de l'été.

« Antilopes », dit-il en les montrant du doigt.

Il s'agit d'un gros troupeau d'antilopes d'Amérique, plus proches de la route que je n'en ai jamais vues, et je sens en mon fils le désir de les traquer, de crapahuter à travers les rangées de blés fauchés auprès de son père. Ed m'a dit que notre fils était bon tireur. Mon congélateur est rempli du produit de leurs chasses.

« Tu as entendu ce que je t'ai dit, Benjy ?

— Tu vas faire semblant que tu es encore mariée avec papa. » Il me regarde, et soudain il est plus vieux, cet enfant, la résignation plisse les commissures de ses lèvres. « Je m'en fiche. C'est plus mon papa.

— Au fond de lui, c'est toujours ton papa. Il est malade, c'est tout. » Et je me retrouve à nouveau à réciter les faits à Benjy, même s'il les a entendus déjà tant de fois. Cette histoire, c'est notre berceuse, j'y reviens chaque fois pour le calmer. Je lui parle des dommages qu'a subis le cerveau d'Ed pendant l'opération chirurgicale à laquelle on a procédé pour arrêter l'hémorragie. Je lui parle de la privation d'oxygène qui a causé cette paralysie *temporaire*. Benjy et moi avons consulté des ouvrages à la bibliothèque. Je me suis assise à côté de lui et je lui ai montré les différentes parties du cerveau. « Le lobe frontal est le siège du raisonnement, du mouvement, des émotions, de la résolution des problèmes et des projets, répété-je à présent. L'essentiel des dommages a été causé dans cette zone, mais aussi dans le lobe temporal, qui gère le son, la mémoire et la parole. Les médecins disent que ce n'est pas si grave, que ton père est un homme très fort. Il va se remettre, Benjy. » Je sais qu'il ne comprend pas, mais je dois lui raconter une histoire qui finit bien.

Il va se remettre. Chut. Fais dodo. Demain matin, ton père sera réparé.

Je suis une menteuse.

Benjy hausse les épaules et se remet à regarder dehors.

*

« Sa séance d'ergothérapie se termine dans dix minutes. » Le psychologue qui suit Ed nous amène jusqu'à une petite pièce, à côté de la chambre. « Pourquoi n'assistez-vous pas à la fin de la séance ? Il me semble que ça aide les familles à améliorer leurs techniques de communication. »

Nous observons Ed à travers un miroir sans tain. Les voix sont transmises par un micro, nous avons l'impression de l'espionner – c'est clandestin et indigne.

« C'est bizarre, dit Benjy.

— Tu as raison. »

Ed est recroquevillé sur un carnet de notes, il serre un crayon dans sa main. Il le tient comme le ferait Chip, son poing est une grosse patte maladroite autour du crayon qui déchire le papier. Il est assez proche pour que nous voyions son travail.

« Écrivez *non* », lui demande l'ergothérapeute.

Ed griffonne quelque chose sur la feuille, puis il prend le carnet et le lance à travers la pièce, les pages volent, ailes fugitives. « *Mee... rde.* »

À côté de moi, Benjy ricane. « Papa a dit un gros mot.

— Ce qui n'est pas tellement différent du papa que tu connais. »

Le thérapeute qui s'occupe d'Ed s'appelle Martin, nous l'avons rencontré plusieurs fois. Nous l'apprécions tous. Il est patient et montre un grand sens de l'humour.

« Excellente prononciation, Ed. »

Je vois Ed sourire. « Tu vois, il a compris », murmuré-je à Benjy.

Martin ramasse le carnet tout en continuant de parler. « Votre parole est excellente, Ed. Je sais qu'écrire est frustrant, mais je voudrais vraiment que vous réessayiez. »

Ed secoue la tête.

285

« Un mot, Ed. Juste un, et on arrête avec l'écriture pour aujourd'hui.

— Pe… Pe… Pen. »

« Oh », dis-je. *Pen*. Il se rappelle Penelope.

« *Pen*, c'est un peu compliqué, Ed. P.E.N. On va commencer par plus simple. Essayez *non*. »

Le crayon se pose sur le papier. Ed plisse les yeux de concentration, et je vois son cerveau détruit qui essaie de retrouver les lettres, le sens, les bonnes instructions à envoyer à sa main afin qu'elle exécute les mouvements voulus. *Ligne montante, ligne diagonale, puis on remonte. Lever le crayon, s'éloigner un peu. Dessiner un cercle, un ballon, une pièce. Puis on recommence : ligne montante, ligne diagonale, puis on remonte.*

Il fait des marques sur le papier, des lignes, des points. Ni lettre ni mot.

« C'est bien, dit Martin. C'est une bonne tentative, Edmund. Nous réessaierons demain. »

*

Nous sommes à présent dans une grande salle commune, plus propre et plus éclatante que celle de Boulder, même si elle lui ressemble. Nous jouons régulièrement à des jeux de société, selon les conseils des thérapeutes d'Ed. Cette distraction facilite les conversations ; cela l'aide aussi à améliorer sa motricité fine.

Martin nous amène Ed dans son fauteuil roulant. Il commence à marcher, mais cela reste pour lui difficile et épuisant.

« À quoi vous allez jouer aujourd'hui ? demande Martin.

— Au Yam's. » Benjy adore le Yam's.

Ed grogne son acquiescement. Je hoche la tête. « Très bon choix. »

Dès que Martin a tourné le dos, Ed pose la main sur ma cuisse, d'un geste sauvage et impérieux. « Content. Voir. Laura. » Ses yeux se tournent vers sa chambre. « Viens. Au lit. » Sourire lubrique : son excitation est évidente.

Oh, mon Dieu. Je me tourne pour voir si Benjy a compris, mais il n'a pas l'air de suivre et ne manifeste aucun dégoût.

« Nous sommes là pour jouer à un jeu avec notre fils, Ed. C'est du temps en famille. »

Il laisse la main posée sur ma cuisse, mais sourit à Benjy. La moitié gauche de son visage a presque récupéré tous ses muscles et sa capacité à se mouvoir, et c'est un vrai soulagement de voir les expressions se peindre de manière symétrique sur ses traits.

Martin nous apporte notre jeu, et nous nous retrouvons tous les trois à cette petite table, dans cette salle commune pour les patients au cerveau endommagé. Un autre homme dans un angle lointain, assis dans un fauteuil roulant, une couverture sur les genoux, regarde fixement dehors. Il n'y a pas de barreaux aux fenêtres, ni grilles, ni écrans, contrairement à Boulder. À la place, des plantes, des livres, des magazines, des jeux, tout est propre et bien en ordre. C'est joli mais stérile, et je me surprends à regretter le capharnaüm de Boulder, les sourires sur les visages de mes élèves, les œuvres d'art maladroites accrochées aux murs.

287

Benjy installe le jeu, et par-dessus le bruit des dés qu'on secoue et qu'on lance, je l'entends poser les questions simples que nous avons préparées. Il voulait savoir quand ils iraient camper ; je l'ai encouragé à interroger son père sur son endroit préféré pour camper.

« Mais ça, je le sais déjà, maman ! C'est là-bas, à Trout Creek.

— Peut-être que ton papa ne le sait pas, Benjy. Nous allons tenter de l'aider à se le rappeler. »

Aussi Benjy demande-t-il à ce nouveau père étrange où il aime le plus aller camper, détournant les yeux lorsque celui-ci essaie de former avec maladresse les mots de sa réponse.

« Trou… Te, répond Ed

— Trout Creek ? »

Ed hoche la tête, Benjy sourit et tout mon corps est électrisé par la chaleur de cette réponse. C'est exactement ce que j'ai ressenti la première fois où Benjy a parlé, non pas à cause du mot lui-même, mais de ce qu'il symbolisait : ce premier pas, cette porte qui s'ouvrait grand sur le monde du langage.

Les doigts d'Ed explorent à nouveau ma cuisse.

Benjy semble ragaillardi par la réponse de son père, et il se lance dans une histoire. « Tu sais pourquoi on a surnommé Helena "Queen City" ? »

Ed secoue la tête.

« C'est Hank qui me l'a appris. Il l'a appris à l'école, donc je serai en avance quand j'irai. Il y avait de l'or là-bas, et l'or, ça vaut beaucoup plus d'argent que le cuivre qu'on trouvait dans les mines des autres villes, et à l'époque ils se battaient pour savoir où fixer la capitale, donc il y avait une grande *rivalité*. » Voici encore un mot qu'il a appris récemment, là encore grâce à Hank. Benjy adore les mots nouveaux. « Les gens d'Helena étaient très élégants, alors les rois du cuivre ont appelé la ville "Queen City". »

Ed émet un grognement de rire. « Pour. Quoi. He. Le. Na. Ca. Pi. Tale ?

— Pourquoi Helena est devenue la capitale ? » Benjy fronce les sourcils en levant les yeux au ciel, expression qu'il tient de moi.

Ed acquiesce. *Continue.*

« Je suppose que les gens aiment être élégants.

— Ah ! » Aboiement de rire – plus d'émotions que nous n'en avons vues chez Ed depuis qu'il est sorti du coma. Il s'efforce de se pencher en avant pour poser la main gauche sur le genou de son fils, qu'il tapote un peu rudement. Je suis fière de Benjy car il ne se dérobe pas, bien que le visage d'Ed soit terriblement près du sien, bouche ouverte, avec sa mauvaise haleine.

« À ton tour, papa. »

Ed revient en arrière, retire ses mains de nos genoux. Son bras gauche est encore maladroit, et les dés rebondissent au hasard sur la table, l'un d'entre eux tombant par terre. Benjy se précipite pour le ramasser et annonce le numéro. Il est inflexible sur les dés qui s'égaillent. Un soir, il s'est disputé avec Tim lors d'une partie. « Pourquoi est-ce que tu relancerais alors que c'est ta faute, puisque c'est toi qui l'as lancé trop fort ? » Tim a très vite rendu les armes. Il n'aime pas les querelles.

Ed fait cinq six, et Benjy le note pour lui, notre marqueur.

« Tu vas encore me battre, papa.

— Rien n'est perdu », dis-je en prenant le gobelet avec les dés de la main d'Ed.

*

Ed se fatigue vite, et après une partie de Yam's, il est prêt pour sa sieste. Benjy lui dit au revoir et se dirige vers la télévision, où il va m'attendre le temps que je ramène son père à sa chambre. Je parle tout en le poussant, long chapelet de mots qui décrivent des choses qu'il devrait connaître. « Plus vous évoquerez sa vie, nous disent ses médecins, plus vite ses souvenirs reviendront. » Je lui parle de Beau, que Tim et moi avons repris à temps plein, comme Benjy. En garde exclusive, pour l'instant, peut-être pour toujours. « On emmène Beau au lac et on lui jette des bâtons. Il attend avec impatience la saison de la chasse aux canards. »

Ed forme avec ses mains un fusil et tire vers le plafond. « Ca. Nard.

— Oui, Ed, c'est ça. » Je lui parle des fleurs qui poussent dans les massifs de son jardin, les cœurs-de-Marie, et des grandes feuilles des roses trémières. « Les Lewis sont de retour et mangent toutes les cacahuètes. »

Ed se tape sur les cuisses. « Ca. Sse. Noix. »

Il se rappelle les Lewis, et c'est ça qui me fait venir les larmes aux yeux. Nos oiseaux.

Mais je ne peux pas pleurer devant lui, alors je

ravale mes larmes et je cligne les paupières au moment où nous entrons dans sa chambre, remplie de fleurs, de ballons, de cadeaux, ne laissant aucun espace vide. Ses admirateurs lui adressent des messages de soutien – des collègues de Boulder, de son nouveau service, des sénateurs dont il a tenté de gagner les votes, le gouverneur. Il y a également des notes et des cadeaux venant de barmans, de serveuses, de maîtresses dont je n'ai jamais entendu parler. Pete et Bonnie viennent régulièrement, et ses parents ont loué un meublé à Great Falls pour être présents pendant sa convalescence. Chacun de nous repart avec une bouteille de whiskey à mettre de côté pour lorsqu'il sera de nouveau chez lui et en meilleure santé. « Pas d'alcool », ont dit les médecins. J'ai rapporté deux bouteilles la semaine dernière, et il y en a encore une aujourd'hui, un whiskey aux plantes revigorant.

« Tu veux t'allonger ? » Je place le fauteuil roulant d'Ed près du lit et passe devant lui, alors il essaie de m'attraper, sa main la plus habile se pose sur ma hanche.

« Toi. Aussi. »

Je m'agenouille et je prends sa main entre les miennes. « Pas encore, beau gosse. Il faut d'abord que tu te remettes. »

Il s'empare de ma main et la pose sur sa cuisse en me souriant, les yeux brillants. *Tu sens ça ? Je suis en forme pour ça.*

J'entends encore un de ses médecins me dire : « C'est un chemin ardu. Un trauma du cerveau exacerbe souvent des traits de caractère et des tendances en général préexistantes… » Il a tenté de me le dire de façon diplomatique. « En général, ça touche davantage les aspects négatifs que positifs. Disons que quelqu'un est un peu désordonné ; souvent la situation empire après une blessure au cerveau, au point qu'il soit nécessaire de faire appel à une femme de ménage. » Quels étaient les traits négatifs d'Ed ? Désordonné. Têtu. Avec un appétit vorace pour la nourriture, l'alcool, les femmes. Bien sûr qu'Ed est prêt pour baiser.

Je retire ma main et je me lève en lui répétant. « Pas maintenant, chéri. Pas maintenant. »

Plus jamais, chéri. Plus jamais.

Je suis consternée à l'idée qu'il est célibataire. L'homme que je connaissais préférerait renoncer à vivre plutôt que de continuer dans ces conditions.

Soudain, la peur se lit sur son visage, ses yeux se posent à droite à gauche, mal à l'aise, tel un animal désorienté. Pris de panique, prêt à fuir. J'ignore ce qui l'effraie, a-t-il entendu mes pensées, ou est-ce juste une vague de confusion qui l'a surpris et ramené en arrière.

« Je vais t'aider à te mettre au lit. » Les thérapeutes et les infirmières nous ont appris à l'assister quand il se lève du fauteuil, puis s'assoit sur le lit pour s'allonger. Nous rassemblons nos forces lorsqu'il fait basculer son corps de l'avant. Nous soulevons sa jambe gauche sur le matelas après la droite, membre raide et étranger, poids mort attaché au reste de sa personne. Les kinés nous ont appris à lui masser les muscles, à les assouplir pour y faire revenir le souvenir du mouvement. Ils déclarent : « Ça va prendre du temps. » Ils ne cessent de le répéter, mais ça fait bientôt six mois, et

j'ignore combien de mois ou d'années ça représente,
« du temps ».

J'installe les oreillers derrière sa tête et ses épaules,
alors que déjà ses paupières papillonnent. Il se force
à les ouvrir, puis elles se referment doucement, exactement comme chez mes fils au moment où ils luttent
contre le sommeil. Je m'assois au bord du lit et je
l'observe tandis que son souffle devient de plus en
plus régulier. Je repousse une mèche épaisse sur son
front, le brun est moucheté de gris et je ne l'avais
pas remarqué. Ce nouvel Ed vieillit plus vite que son
prédécesseur, et je crains qu'à sa sortie de l'hôpital,
il ne soit plus qu'un vieil homme courbé, rabougri,
marchant à l'aide d'une canne. Nous aurons tous toujours le même âge, et nous nous rassemblerons autour
de lui, les enfants à ses pieds, pour l'écouter raconter
des histoires, tout ce qu'il a vécu avant ce moment-là.

32

Laura

Tim m'a forcée à venir à ce rendez-vous. Ce n'est pas pour lui, mais il a insisté pour m'accompagner, et à présent il est assis à côté de moi, raide, mal à l'aise. Il n'a jamais mis les pieds chez un psy, lui non plus.

Le bureau est décoré de couleurs pastel. Murs jaune pâle, rideaux lavande, canapé rose et bleu pâle. Je m'assois près d'un ours en peluche. Tim pose la main sur la tête d'un canard. Sur la table basse devant nous, un pot-pourri, mélange entêtant de cèdre, cannelle, sauge. Je sens le mal de tête naître à l'arrière de mon crâne.

La thérapeute nous dévisage. Je ne me souviens pas si elle a demandé quelque chose. Je ne sais pas qui doit prendre la parole, ni si aucun d'entre nous a dit quelque chose.

Elle s'appelle Helen, elle a des yeux énormes, ambre-brun, les plus beaux que j'ai jamais vus, avec au centre du bleu ou vert vif, et je me surprends à l'envier, même si par ailleurs elle est épaisse et insignifiante. Grande, les épaules larges, elle me serre la main de toute sa hauteur.

« Je suis désolée à propos d'Edmund », dit-elle, et

j'essaie de me rappeler si elle a dit autre chose avant. « Nous avons travaillé quelques fois ensemble au fil des années. C'était un grand atout pour l'État.

— Il l'est toujours. » Je suis sur la défensive. Je l'entends moi-même.

Tim me prend la main, et je dois consentir un effort pour ne pas la retirer. Il se sent diminué en tant qu'époux à présent qu'Ed l'est en tant qu'homme.

Il y a une semaine, Bonnie, Pete et Tim m'ont coincée dans notre cuisine. Ils avaient mis un film, pour occuper les enfants. Pete nous a versé un whiskey et Bonnie a dit : « Il faut que tu lâches Ed. » À ses côtés, Pete a acquiescé, ainsi que Tim. Ils m'avaient tendu une embuscade. J'ai repensé à la dernière fois où j'ai vu Ed, dans sa cuisine. Je croyais en avoir terminé.

Mais à présent, il est malade, et tout est différent.

Tim a dit : « Chérie, c'est trop lourd en ce moment. C'est dur pour tout le monde, mais c'est toi qui portes tout. J'ai pris un rendez-vous avec une thérapeute.

— Elle est merveilleuse, ajoute Pete. Bonnie et moi, nous l'avons vue, et elle nous a vraiment aidés à évacuer notre merde. Elle t'aidera à t'en sortir aussi. Il n'y a pas de manuel de survie pour ce genre de situation, Laura. Il faut que tu parles à quelqu'un. »

J'ai pris mon whiskey et je suis partie dans ma chambre, pour ne plus en ressortir.

Mais ils ont insisté, et nous voilà.

Helen dit : « Racontez-moi ce qui se passe. »

La thérapie se résume-t-elle donc à ça ? Une inconnue qui me demande de parler ?

C'est Tim qui commence : « Laura se rend à Great Falls deux fois par semaine pour voir Ed. Ses parents sont venus pendant un moment, mais ils ont dû repartir dans le Michigan, et Laura a pris Ed en charge. Il croit toujours qu'ils sont mariés, et je pense – de même que Pete et Bonnie, et nos amis – que ce n'est bon pour aucun d'entre eux. Ed doit comprendre à quoi ressemble vraiment sa vie, et Laura doit se concentrer sur la sienne.

— Tu veux dire que je dois me concentrer sur toi.

— Ce n'est pas ce qu'a dit Tim, Laura. » La voix d'Helen est calme et posée. Elle a un carnet sur les genoux, un stylo à la main. Elle me dévisage.

« C'est ce qu'il voulait dire, bien sûr, qu'il désire mon attention. Mais j'aimerais un peu de compréhension alors que j'aide Ed à se remettre sur pied.

— Pourquoi cette responsabilité vous incombe-t-elle ? »

Sa voix est telle un métronome, au rythme régulier, inflexible. Elle me rassure beaucoup trop.

« C'est le père de mon fils.

— Je suis le père de ton autre fils, et en plus je suis ton mari.

— Pouvez-vous comprendre que cela puisse être dur pour Tim, Laura ? » demande Helen.

Je détourne les yeux, et mon regard se pose sur les affiches et posters qu'elle a accrochés aux murs : cascades, prairies, montagnes, leurs couleurs naturelles jurent avec les nuances éteintes de la pièce. Près de la fenêtre, elle a accroché une version de la prière de la sérénité, dont les mots apparaissent dans une calligraphie contournée, des fleurs et des lianes décorant les marges. Comment pourrait-on avoir la sagesse suffisante pour faire la différence entre ce qu'on peut changer et ce qu'on ne peut pas ? On le sait seulement après avoir essayé.

Je me souviens qu'Ed m'avait expliqué que l'Église catholique ne reconnaissait pas le divorce. Ed et moi, nous sommes toujours mariés à ses yeux, et je commets l'adultère avec Tim. Je suis polygame, je suis une putain, et je lutte contre l'envie de dire à Helen que parfois je pense l'être, en effet. *Je suis toujours mariée avec Ed*, voudrais-je lui dire. *Faites-le comprendre à mon nouveau mari.*

Tim n'est même plus nouveau.

« Laura ? demande-t-elle. Que gagnez-vous à passer ce temps avec Ed ? » Son stylo est suspendu au-dessus de son carnet, prêt à noter ma réponse, car c'est là *la* réponse, si je parviens à la trouver. J'essaie juste de ne rien perdre de plus. Je n'ai cessé de perdre Ed : son travail me l'a pris, puis Penelope, puis son règlement à écrire, puis l'État, puis ses amis. Il me restait si peu de lui, que j'ai fini par renoncer complètement, voilà sans doute une nouvelle version de l'histoire de notre divorce que je me raconte à moi-même, mais à cet instant, cela me semble être la bonne. C'est Ed qui s'est dérobé, je n'ai pas pu le retenir, je n'ai pas pu le ramener à moi. C'était un célibataire et j'étais une épouse, mais nous voulions élever notre fils ensemble, et j'aurais vécu un peu à travers la puissance, la force qu'incarnait Ed dans le monde extérieur.

Je l'ai perdu en tant que mari et amant, mais aujourd'hui, c'est l'idée même d'Ed que je risque de perdre. Or nous bâtissons nos vies sur des idées.

Je n'ai toujours pas répondu à sa question.

« Vous sentez-vous responsable de l'accident d'Ed, Laura ?

— Oui », réponds-je. *Vraiment ?* Les médecins n'ont avancé aucune cause, aucune maladie préexistante qui ait conduit à la rupture d'anévrisme d'Ed. Cela peut être dû à sa consommation de tabac et d'alcool, qui a toujours été excessive, mais a augmenté après le divorce. Toutefois, beaucoup de gens qui ne boivent pas et ne fument pas en sont aussi victimes. Sans doute est-ce arrivé à cause d'un mauvais gène transmis par ses parents ou ses grands-parents, danger dormant tapi dans l'ombre de son cerveau, qui rongeait cette partie vulnérable, l'affaiblissait, la diminuait, jusqu'à ce qu'elle éclate.

Explosion. Déflagration. Destruction.

« Laura, personne n'aurait pu empêcher ce qui est arrivé à Ed, pas même lui. Vous vous sentez coupable de le voir traverser cela sans compagne auprès de lui et vous transférez cette culpabilité sur quelque chose que vous ne contrôlez pas. Dites-moi, pourquoi Edmund et vous avez-vous divorcé ?

— Il ne me voyait plus.

— Ed n'était jamais à la maison », précise Tim, et je le *hais* de prendre la parole en cet instant, le mot *hair* résonne pleinement dans mon esprit. « Il était complètement pris par son travail et il avait cette relation inappropriée avec...

— Ce n'est pas à toi de parler d'Ed et moi. »

La voix de Tim se fait plus sèche. « Quand cela a des conséquences sur *notre* couple, alors oui, j'estime que je peux dire ce que je veux. » Il se tourne vers Helen. « J'attendrai dehors.

— Vous êtes sûr, Tim ? Il est bon de discuter de ces choses-là ensemble.

— Je pense que Laura doit faire son propre travail. »

Je le regarde traverser la pièce, raide et indigné. Il porte un tee-shirt et un short bien qu'on soit en octobre, et je vois les muscles de ses mollets, ses épais avant-bras. Il a conservé son bronzage d'été, après ces longues journées passées dehors. Il a construit une cabane à plusieurs étages pour les garçons dans le jardin, plus belle que beaucoup de vraies maisons. Il y a même un balcon.

« Comment décririez-vous votre relation avec Tim ?

— Bonne, ainsi qu'elle l'a toujours été.

— Vous semblez déçue. » C'est une professionnelle, versée dans la diplomatie.

« Je m'ennuie. Notre relation est ennuyeuse, monotone et sûre. Il n'y a pas de quoi se plaindre. Tim représente tout ce que j'aurais voulu que soit Ed : attentif, disponible, ouvert. Il rentre tous les soirs à l'heure du dîner. La moitié du temps, c'est lui qui le prépare. Il emmène les garçons se promener, faire des tours à vélo, des sorties à la bibliothèque, pour que j'aie le temps de peindre. Il soutient ma carrière d'artiste, me pose des questions tous les jours.

— Comment ça se passe au lit ? »

Bonnie est la seule qui m'a jamais posé cette question – Bonnie, rude et sans tabous, qui peut dire n'importe quoi car elle ne connaît pas de limite – mais je ne lui réponds jamais avec une totale franchise. *Ça va*, je lui dis. *C'est bien.*

« Correct, réponds-je à Helen. Et puis rare, disons-le, mais quand on fait l'amour, c'est bien. »

Elle me fixe des yeux, le stylo en l'air. Son visage semble dire : *Pourquoi ne me racontez-vous pas toute l'histoire ?*

« C'est bien et c'est ennuyeux, comme le reste de notre existence. On baise dans une seule position dans notre lit le vendredi, à moins que quelque chose nous en empêche. »

Elle écrit dans son bloc-notes, et je crains d'en avoir trop dit, d'avoir trahi Tim, de faire des chichis.

« Vous ne pensez pas que c'est peut-être aussi ennuyeux pour lui ? »

Je n'ai jamais cherché à savoir ce que Tim pensait de notre vie sexuelle, et je me sens encore plus mal.

« Je ne sais pas, dois-je admettre.

— Et comment était-ce avec Edmund ? »

Je suis dans les toilettes chez Dorothy. Dans les toilettes de l'hôpital. Dans ma salle de cours à Boulder.

« Le sexe avec Ed était excitant, mais il s'en servait pour combler notre absence de vraie relation. »

Helen hoche la tête et écrit. « Pensez-vous que vous avez une vraie relation avec Tim ?

— Oui. »

Elle pose son stylo, à croire qu'elle a trouvé la bonne réponse à la difficile équation à laquelle nous travaillons depuis des jours : *Nombre de coups tirés* x = *intimité* + y. x *est de valeur supérieure ou égale à une vraie relation.* y *est moins excitant, mais supérieur à l'ennui. Résultat pour* x *et* y.

« Il est dans la nature humaine de repenser et de revenir sur nos décisions, Laura, surtout quand elles sont aussi importantes. Il n'y a pas moyen de complètement échapper à ce mode de pensée. Toutefois, vous pouvez vous conduire d'une manière qui l'atténue. Il semble que Tim et vous devriez travailler sur votre relation. En concentrant votre attention sur Edmund, vous évitez les problèmes avec Tim. Vous comprenez ce que je veux dire ? »

J'acquiesce.

« Si vous voulez sauver votre couple actuel, vous devez vous investir davantage, pour de bon, et pour ce faire, vous devez renoncer à Edmund. »

Je la dévisage, ces immenses yeux ambrés, riches comme du miel.

« Pouvez-vous faire cela, Laura ? Pouvez-vous renoncer à Ed ?

— Je ne sais pas.

— Dites : *Edmund n'est pas mon mari.*

— Edmund n'est pas mon mari. » L'ai-je jamais dit ? *Edmund n'est pas mon mari.*

— *Nous avons divorcé il y a quatre ans.*

— Nous avons divorcé il y a quatre ans.

— *Je divorce de lui à nouveau maintenant.*

— Je divorce de lui à nouveau maintenant. »

Je ne suis pas sûre de le vouloir.

« Je suis donc censée l'abandonner ? »

La voix d'Helen est douce et patiente. « Vous ne pouvez pas abandonner ce qui ne vous appartient pas. »

33

« Docteur Ed ? »

Ed somnole dans son fauteuil. Il ne s'agit plus d'un fauteuil roulant, mais d'un fauteuil normal, face à une table normale, dans une pièce normale. Il marche avec une canne et peut se servir à nouveau de son bras gauche car ses doigts commencent à obéir à ses pensées. *Saisir le verre. Le porter à sa bouche. Le reposer.* Par moments, il oublie où il est – à l'hôpital de Great Falls – et qui il est – un patient –, et il se retrouve à Boulder, à faire ses rondes. Il entend ses patients l'interpeller.

« Docteur Ed ? » Une main se pose sur son épaule, accompagnant la voix.

Ed ouvre les yeux. Il essaie de se réorienter, de replacer le visage devant lui dans une situation que son thérapeute qualifie de réelle. *Vous êtes le patient, Edmund. Oui, vous êtes médecin, mais pour l'instant vous êtes un patient.* Si c'est vrai, comment cette personne peut-elle se trouver devant lui ?

« Pen ? »

Elle est assise dans le fauteuil situé à côté de lui, le rapproche. « Bonjour Ed. »

Son cerveau est un bâtiment ravagé par le feu, aux murs léchés par les flammes, au plafond noirci, aux planchers qui s'écroulent. Il avance dans les couloirs endommagés. De temps en temps, pourtant, il trouve une pièce intacte, où tout est tel qu'il l'a laissé, et les souvenirs lui reviennent en détail, très clairs. Il cherche la pièce appelée « Penelope ». Il est certain d'y être allé.

« Ah ! Pen ! » La voilà, et il lui adresse un grand sourire.

Elle se penche vers lui et il l'imite – *un baiser !* – mais au lieu de cela, elle lui retire ses lunettes crasseuses pour les nettoyer avec le pan de sa chemise.

Il cligne des yeux, bébé guère habitué à la lumière.

« Qu'est-ce que tu fais ici ?

— Je vous rends visite. Je suis désolée de ne pas être venue plus tôt. Le Dr Pearson est seulement passé à la bibliothèque la semaine dernière et il m'a tout raconté. »

Elle lui remet ses lunettes et il regarde le monde aux contours bien définis, soudain devenu net. Il voit la pièce commune où ils sont assis, les jeux de société sur l'étagère dans le coin, la télévision dont le son est au minimum, les étagères de livres et les tables basses, les canapés. Il y a une table pour dessiner, et il a envie de prendre tous ces jolis crayons de couleur, même s'il ne sait pas pourquoi. Peut-être juste pour les regarder, à présent qu'il les distingue si clairement. *Il faudra que je demande aux employés de s'assurer que les lunettes des patients sont propres.* Il écrit une note dans la pièce appelée « Conseils au personnel » de son cerveau. Il remplit cette pièce assez régulièrement, même s'il s'inquiète toujours du fait qu'une fenêtre puisse être restée ouverte, que le grillage soit endommagé, et que toutes ses notes risquent de s'égailler dans l'herbe, derrière Griffin Hall, de se coincer dans la sauge, de s'envoler jusque dans les montagnes.

Une femme est assise près de lui. *Belle femme. Jeune.*

« Pen ! »

Elle lui sourit, et il se souvient de ce sourire radieux, de sa chaleur. Elle travaillait avec lui, au bout du couloir. *Non, non, ce n'est pas du tout ça.* Il cherche, renifle, ouvre et ferme des portes. *Patiente*, entend-il, et la pièce s'enflamme devant lui, dans un désordre d'images, de mots, de moments. *Crise, debout près de la rivière, presque noyée, mains sur lui, corps qui s'étreignent.*

« On est amants », dit-il.

Elle fait la grimace et secoue la tête.

« Non, Ed. Vous étiez mon médecin à Boulder.

— Ici ! s'exclame-t-il en levant les mains pour désigner la pièce. Tu es ici aussi ?

— Ici, ce n'est pas Boulder, Ed. Vous êtes dans un centre de réhabilitation à Great Falls. »

Il secoue la tête, les mots s'alignent mal, tombent en morceaux. Voici Penelope, il le sait, il était son médecin, mais la pièce porte l'étiquette « maîtresses ». La pièce a indiqué « toucher », et à présent une porte s'ouvre grand dans le couloir, marquée « Laura », et il se retire, plongé dans l'incertitude. Laura est sa femme. Ben est son fils. Penelope est…

« Je travaille à la bibliothèque maintenant », dit-elle, et il a un flash, une colère chaude comme la braise.

304

Elle hurle contre lui, alors qu'il n'a rien fait de mal, ou tout fait mal. Penelope est...

« Je pourrais vous apporter des livres si vous voulez.

— Je ne lis pas beaucoup. » Ces choses que les thérapeutes appellent des mots parfois prennent sens quand il les regarde sur la page. Il les voit dans les couloirs noircis de son esprit, gravés sur les vitres des portes, tapés sur du papier.

« Votre thérapeute dit que vous êtes en train de recouvrer la lecture. Il dit que vous faites de grands progrès. »

Oui, ses aides-soignants lui disent la même chose. Il est difficile d'exercer son métier sans lire. Il doit demander à Martha de tout lui lire à voix haute.

« Je pourrais vous faire la lecture », dit Penelope.

Penelope. Il entend le martèlement de ses mots se mêler au reste de l'atmosphère, les bribes de discours brisées, les langues qui traînent, les ululements, les gémissements. Il entend Chip (*Chip !*), sa voix profonde. Gillie et Frank. Il entend la voix de Penelope lire pour eux, les appâter à travers la langue, les attirer vers le sens.

Et voilà Ed à la porte, qui l'espionne en souriant. Il est présent, et demande : « Et César est l'araignée d'eau ? » Son coude contre ses côtes, ce qui propulse des étincelles à travers ses veines, un battement au creux de son ventre. Il l'entend dire : « Rien à faire avec vous. » Il sent sa main se poser sur son avant-bras, geste intime. « C'est son "âme", qui "avance sur le silence". »

« L'araignée d'eau », dit-il à haute voix, les mots cascadent, se déversent hors de sa bouche. « *Arai-*

gnée d'eau sur l'eau du ruisseau, / Son âme avance sur le silence. Tu enseignes ça dans ton club de lecture. Les patients font de tels progrès. » Il voit presque la suite, un profil, un fantôme, impalpable et usé. Des fantômes arpentent ces couloirs. Il les entend détaler, il les devine. Les mots. Où sont-ils ? « Une femme ? » dit-il.

Et Penelope de réciter : « *Elle croit, femme aux trois quarts enfant, / Que personne ne la voit : ses pas / S'accordent au pas traînant d'un étameur / Ramassé dans la rue.*

— Ah ! s'écrie-t-il. Au pas traînant d'un étameur ! » Et il se lève trop vite. Sa jambe gauche fonctionne à présent, mais elle est raide – c'est un poids mort qu'il traîne. Penelope le soutient et lui tend sa canne pour ne pas qu'il perde l'équilibre. « Tu veux danser avec moi ? » demande-t-il en repoussant la canne, glissant une main au creux de son dos, juste au-dessus de la hanche. *Belle amante.* Sa main gauche enlace la sienne à hauteur d'épaule, et ils se mettent à danser lentement, selon un mouvement dont il se souvient presque. *Une-deux-trois. Une-deux-trois. Une.*

34

Extraits d'un entretien mené en deux fois entre le psychologue titulaire Jeffrey Holht (JH) et Edmund Malinowski (EM), victime d'une rupture d'anévrisme, un an après.

JH : Vous voulez boire quelque chose ?

EM : Un café, pas de lait, cinq sucres. Vous le prenez comment, le vôtre ?

JH : Avec du lait, sans sucre.

On apporte le café.

JH : Pouvez-vous me dire à quand remonte l'accident ?

EM : Un petit moment.

JH : Combien de temps exactement ?

EM : Pas long.

JH : Pouvez-vous me dire où vous êtes ?

EM : À l'hôpital.

JH : Savez-vous dans quelle ville nous sommes ?

EM : Helena. Non. Great Falls.

JH : Et où viviez-vous avant d'être ici ?

EM : Dans la maison sur la Troisième Rue. Laura et

moi, nous l'avons achetée quand nous avons emménagé dans le Montana… C'est là que nous avons ramené Ben… Sa table à langer est toujours là, quelque part, un morceau de comptoir avec un meuble de cuisine – un de ces trucs qu'on trouve dans les vieilles maisons qui n'est rattaché à rien en particulier –, nous l'avions mise dans sa chambre. Il y a cette photo de Laura qui plie des couches à l'époque où elle était encore enceinte, avec ce bon vieux gros ventre protubérant. Je crois que c'était la veille de l'accouchement. Non. Je n'étais pas là. Ça a dû être pris plus tôt. Des semaines auparavant. Une semaine ?

JH : Votre fils vit-il avec vous ?

EM : Ils l'avaient enveloppé dans des couvertures pareilles à un roulé au fromage. Non, un burrito, c'est comme ça que Laura l'appelait. Le burrito.

JH : Ben vit-il avec vous, Edmund ?

EM : J'ai su qu'il était intelligent dès le début, taiseux et intelligent. Au lieu de pousser ses petites voitures par terre en imitant des bruits de moteur, il les retournait et essayait de comprendre comment marchaient la direction, les roues, de voir ce qui…

JH : Edmund.

EM : Oui.

JH : Benjamin vit-il avec vous dans la maison sur la Troisième Rue ?

EM : Benjamin et Laura.

JH : Qui est Laura ?

EM : Ma femme.

Les questions suivantes déclenchent des anecdotes familières rapportées par des amis proches et des

membres de la famille, elles servent à établir un sen-
timent de sécurité avant de questionner le patient sur
le fait qu'il téléphone à son ex-femme (tous les soirs
depuis dix-sept jours consécutifs).

JH : Vous voulez bien jouer à un jeu avec moi, Edmund ?

EM : Ça dépend du jeu.

JH : Ça s'appelle « Si/alors », c'est très simple. Je commence une phrase en posant une condition : *Si...* et vous devez inventer la conséquence : *Alors.* Par exemple, je pourrais dire : « Si je bois trop de café, alors...

EM : Je ne pourrai pas dormir.

JH : Exactement. On essaie ?

EM : D'accord.

JH : Si je bois trop de lait avant d'aller me coucher, alors...

EM : J'irai aux toilettes toute la nuit.

JH : Si je vais faire du camping avec mon fils, alors...

EM : Je brûlerai la jambe de Ben avec de la graisse de bacon. Les brûlures à la graisse mettent plus de temps à guérir car elles cuisent davantage la chair. Voilà ce que le médecin a dit, et la graisse reste. Ça colle, et on ne savait pas ce qu'on faisait, là-haut, aucun d'entre nous, on avait déjà bu deux bières, même si c'était le matin – le petit-déjeuner, c'est pour ça que je faisais cuire du bacon – et Benjy n'a pas pleuré, c'est ça le truc. Il n'a pas pleuré.

JH : Si je fais tomber ma bière dans la rivière Smith, alors...

EM : Je serai mouillé, et Pete aussi.

JH : Si j'appelle mon ex-femme, alors…

EM : Pas une larme, et ni les gars ni moi on ne l'a amené à l'hôpital. On n'a pas compris que c'était sérieux, on croyait que c'était juste une brûlure en surface, et Laura m'avait laissé l'emmener tout seul, juste le petit Ben, son papa et ses oncles, et il était si petit, mais il n'a pas pleuré, et en rentrant à la maison, Laura a jeté un coup d'œil, et elle l'a emmené tout de suite à l'hôpital. Je veux dire, on l'a emmené ensemble, tous les deux, ou plutôt tous les trois… on a foncé aux urgences.

JH : Edmund, écoutez-moi. Si j'appelle mon ex-femme, alors…

EM : Je ne l'ai pas appelée. Je suis rentré à la maison, et on est allés à l'hôpital.

JH : Maintenant, Edmund. Si j'appelle mon ex-femme, tout de suite, là, alors…

Plusieurs minutes s'écoulent avant qu'Edmund ne reprenne la parole. Il ne me regarde pas.

EM : *Quand* j'appellerai ma femme ce soir, nous parlerons du dîner. Je passerai chercher quelque chose à manger sur le chemin du retour.

JH : Ex-femme, Edmund.

Le patient met fin à l'entretien.

*

Note : Les souvenirs du patient sont devenus sa réalité actuelle, même si certains de ces souvenirs sont confus. Sa mémoire semble s'être arrêtée après la rupture d'anévrisme, bien qu'il semble avoir conscience de son environnement. Le patient ne reconnaît pas son divorce, ce qui vient contredire le diagnostic précédent concernant la stabilité de la mémoire à long terme.

Diagnostic : Dommages cérébraux modérés à sévères produisant confusion mentale, perte de mémoire et délire.

INDÉPENDANCE

Avril 1980 – Octobre 1981

35

Ed se réveille en pensant à Laura, enceinte de Benjamin, elle a dépassé le milieu de la grossesse, en est peut-être à cinq ou six mois. Il doit lui parler, elle devrait être ici dans son lit, avec lui, mais elle n'est pas là, et il a appris que désormais, quand il avait besoin de lui parler, il devait l'appeler, même si tout cela n'a aucun sens, seulement la règle, c'est la règle. Alors il décroche le téléphone. Il est cinq heures et demie du matin.

« Allô ? » La voix de Laura est fatiguée.

« Bonjour, mon rayon de soleil.

— Ed ? » Il l'entend qui se réveille, et il la voit, les couvertures glissent, elle porte une nuisette qui la couvre à peine. « Tout va bien ?

— Oui, oui. Je voulais juste savoir si tu es libre pour déjeuner.

— Ed, tu ne peux pas téléphoner si tôt. On en a déjà parlé.

— Je suis inquiet à propos de Benjamin. » Ed ignore d'où proviennent ces mots, il ne sait pas complètement non plus que ce sont des mensonges. Il sait qu'ils peuvent l'aider à obtenir ce qu'il veut – du temps avec Laura – donc ils lui sont utiles. À quoi servent les mots si on ne peut pas s'en servir ?

Ed entend une voix d'homme derrière. « Tu veux que je lui parle ? » Il a appris que cette voix appartient à un homme qui s'appelle Tim, dont le rôle dans leurs vies lui échappe à cet instant, de si bon matin. Il le savait hier, il avait tout compris. Il se souvient que Penelope lui a expliqué. *Penelope.* Il va l'appeler ensuite.

La voix de Laura résonne à nouveau. « À propos de quoi t'inquiètes-tu ? »

Ed ne sait pas. Il est inquiet ? « On en parlera au déjeuner.

— Ed.

— C'est moi qui t'invite. Chez Dorothy à midi. »

Il va voir Laura et lui raconter son rêve. Était-ce un rêve ? Sûrement. Elle était si près de lui, si proche, et il touchait son ventre et aussi son visage, ce jeune et doux visage dont il était tombé amoureux dans le Michigan, mais il a beau faire revivre son visage, celui-ci change, les lunettes se dissolvent, les cheveux changent, les yeux, la forme et les reliefs du visage, jusqu'à ce que son esprit ne voie plus Laura, mais Penelope, enceinte et belle. Pen ? Il se souvient distinctement de Laura, mais Laura ne reviendra pas, déjà son souvenir s'en va sur la pointe des pieds, elle quitte son donjon, furtive. *Au revoir, jeune Laura.* Non, pas au revoir. Il va déjeuner avec elle, avec Laura, pas avec Pen. Il le dit à haute voix. « Déjeuner avec Laura, pas Pen. Je vois Pen demain. » Ils ont rendez-vous à la bibliothèque.

Il est toujours au lit. S'il reste allongé assez long-temps, les instructions viendront.

« Promène-toi à travers toutes les étapes de la journée, Ed. Simplifie les étapes au maximum, et définis bien chacune d'entre elles dans ta tête. » C'est Martin qui a dit ça. Ce bon vieux Martin, un des rares aides-soignants efficaces dont il dispose. Non, pas un aide-soignant, un thérapeute. Martin est thérapeute. Ils travaillent ensemble à Boulder.

Cela lui paraît presque juste.

Il en reste là.

À son retour chez lui, au début, il a passé des jours entiers à essayer de savoir où faire démarrer les instructions. Se réveiller après avoir dormi ne nécessitait pas de suivre une instruction car c'était inconscient. Son corps se réveillait tout seul, régulièrement, à cinq heures et demie. Et après ? Ouvrir les yeux. Ses instructions comprenaient-elles une description des yeux ? Comment les ouvrir ? Remonter la paupière pour dévoiler le globe oculaire ? Il restait allongé dans son lit à s'interroger, les yeux toujours fermés, avec des taches de couleur qui apparaissaient sur ses iris, les oranges sur les noirs, sur les verts. Quand il serrait très fort les paupières, les couleurs explosaient, devait-il mentionner ces phénomènes dans ses instructions ? Devait-il pratiquer cette action tous les matins en se réveillant ? Un dernier éclat de ténèbres noyées de couleurs avant d'ouvrir les paupières dans la chambre sombre ?

Ouvrir les yeux.

Rouler sur le côté gauche. Ed dort sur le dos.

Ouvrir les yeux.

317

Rouler sur le côté gauche. Passer les jambes par-dessus bord.

Il franchit toutes les étapes et arrive dans sa cuisine. *Ma cuisine !* Gluante de myrtilles – les voilà, pulpe molle et collante, quel désordre par terre. Pete lui a apporté les myrtilles parce que c'est bon pour la santé, Ed n'a pas bien refermé le sac avant de le ranger dans le congélateur à l'envers. Puis le matin est venu (*il y a des semaines ? des jours ?*), il a suivi les instructions qui l'ont conduit à *Se lever, Aller à la cuisine, Préparer le café, Manger quelque chose*, mais il n'y avait rien au sujet du sac de myrtilles ouvert, rangé à l'envers, et même s'il n'a pas été brusque en le prenant dans le congélateur, on aurait dit que tout s'accélérait, une pirouette de danseur, une rotation souple, le sac qui s'ouvre, les myrtilles qui tombent. C'était un sac tout neuf, un gros, avec toutes ces myrtilles – des centaines, des milliers, même – qui se sont déversées à travers la cuisine. Elles se sont amassées sous le rebord de l'évier, ont roulé sous le lave-vaisselle ; elles se sont éparpillées sur le plan de travail, billes bleu-violet, se mêlant aux miettes des petits-déjeuners précédents. Et elles sont toujours là. Ed les voit et il se souvient. Elles sont toujours là, avec le reste de ce qui s'est accumulé.

Il décroche le téléphone. « Pete !

— Merde, Ed, il est super tôt. » La voix de Pete est encore plus ensommeillée que celle de Laura, la langue pâteuse d'avoir bu la veille, Ed en est certain.

« Tu es allé picoler sans moi hier soir ? Avec les gars ? À la Taverne ? Avec des filles partout, pendant que le dîner refroidissait, c'est ça ? » Avant que Pete ait pu répondre, car cela ressemble à une question, toutes sortes d'interrogations s'amassent dans la tête d'Ed, un grand rassemblement se pressant contre une porte, qui soudain craque et s'ouvre de manière inattendue. « Je t'ai parlé des myrtilles ? »

Silence, longue expiration, puis : « Des myrtilles ?

— Je les ai renversées partout dans la cuisine.

— Tu as nettoyé ?

— Oui.

— Alors pourquoi tu m'appelles si tôt ?

— Non. »

Pete est la seule personne qui vient chez Ed, et par moments – comme tout de suite, là – Ed voit sa maison avec les yeux de Pete, la cuisine surchargée de vaisselle, de nourriture, de courrier. Les boîtes de soupe vides occupent une bonne partie du plan de travail : saveur ragoût de chez Dinty Moore ; haricots bacon, crème de champignon, classique à la tomate de chez Campbell's. Dans sa cocotte, des restes du rôti qu'il a préparé pour Pete il y a un mois. Des torchons marron, sales, s'empilent sur le sol incrusté de crasse, qui se fissure par endroits à force d'inondations. Cheveux et miettes sous l'armoire, projections de graisse tachant le plâtre au-dessus de la cuisinière, résidus de sauce tomate, de sauce ranch, de jus de viande, de lait, et maintenant de myrtilles dont le jus s'infiltre dans le linoléum sombre, déjà taché, mêlant le bleu-noir-violet au brun moucheté.

Il devrait savoir quoi faire au sujet des myrtilles renversées, mais les instructions et directives ne viennent pas. Il ne sait par où commencer. Il ne se rappelle même pas pour quelle raison il a sorti ces myrtilles, ni pourquoi il en avait un aussi grand sac chez lui. C'est sans doute Pete qui les a apportées. Oui, c'est ça. Son vieux pote de beuverie qui essaie de lui faire manger une nourriture saine.

« Et une femme de ménage, comme on en a déjà discuté ? lui demande Pete au téléphone.

— Je n'ai pas besoin d'une femme de ménage.

— *Ed !* »

Il va se remettre à utiliser le lave-vaisselle qui n'est pas fixé au mur et qui roule à travers la cuisine sur ses mauvaises roulettes. Il bouge, pareil à un réfrigérateur, un sèche-linge, un grand coffre-fort aux parois épaisses. Il faudra juste qu'il visse un de ces tuyaux au robinet de l'évier, et mette l'autre tuyau dedans pour évacuer l'eau sale. La dernière fois qu'il l'a utilisé, il n'a pas mis le tuyau d'évacuation où il fallait, et il a causé une petite inondation dans la cuisine. C'était la première. Il y en a eu une deuxième, une petite fuite au début – un robinet qui gouttait au fond du meuble fixé sous l'évier, puis le goutte-à-goutte s'est transformé en petit ruisseau, puis en flux plus continu, mais rien de pressant. Cela coulait lentement, un jet d'un centimètre peut-être, sans doute moins, qui disparaissait le long des murs de la cuisine, laissant des lignes brillantes entre le sol et les plinthes. Ce stade-là s'est poursuivi pendant une bonne semaine, puis le tuyau a complètement lâché, le dernier vestige cédant sous la pression, et quand Ed est arrivé dans sa cuisine un matin pour faire son café, une véritable rivière sourdait au pied de son évier.

Il a appelé Pete, et Pete a appelé le plombier qui était déjà venu, et qui n'a pas caché sa colère en entrant. « Mon Dieu. Vous êtes en train de détruire votre maison, vous le savez ? » L'homme s'est avancé en pataugeant parmi le déluge, parlant et criant en même temps, le bas de son pantalon fonçant de plus en plus. « Vous savez que l'eau est l'ennemie numéro un d'une maison ? Elle touche à tout, va partout, et elle fait rouiller ou moisir tout ce qu'elle approche. Merde alors. Mais vous avez même pas pensé à couper l'eau ? » Le plombier s'est agenouillé devant le meuble de l'évier, les bras passés à l'intérieur jusqu'aux épaules, la tête courbée selon un angle inhabituel pour regarder Ed, et puis l'eau a cessé de couler. La dernière vague est sortie du meuble, a fait frémir le lac peu profond de la cuisine, pour s'infiltrer ensuite lentement par ses passages secrets jusqu'au sous-sol, où elle s'est mise à dégouliner dans un concert de glouglous, tombant dans une grande mare, émettant de petits plic-plocs là où elle tombait sur les boîtes de métal, et un froissement à peine audible en se laissant absorber par le tissu d'un canapé pourrissant.

Pete dit : « Je passerai ce soir après le travail pour te donner un coup de main à la cuisine.

— Ce serait super, oui, super. J'achèterai un pack de bières.

— D'accord, Ed. »

Ed raccroche et reprend sa routine matinale : café, cigarettes, les nouvelles du matin. Son fauteuil est là, avec son livre, celui que Pen lui a recommandé à propos des yeux, des yeux bleus, les plus bleus possibles, c'est vrai. C'est dévastateur, sexy, affreux, et il lui en parlera bientôt, demain.

À la télévision, le présentateur du journal évoque

321

une légère augmentation du prix de l'essence, une émeute à Bristol, un scandale à la loterie en Pennsylvanie. Huit militaires américains ont trouvé la mort dans une collision en plein ciel lors d'une mission ratée pour sauver les otages retenus à l'ambassade des États-Unis. Un avion britannique s'est écrasé, les cent quarante-six passagers ont été tués. La gagnante du marathon de Boston a été dénoncée pour tricherie : « Ruiz n'a pas couru la course entière. On pense qu'elle est entrée en lice à huit cents mètres de l'arrivée. »

Ed glousse et déplie la feuille de notes qu'il garde dans son livre. Sous l'en-tête : « Chercher », il écrit : « Rosie Ruiz ». Il verra ce qu'il peut trouver à son sujet lorsqu'il ira à la bibliothèque, ce qu'il peut apprendre de l'histoire de Ruiz, le détail étant un appât dont il use et abuse. « Écoute ça », commencera-t-il, et il racontera à son fils, qui est tellement grand maintenant, qu'on a délivré un passeport à la momie de Ramsès II pour entrer en France, avec en guise de profession : « Roi (décédé) ».

« Tu savais que Mordicus était orange au début ? »

« *Jay* en argot désignait autrefois quelqu'un de stupide, c'est pour ça qu'on a appelé les gens qui ne font pas attention aux panneaux de signalisation des *jaywalkers*. »

« Le seul mot de la langue anglaise dont les lettres sont rangées dans l'ordre alphabétique, c'est le mot *forty*. Le seul ! »

Il racontera tout ça à Laura également, et à Penelope, qui lui apporte ses histoires, elle aussi. La dernière fois qu'ils se sont vus, elle lui a fait part de quelque chose de fascinant. Il l'a noté. Qu'est-ce que c'était, déjà ? Il ouvre le papier, le déplie encore et encore. Voilà : « Chez les moustiques, seules les femelles piquent. »

« Ah ! »

*

Le jour avance tranquillement vers midi. Ed somnole devant la télévision. À onze heures, il ouvre les yeux, fume une cigarette, puis se lève de son fauteuil. « Beau ! appelle-t-il. Il est temps de sortir ! » Pas de bruit de griffes sur le parquet. Il appelle à nouveau, puis il se souvient : Beau vit avec Laura maintenant. Mais Laura vit ici. Il secoue la tête. Laura vit ailleurs. Ils ont pris leurs distances – c'est ça. Elle a cette maison, rue Beattie. Elle reviendra bientôt.

Il est toujours en robe de chambre, mais il est temps de s'habiller. Le pantalon de la veille est en bouchon près du lit, les jambes en accordéon, l'une par-dessus l'autre. Au sommet de tout le fatras accumulé par terre, par-dessus des feuilles d'essuie-tout souillées, des magazines porno, des assiettes, des couverts, des livres, du courrier et d'autres vêtements sales. Il aurait dû le laisser sur la commode, ou posé sur une chaise. Se baisser pour le ramasser est difficile. Il s'assied au bord du lit pour faire passer sa jambe gauche, raide, têtue, et ses orteils se coincent dans le pli du genou, le tissu semble refermé sur lui-même. Il se débat et le pantalon se remet droit. Son pied passe, et émerge à l'air libre, à l'autre bout. Avec la jambe droite, ça va plus vite.

Il boutonne mal sa chemise, les deux pans ne sont pas de la même longueur en bas, le côté gauche est plus court, mais ça ne se voit pas quand il la rentre dans son pantalon. Il ne porte pas de maillot de corps sous sa chemise. L'épaisse toison de sa poitrine déborde de son col. Comme sa barbe et ses cheveux, elle est à présent grise pour l'essentiel. Il trouve que ça lui donne l'air digne.

En reculant, il heurte la poubelle, ajoute une marque blanche sur le plastique sans éclat. Il a laissé des traces à travers toute la ville, sa voiture est constellée d'éraflures. Il essaie de se souvenir d'où elles viennent, mais ces moments-là restent aussi flous dans sa tête que les instructions à propos des myrtilles.

Ce n'est pas loin pour aller chez Dorothy. Naguère il s'y rendait facilement à pied, mais la pente est raide à présent, et la remonter est difficile. Il n'en est plus capable. Il se rend partout en voiture désormais.

Il pourrait demander un autocollant de handicapé pour l'afficher sur sa voiture, mais il n'en veut pas. Il n'ira pas se garer dans les espaces réservés et n'acceptera jamais qu'on lui fasse la charité. Les handicapés, ce n'est pas pour lui ; il ne fait pas partie de leur monde. Cette définition-là est bien claire dans sa tête. Elle n'est ni floue, ni vacillante et n'a pas besoin d'être écrite. Il la *connaît*. Autant qu'il connaît son fils, Benjamin, sa femme, Laura, et son propre nom.

Ex-femme.

Il arrive au restaurant avec vingt minutes d'avance et commande un demi. « N'importe quoi qui soit froid. »

La serveuse se met à rire et lui tapote l'épaule.

« Je t'apporte ça, Ed. » Il devrait connaître son nom – il le connaissait auparavant – mais il l'a oublié. Elle travaille là depuis des années.

Il allume une cigarette et farfouille parmi les sachets de sucre.

Sa bière arrive « Tu as rendez-vous avec Pete ?

— Non. Laura. Elle sera là à midi.

— Je reviendrai alors. »

D'habitude, il mange chez Dorothy avec Pete et Benjamin, son fils, et parfois ces salopards de sénateurs auxquels il essaie chaque fois de soutirer des crédits. Avant, il venait toujours en tête à tête avec Laura. C'est là qu'ils ont pris leur premier repas à Helena, ils ont commandé des steaks, épais et saignants, des pommes de terre au four, de la bière, et encore de la bière, puis ils sont retournés dans leur maison sur la Troisième Rue et ils ont fait l'amour.

Il est doué pour passer le temps, ou plutôt pour laisser le temps glisser sur lui. Les minutes refluent, se rassemblent en tourbillonnant, puis déferlent, par minutes, puis heures, jours, mois. Le temps passe tandis qu'Ed sirote son café, sa bière, qu'il fume ses cigarettes, prend ses repas, pince et tire sur le tissu de son pantalon. Son cerveau ne cesse de compter les secondes, de les marquer dans des replis et battements de tambours. Il était jeune – quarante ans –, à peine un cheveu blanc sur la tête, et puis il était vieux. C'est arrivé entre le moment où il s'est assis seul chez Dorothy et celui où il a vu Laura entrer. Tout s'est passé très vite.

Il se lève avec maladresse. « Bonjour, ma belle.

325

— Salut, Ed. » Laura s'assoit en face de lui. « Je n'ai pas beaucoup de temps.

— On va commander en vitesse alors », dit-il en riant.

Elle prend une salade, et lui un hamburger avec des frites et de la sauce ranch.

« Pourquoi est-ce qu'on déjeune ensemble, Ed ?

— De vieux amis peuvent quand même déjeuner ensemble, non ?

— Tu as dit que tu étais inquiet pour Benjy. »

Il a dit ça ? Il ne se souvient pas d'avoir dit qu'il était inquiet pour Ben. Il ne se souvient ni de l'avoir dit, ni de l'avoir ressenti. Ben va bien. Il construit des tours en Lego et grimpe aux arbres.

« Ed ? »

Il cherche : *inquiet*.

« C'était juste un prétexte pour qu'on déjeune ensemble ? »

Inquiet.

« Ed, tu ne peux pas continuer à te comporter comme ça. »

Inquiet. Ed tripote l'intérieur de sa poche, le tissu entre ses doigts.

« Ed. » Sa voix est plus basse, plus grave et plus calme. « Ed, Lynn voudrait savoir si tu veux une autre bière. »

La serveuse est là. *Lynn.* C'est ça, elle s'appelle Lynn. Et surtout, il y a son corps. Qui était dans son lit, il s'en souvient, nu et magnifique. « Oui, dit-il. Oui, madame. » Il a trouvé le morceau qui manquait. Il a cherché, et il a trouvé. La recherche est terminée. Le voilà de retour, dans son restaurant préféré, avec sa magnifique épouse, sa voix si belle qui chantait autour du feu de camp, dans le salon, dans la chambre d'enfant de Ben, les berceuses qui l'endormaient. La belle Laura. Ils passent leur déjeuner à discuter du temps et du prix de l'essence, elle lui parle de la cuisine qu'elle est en train de refaire avec son mari, Tim, et Ed voit la cuisine de la maison de la Troisième Rue changer sous ses mots, se transformer en île avec de nouveaux plans de travail, un réfrigérateur avec de l'eau et de la glace dans la porte, un tiroir transparent pour les aromates.

Leur repas terminé, Ed paie en liquide, insiste jusqu'à ce que Laura accepte, et ils retournent ensemble au parking, lentement, d'un pas tranquille, ils prennent tout leur temps.

« Même heure la semaine prochaine ?

— Non, Ed. » Laura referme la portière de sa voiture à lui et ses doigts pianotent sur la vitre en guise d'au revoir. Il aurait dû la ramener à sa voiture, plutôt, songe-t-il en démarrant, comme un gentleman. *La semaine prochaine.* Il le fera la semaine prochaine.

36

Laura

À nouveau, je suis réveillée trop tôt par le téléphone, à l'autre bout du fil, la voix d'Ed qui me chante : « Bonjour, ma belle. »

Je dois rester incrédule. C'est mon nouveau rôle, tout le monde est d'accord là-dessus.

« Il faut le remettre sur de nouveaux rails, Laura », disent Pete, Bonnie et Tim. « Tu ne peux le conforter dans cette manière de se comporter. »

Mais je ne suis pas d'accord. Que puis-je faire pour ce nouvel Ed, à part répondre à ses appels matinaux ?

Je prononce son nom avec exaspération, malgré tout, et je fais exprès de lever les yeux au ciel en regardant Tim lorsqu'il se redresse et se retourne vers sa lampe de chevet. « Il est cinq heures et demie, lui dis-je avec reproche. Je t'ai dit mille fois de ne pas appeler aussi tôt. Est-ce qu'il faut que je change de numéro de téléphone ?

— Si tu le faisais, je finirais par le trouver. Retrouve-moi pour déjeuner. »

Tim me fait signe de raccrocher.

« Je ne peux pas, Ed. Je travaille toute la journée à la galerie. » J'ai commencé à exposer mes œuvres dans une petite galerie en ville, où je suis présente plusieurs jours par semaine aux heures ouvrables.

« Je t'apporte à déjeuner, alors ! »

Tim secoue la tête. J'ai parlé trop vite, j'ai révélé mon programme à Ed, j'ai le cerveau encore endormi. Je ne suis pas censée lui dire où je suis. « Non, Ed. »

Tim prend le téléphone et je ravale mon ressentiment comme toujours. Il est ferme et gentil, et *juste*, ainsi qu'il me le rappelle. *Cette situation n'est bonne pour personne.* « Ed ? C'est Tim. Écoute, tu ne peux pas appeler aussi tôt le matin. Et Laura doit travailler aujourd'hui, donc tu ne peux pas venir à la galerie, tu comprends ? Tu veux qu'on déjeune ensemble ? J'aimerais beaucoup avoir de tes nouvelles. »

Je me rallonge, la tête sur mon oreiller, éprouvant un plaisir enfantin à l'idée de ce qu'Ed répond à Tim en voyant son expression déconfite. Ed ne veut pas déjeuner avec Tim. Ed ignore Tim, il oublie son existence, et quand il réussit à se souvenir de lui, à le replacer dans son rôle de mari, alors il le méprise.

« Très bien, Ed, pas de problème, mais tu ne peux pas déranger Laura aujourd'hui non plus. » Tim lui dit au revoir et passe le bras par-dessus moi pour raccrocher. « Il faut qu'on change de côté. Pour que je puisse filtrer les appels.

— Tu ne devrais pas lui proposer de déjeuner avec toi.

— Pourquoi pas ? Je sais qu'il a vécu des choses difficiles, mais je pense avoir le droit de lui dire en face de ne pas appeler ma femme à cinq heures du matin.

— Et tu le fais pour moi ou pour toi ? »

329

Il m'a posé la même question à de nombreuses reprises. *Tu fais ça pour toi ou pour lui, Laura ?*

Nous sommes face à face au lit, il pose sa main sur mon visage. Cette main calleuse qui m'a ravie la première fois que j'ai vu Tim. La main de mon pompier d'autrefois. La main de mon bâtisseur d'aujourd'hui. La main de tout ce qui n'est pas Ed.

« Pour nous, Laura, et pour nos garçons. »

Il n'a jamais parlé de Benjy comme de son fils, et je suis à la fois heureuse de cet investissement, et furieuse de l'usurpation du rôle du père de Benjy.

« Le rôle que je joue dans la vie d'Ed ne fait aucun mal aux garçons. »

La main de Tim glisse sur mon épaule, ses lèvres se posent dans mon cou. « Ça ne les aide pas non plus », murmure-t-il, et je voudrais me mettre en colère, mais il m'embrasse, sa main se glisse sous ma chemise de nuit, cette main calleuse sur ma peau. Mes cheveux sont tout emmêlés, nous avons mauvaise haleine, mais il est rude et beau et, en cet instant, au petit matin, il n'est pas ennuyeux.

Au moment où Tim vient sur moi, je me souviens de la façon dont je faisais l'amour avec Ed le matin, et je m'en veux. J'entends aussi sa voix au téléphone. « Bonjour, ma belle. » Mais je ne peux me soustraire au désir d'attirer son attention, et je canalise tout dans ce moment avec Tim. Je couche avec les deux à la fois : Tim, qui n'a jamais cessé de me voir et Ed, qui me voit seulement maintenant, quand il lui reste si peu de chose à voir.

*

À midi, un couple de gens riches de Santa Fe examine la salle du fond où sont accrochées plusieurs de mes toiles. Je me suis présentée de façon tranquille et modeste : « Je ne suis en aucun cas professionnelle. Mais j'ai toujours adoré peindre.

— Oh, chérie, dit la dame, votre travail est *incroyable*. »

L'éloge est trop généreux, mais cela me réchauffe le cœur.

Enfin, mes œuvres reflètent cet endroit, mais seulement ses aspects négatifs. Le sol brûlé du deuxième étage à Boulder, les cicatrices jaunes laissées par les mines, de longues files de wagons de marchandises couverts de graffitis, des rouleaux de barbelés rouillés.

Je leur laisse tout l'espace nécessaire pour prendre leur décision, et c'est à ce moment-là qu'Ed arrive, une boîte en polystyrène entre les mains.

« J'ai pris un Reuben pour deux, au Gold Bar. » Il ouvre la boîte et je découvre un gros sandwich, un tas de frites bien grasses et de pauvres pickles. Le Gold Bar prépare de bons Reuben, même si je n'en mange plus très souvent. Ça a toujours été le sandwich préféré d'Ed.

La boîte en polystyrène répand son odeur dans toute la galerie, chassant la fragrance des bougies sauge et lavande le grand chic du Montana – que j'allume chaque fois que je travaille ici. Le couple de Santa Fe n'a pas à être incommodé par des relents de graillon.

« Je ne mange pas dans la galerie, Ed, et j'ai des clients.

— J'emmène tout ça dans ton bureau. » Et déjà il

en prend la direction en me criant – trop fort – par-dessus son épaule : « Je t'en garde la moitié. »

J'observe sa démarche asymétrique – sa jambe gauche se soulève et se jette en avant, chaque pas est un mouvement de balancier, de même que quand on tape dans une balle de golf, plein de concentration, direction, objectif. Il soulève son pied, le tire vers le côté, puis lance tout le membre en avant. Il devrait utiliser sa canne.

Il passe à côté du couple.

Je t'en supplie, ne leur adresse pas la parole.

Il s'arrête et se penche – je me crispe en songeant à son haleine chaude de fumeur qui oublie de se laver les dents. « Cette femme-là est brillante, vous savez. Si je pouvais, j'achèterais toutes ses toiles.

— Nous sommes d'accord avec vous ! » La femme se penche vers Ed, intriguée. « Qu'est-ce que ça sent bon !

— Si vous cherchez un endroit pour bien manger, le Gold Bar, un peu plus bas, propose un déjeuner d'enfer. C'est pas chic comme ici, mais c'est très bon.

— Oh, Lester, quelle bonne idée ! Le Gold Bar ! Il faut qu'on y aille. »

Je regarde la scène avec horreur. Puis amusement. Puis ressentiment. Puis gratitude. Cet Ed-là est un étranger, merveilleux et répugnant.

Il abandonne le couple et va s'enfermer dans mon bureau. Je sais qu'il va maculer mes factures et mes bons de commande sur le bureau, mettre du ketchup et du gras partout.

Le couple revient vers moi, le visage de la femme

tout illuminé. « Que cet homme est gentil. Expose-t-il aussi son travail ici ?

— Ce n'est pas un artiste.

— Ah ? il en a pourtant la personnalité ! » La femme prend le bras de son mari. « Nous allons vous prendre trois tableaux, ma chère. *Coupling*, *Twine* et *Ghosts*. Je suis également tombée amoureuse de *February*, mais je ne crois pas que nous ayons la place dans la voiture. Je vous demanderai peut-être de me le faire envoyer quand je serai rentrée. »

C'est ma plus grosse vente et ils doivent voir la surprise se peindre sur mon visage.

« Oh, ma chère, vous allez devenir une star ! »

C'est tellement gentil et tellement loin de la vérité. Ma main tremble en prenant le chèque que me tend cet homme, et j'ai envie de serrer la femme dans mes bras, mais elle ne s'approche pas. Je leur tiens la porte lorsqu'ils emportent à leur voiture les toiles enveloppées avec soin dans du papier kraft.

« Où se trouve le Gold Bar qu'a mentionné votre ami ?

— Deux rues plus bas, à gauche. Vous ne pouvez pas le rater.

— Formidable. Merci encore, ma chère. »

Ma plus grosse vente, et maintenant, mes bienfaiteurs s'en vont au Gold Bar, sur la recommandation d'Ed. C'est affreux comme je suis heureuse.

Nous avons aussi un bar très correct à l'arrière de la galerie, avec tout ce qui reste après chaque réception, et je sors une bouteille de Jameson à moitié entamée pour la montrer à Ed.

« Ah, très bien ! »

Je nous sers deux doigts de whiskey dans des mugs, et je m'installe sur l'autre chaise, face à lui. Ainsi que je m'en doutais, mes papiers sont couverts de nourriture, et la barbe d'Ed est constellée de sauce et de quelques morceaux de choucroute. Mais il n'a pas touché à ma moitié du sandwich, ce qui me fait presque venir les larmes aux yeux. Il n'a jamais été du genre à partager sa nourriture.

Je lève mon mug et nous trinquons. « J'ai vendu trois toiles, Ed. La plus grosse vente de ma carrière. Et tu m'as aidée.

— Nan, j'ai rien fait. C'est toi, Laura. Je t'ai pas dit que tu étais incroyable ? Qu'on allait emménager ici, et que tu aurais le temps et l'espace pour te consacrer tout entière à ton art ? Et voilà, tu es… célèbre. » Il rayonne d'un grand sourire, rouge d'orgueil.

37

Laura

Pete et Bonnie sont à la maison. Nous venons de finir de dîner et le murmure de la télévision nous parvient depuis le sous-sol, les voix, puis les rires des garçons. La baie vitrée renvoie le reflet de Bonnie et Pete de dos, il fait déjà nuit, les jours raccourcissent. De l'autre côté, ma cour, mon jardin, mon patio. Mon mari fait la vaisselle, et je bavarde avec mes amis tandis que mes enfants s'amusent au sous-sol. C'est trop facile, et je sais à voir le visage de Pete et Bonnie qu'ils s'apprêtent à faire voler en éclats ce moment d'harmonie, aussi je prends une gorgée de vin et je ferme les yeux en me disant qu'il faut apprécier ce moment. Il n'y a pas de mal à se faire du bien.

Pourtant, j'ai hâte de savoir ce qu'ils ont à m'annoncer.

« Pete pense qu'il est temps de placer Ed dans une institution », crache Bonnie avant de prendre son verre de vin, qu'elle boit comme si c'était de l'eau.

« Mais sa mémoire ne cesse de progresser, dis-je. Il est beaucoup moins confus qu'à son retour chez lui.

— Tu es moins présente que moi auprès de lui, dit Pete. La maison est dans un état qui échappe à tout contrôle. Il y a les dégâts causés par l'eau, mais le pire, c'est le désordre au quotidien. Il y a des aliments qui pourrissent partout, des vêtements sales, des poubelles. Tu as raison, sa mémoire fait des progrès, mais ce sont des progrès épars. Et le reste est en déclin. » Pete se frotte les yeux, il se cache derrière ses mains. « Je crois que nous avons été trop optimistes.

— Tu penses que nous avons eu tort de le faire revenir chez lui ? »

Ni Pete ni Bonnie ne répondent, mais leurs visages sont éloquents : Ed n'aurait jamais dû être autorisé à rentrer à la maison.

« Il t'écoute encore, ma chérie, dit Bonnie.

— C'est vous qui m'avez dit de m'éloigner de lui ! » réponds-je en plaisantant, mais je veux le ressentir, leur retournement.

« En fait, ça n'a jamais été vraiment le cas », reprend-elle en jetant par-dessus mon épaule un regard à Tim, absorbé dans son monde, à la cuisine. « Tu le vois une fois par semaine.

— Il vient à la galerie.

— Tout ça n'a aucune importance », dit Pete. Il paraît fatigué, toute la joie de cette soirée a reflué en lui. Quand je pense à Ed, la plupart du temps, je pense à nous deux, mais à présent je songe à Pete, l'ami devenu soignant, et je comprends combien cela doit être dur pour lui aussi. Ed était son meilleur ami, son collègue, son copain de beuverie, et à présent, c'est lui qui s'en occupe, un patient de plus sur les bras.

Je ne suis entrée que de rares fois dans la maison depuis qu'Ed est retourné chez lui, le plus récemment un jour où Pete s'est absenté et qu'Ed a eu peur d'avoir laissé le gaz allumé, il s'en est souvenu à mi-chemin de Bozeman, à une aire de repos pour les routiers. Il fait des virées en voiture, ce nouvel Ed, il conduit loin, sans but précis. J'ai découvert la maison dans un état choquant, triste, bouleversant, je l'ai arpentée comme une anthropologue à travers une cité perdue, notant que les lieux étaient manifestement habités, et puis cette accumulation d'objets. Des torchons là où il s'est branlé près du fauteuil, plus nombreux autour du lit, des cassettes vidéo porno, les emballages d'expédition éparpillés à travers le salon, les cassettes empilées sur le magnétoscope. *Nicole se fait niquer*, près du *Parrain*, à côté de *Gros Nichons*, posé sur *Les Dents de la mer*. Cendriers qui débordent, mégots renversés par terre, brûlures sur le parquet. L'assiette posée sur la table d'appoint est recouverte de papier-alu, couche après couche, pour avoir une nouvelle surface à chaque repas. J'avais besoin d'aller aux toilettes, mais je n'ai pu m'y résoudre, pas en voyant le reste de la maison dans cet état.

Punaisé au mur près de son bureau, un poème de Dylan Thomas.

Et des livres partout.

Sa guitare près du poêle à bois.

Je retrouve des vestiges de l'Ed d'autrefois, et je suis sûre qu'une partie de lui sait à quel point la maison est en triste état. C'est cette partie qui tolère uniquement Pete à l'intérieur, Pete qui a vu pire à Boulder, Pete, le seul à pouvoir comprendre.

Mais Pete ne veut plus comprendre, et je sais qu'Ed va se sentir trahi le jour où son vieil ami viendra lui dire qu'il a l'intention de le placer dans un établissement, loin de sa maison. Ed n'acceptera jamais de vivre dans un endroit de ce genre. Je le sais parfaitement. Si j'ai appris quelque chose au sujet d'Edmund Malinowski, c'est bien cela. Il demeurera indépendant jusqu'à sa mort.

« Tu ne parviendras jamais à le faire déménager », dis-je en cherchant au fond de mon sac les cigarettes que je me suis remise à acheter et à fumer en toute liberté.

Depuis l'évier, sans se retourner, Tim demande : « Dehors, s'il te plaît. »

Je ne sors pas.

« Passe-m'en une. »

Je donne une cigarette à Bonnie, la lui allume. Puis j'en propose une à Pete, qui secoue la tête. « Dans la maison d'un autre homme, je respecte ses règles.

— Peut-être que tu pourrais parler à Ed ? reprend Bonnie à travers la fumée. Si tout le monde lui tient le même discours, peut-être qu'on arrivera à le convaincre. »

Je lui souris, à elle, puis à Pete. Je vois le reflet de Tim qui s'essuie les mains dans la baie vitrée. Je sais qu'il n'est pas content de moi, mais je sais qu'il ne me demandera pas de sortir puisque Bonnie fume également. Jamais il n'oserait se quereller avec moi devant des invités, même pas mes plus vieux amis, cadeau de mon ex-mari.

« D'accord, je parlerai à Ed, mais je vous préviens : il n'acceptera jamais. »

*

Ed me demande de le retrouver à la bibliothèque, une première. Je sais que Penelope travaille là-bas. Je la vois de temps en temps quand j'y amène les garçons. J'imaginais en effet qu'ils se voyaient, mais le nouvel Ed sait qu'il ne doit pas me parler d'elle, et la plupart du temps, je parviens à faire semblant qu'elle n'existe pas.

Le nouvel Ed oublie également des choses, et je les trouve tous les deux au fond de la section 900, assis dans de profonds fauteuils, des livres ouverts sur les genoux. La jalousie remonte en moi, riche et furieuse, comme autrefois à Boulder. J'ai presque envie de lui faire une scène. *Tu l'as voulu, Penelope, eh bien, ça y est. Il est tout à toi maintenant. Le grand Edmund Malinowski. Félicitations.*

Je ravale tout ça, et je les interromps d'un tranquille : « Pardon ? »

Ed met du temps à lever la tête et à me reconnaître. Alors, il blêmit, et il se lance immédiatement dans un flot d'excuses. « Ce n'est pas ce que tu crois, Laura. Il ne se passe rien entre nous. Tout ça, c'est du passé, je te promets. On ne fait que travailler ensemble, pas vrai, Pen ? Elle m'assiste au bureau. Je l'aide avec son club de lecture. On essaie différents textes pour voir si ça marchera avec un groupe plus important. J'aurais dû t'appeler pour te dire que j'allais être en retard…

— Ed. » Penelope pose la main sur son bras, et il se tait aussi vite qu'il s'était mis à parler.

Autour de nous, la bibliothèque est plongée dans le silence.

Ed regarde ses genoux, petit garçon pris sur le fait. Coupable.

La seule autre fois où nous nous sommes retrouvés tous les trois dans la même pièce, c'était dans le bureau d'Ed, à Boulder. Il affichait exactement la même expression. Hier comme aujourd'hui. Sa relation avec Penelope n'a jamais été anodine.

Je devrais les laisser retourner à leur club de lecture. C'est bon pour Ed.

Mais la jeune fille qui a participé à la ruine de mon mariage est assise devant moi, la main posée sur le bras de mon ex-mari. Et ce n'est plus une jeune fille.

« On parle de quel moment du passé, là ? » je lui demande.

Penelope prononce alors mon nom. Si elle me prend le bras, je la gifle.

« Allez, Pen. Je crois que j'ai le droit de savoir pendant combien de temps vous avez baisé, tous les deux. Ce n'est que justice, tu ne crois pas ? C'est vrai, de l'eau a passé sous les ponts, vous allez bien tous les deux, c'est évident, et moi je me suis remariée, mais fais-moi rire, pour voir. Ça a duré pendant des mois ? Des années ? J'aimerais vraiment savoir quand ça a commencé, juste pour être au clair, naturellement. »

Ed a toujours les yeux baissés sur ses genoux, Penelope se lève d'un bond et s'en va, furieuse. « Venez avec moi, Laura. »

J'hésite, mais ma curiosité est plus forte que mon indignation, et je la suis dans les bureaux de l'administration. Quelque part en moi, j'espère qu'on va se battre, une bonne bagarre en pleine bibliothèque. On repartira avec des lèvres tuméfiées et des éraflures, des touffes de cheveux arrachées.

Mais elle s'appuie contre le bureau et soupire.

« J'étais amoureuse de votre mari. Vous avez raison. Mais il ne s'est jamais rien passé. Je l'ai embrassé une fois, et il m'a repoussée. Ensuite, il m'a fait quitter l'hôpital. J'ai arrêté de prendre mes médicaments en espérant qu'on me renverrait à Boulder, pour être à nouveau près de lui, mais à la place, je me suis mise à faire crise sur crise, et j'ai atterri à Great Falls, dans le service du Dr Wong, qui m'a réellement sauvée. J'étais tellement persuadée que ce serait Ed, mon sauveur. Je sais qu'il est venu me voir quand j'étais là-bas. Je sais qu'il a raté la naissance de votre fils. Je ne me souviens pas de l'avoir vu alors. Je me souviens de lui à Boulder, puis ici, à la bibliothèque, lorsqu'il est venu me voir, après votre séparation. »

Il est retourné la voir. Ça fait plus mal que ça ne devrait.

« Il y avait encore alors une part de moi qui était amoureuse, bien sûr. Mais une plus grande part qui le haïssait. Vous considérez que je suis la méchante, naturellement, mais j'étais enfermée dans un asile pour personnes retardées, des personnes qui ne savaient pas s'alimenter toutes seules, ni s'habiller, des personnes incapables de parler. Je suivais des cours pour apprendre à nouer mes lacets. On m'a envoyée suivre l'entraînement pour aller seule aux toilettes. À l'opposé de tout ça, j'avais l'attention de mon beau docteur. Il était tout ce que j'avais. Je suis désolée si j'ai contribué à détruire votre couple, mais je le suis plus encore en pensant aux conséquences que cela a eues sur moi. Il était tout pour moi, et il m'a fallu si longtemps pour pouvoir accepter quelqu'un d'autre dans ma vie.

— Vous n'avez jamais couché ensemble ?

— Jamais. Mais je ne sais pas si cela aurait vraiment changé quelque chose. »

Elle a raison. C'était une liaison, qu'ils aient ou pas fait l'amour. Une liaison entre un médecin adulte et sa patiente adolescente.

Pourtant, je suis soulagée.

« Pourquoi l'aides-tu à présent ? » lui demandé-je.

Elle regarde le mur morne de son petit bureau derrière moi. Il est froid, sans ornement. Vide, j'imagine.

« Parce que ce serait pire si je ne le faisais pas. » Nos regards se croisent, et il est clair qu'elle ne me dira rien d'autre. Elle se dirige vers la porte. « Vous vouliez lui parler ? Je peux vous laisser quelques minutes. »

Je voudrais lui dire autre chose. Qu'elle n'est pas la méchante dans l'histoire, mais qu'elle n'est pas non plus l'héroïne. Je voudrais lui dire ce que ce fut pour moi d'entrer dans le bureau d'Ed et de sentir cette énergie entre eux. Aussi néfaste qu'elle soit, elle était vraie et puissante. Je voudrais lui hurler dessus et puis la remercier. Je voudrais l'accuser et puis lui pardonner. Ce n'est pas à cause d'elle seulement qu'Ed et moi avons divorcé, mais elle a influé sur le cours des choses, et je lui en sais gré. C'est affreux, pourtant c'est la vérité : notre couple ne fonctionnait pas, et ce serait pire d'être sa femme aujourd'hui. Et bien plus difficile de partir.

Ed somnole là où nous l'avons laissé.

« Ed, dis-je gentiment. Ed, réveille-toi. »

Il relève la tête, cligne, nous adresse un grand sourire. « Salut beauté, quel régal ! » Il regarde autour de lui, souriant malgré sa confusion. « On dirait que nous ne sommes pas au bon endroit, hein ? On devrait être chez Dorothy, à s'envoyer quelques verres.

— Tu es déjà occupé ici. » Je me dis qu'il vaut mieux ne pas mentionner le nom de Penelope, je ne veux pas le désorienter encore davantage. « Il faut que je te parle de quelque chose en vitesse. »

Son sourire grandit encore. « Je savais que ça arriverait, Laura. La maison est prête pour toi. Exactement telle que tu l'as laissée. » Nous sommes de retour chez Dorothy, ce jour où je lui ai parlé de Charlie. Il est certain que je vais lui revenir. La plupart du temps, il ne sait même pas que je suis partie.

Je ne peux pas évoquer l'idée d'aller vivre dans un établissement. Il n'y a aucune place pour cette information dans sa tête.

« Très bien, Ed », dis-je en le laissant continuer à croire à cette histoire le temps que Penelope revienne. Je tapote le livre ouvert sur ses genoux. « Tu ferais mieux de t'y remettre, chéri. On reviendra sur tout ça plus tard.

— Je t'emmènerai manger dehors.

— Très bien, Ed. »

Je l'embrasse sur la joue et quand je me retourne, au bout de l'allée, il est penché sur son livre, affichant une austère concentration.

Penelope feuillette des papiers à l'accueil. « Il est tout à toi », dis-je en passant, même si ce n'est pas vrai. Il est à nous. Ensemble, nous sommes les parents dysfonctionnels d'Ed – je suis celle qui est partie mener une nouvelle vie confortable, confiant notre enfant et ses besoins aux soins de la plus faible du couple parental, qui déjà traîne à quelques pas de distance, plombée par les propres défis qu'elle-même doit relever.

Nous connaissons le succès et l'échec.

Et ni l'une ni l'autre nous n'enverrons Ed à l'asile.

38

Laura

Cette réception est la plus chic qui ait jamais eu lieu à la galerie, et c'est en grande partie grâce à Bonnie qui a participé aux préparatifs. « On va utiliser de vrais verres, Laura. Pas ces affreux gobelets en plastique que tu sors pour les gens de moindre importance. Et Pete insiste pour amener Ed, mais moi je vais te le dire tout net, je ne comprends pas que tu l'aies invité. *Or*, puisque tu l'as fait malgré tout, je veux t'informer que je ne jouerai pas les baby-sitters. C'est la grande soirée de ma meilleure amie, et je ne vais pas la passer à surveiller ton ex-mari. »

Bonnie me parle rarement d'Ed, mais lorsqu'elle le fait, les mots sont amers et remplis de colère. « C'est pareil que d'avoir un troisième enfant géant. Pete passe son temps là-bas, il s'occupe de lui », m'a-t-elle confié la dernière fois qu'elle est venue. Nous étions seules, à boire du vin et à fumer. « Je suis désolée, je ne devrais pas te dire ça, mais Dieu merci, tu es partie quand il était encore temps. Tu imagines si tu étais encore mariée avec lui ? Dans l'état où il est ? »

Oui je l'imagine. Souvent.

« S'il te plaît, ai-je dit à Ed au téléphone ce matin,

prends une douche. Et habille-toi correctement. Ce sera une réception élégante.

— Tout ce que tu voudras, mon amour. »

Je ne le reprends pas sur ces termes affectueux. Il y a tant de lui dans mes nouvelles séries. Qu'il se prenne donc pour mon mari pendant une soirée.

J'ai donné une carte à George, au supermarché. « C'est comme notre atelier d'art, tu te rappelles ?

— Oui ! Ma. Dame. Lau. Rau ! Oui ! »

George se débrouille toujours aussi bien. J'ai remarqué les petites mèches grises au-dessus de son oreille la dernière fois, et cela paraît injuste. Je ne peux l'imaginer se racornir et se transformer en vieil homme à la peau ridée, au dos courbé. Sa jeunesse est la force qu'il lance à la face de l'adversité.

Mes bienfaiteurs de Santa Fe m'ont assuré qu'ils viendraient.

« Ça va être un énorme succès », me promet Bonnie. Elle a déjà commencé à boire.

Avec le début de la soirée arrivent les premiers visiteurs – des inconnus qui ont vu une affiche quelque part.

« Bienvenue ! s'exclame Bonnie, qui joue les hôtesses. Voici l'artiste. » Elle pose la main sur mon bras. « Elle sera heureuse de répondre à vos questions. » Ils prennent un verre de vin, une assiette de nourriture, et se mettent à déambuler le long des murs. D'autres personnes arrivent avant que j'aie eu le temps de parler aux premières, flot ininterrompu, jusqu'à ce que la galerie soit remplie.

George apparaît, flanqué de ses parents, et tous les

trois me serrent dans leurs bras. De derrière son dos, George sort une toile.

« C'est pour moi ? » je lui demande, et il hoche la tête en souriant de toutes ses dents, généreux.

« Toi, dit-il en pointant vers mon cou. La-Rau. »

C'est un peu abstrait, mais c'est un portrait, et l'on me reconnaît.

« Merci, George.

— Il n'a pas cessé d'y travailler depuis qu'il a reçu votre invitation, me dit sa mère.

— Voilà ma chérie ! » La voix d'Ed nous sépare brusquement, George sursaute et fait un petit bond en arrière, serrant toujours son tableau. Ed s'approche et me prend dans ses bras, il est trop confiant, et son geste trop intime. Je croise le regard de Tim, à l'autre bout de la salle. *Tu veux de l'aide ?* lis-je sur ses lèvres, et je secoue la tête, repoussant Ed à une distance raisonnable. Je remarque qu'il s'est peigné, parfumé et qu'il porte un costume. Il est élégant, comme je le lui ai demandé, et il sent bon, ce qui n'est pas arrivé depuis des années.

« Ed, tu te souviens de George et de ses parents ? »

Je vois la question s'étendre à travers son visage, je le vois s'interroger. J'imagine son cerveau, un tunnel poussiéreux, chaque question est une torche qu'il faut rallumer, pour illuminer les recoins sombres, ressortir des squelettes poussiéreux. Son sourire montre que quelque chose se ranime, les muscles poussent, des silhouettes s'étoffent et se remettent en branle.

« George ! s'écrie-t-il en lui tendant la main. Bien sûr ! Comment vas-tu, mon vieux ? »

J'ignore s'il le reconnaît réellement. Sur les traits de

347

George, on lit la terreur et la confusion. Je lui prends le tableau des mains, pour qu'il puisse serrer celle d'Ed, habitude sociale profondément ancrée.

« Doc. Teur. Ed ?

— C'est ça, George, lui dit sa mère. Ton ancien médecin à Boulder. » Elle se tourne vers Ed. « Vous étiez si merveilleux avec George. En dehors de l'atelier de Laura, le temps qu'il passait avec vous est ce qui lui a le plus manqué après sa sortie. Nous n'oublierons jamais ce que vous avez fait pour notre fils. »

Le père de George lui serre ensuite la main, et j'avise le sourire figé d'Ed. Il ne se les rappelle pas.

« C'est si bon de vous voir tous les deux, dit la mère en emmenant ses hommes plus loin.

— Merci pour le tableau, George ! lui crié-je.

— De. Rien. » George se retourne et me sourit, la confusion créée par la rencontre avec son ancien médecin chassée par mes remerciements. Heureusement. J'essaie de visualiser George et Ed ensemble, partageant le même flottement, tous deux ont lâché les amarres et se retrouvent dans une mer profonde de papiers jamais remplis, de souvenirs, de noms, de connaissances qui tourbillonnent ensemble. C'est Ed qui a tendu la main à George, l'a ramené au bord, lui a redonné un lieu où s'amarrer, où reprendre son souffle. Mais aujourd'hui, ensemble, ils se noieraient, j'en suis certaine, chacun poussant sans s'en rendre compte l'autre sous l'eau en s'appuyant sur lui, pour avaler encore une gorgée d'air frais.

Ed ne peut plus sauver personne.

« Je vais te chercher un verre, ma belle ?

— Très bonne idée, Ed. »

Je le vois s'approcher du bar en boitant, souriant à tout le monde, toujours capable de charmer son entourage. La nourriture l'attire, c'est évident, mais il prend deux verres de vin et retourne aussitôt vers moi. Je me souviens de toutes ces fois, à l'époque où nous étions mariés, où il m'a proposé d'aller me chercher un verre et n'est jamais revenu, accaparé ailleurs, dans une autre conversation, intéressé par toutes sortes de gens, sauf moi.

Il me met un verre entre les mains et lève le sien pour porter un toast. « À ton succès !

— Merci, Ed.

— Tu me fais visiter ?

— Ne me monopolise pas, Edmund. Il faut aussi que je parle aux autres. »

Il rit de son rire enveloppant. « Va répandre ta magie autour de toi. Je parie que tu vas tout vendre. »

Il s'éloigne en boitant, et Tim s'annonce en posant la main au creux de mon dos. « Tout va bien ?

— Tout est parfait. » Je glisse un bras autour de sa taille, mon autre mari. « C'est merveilleux », je dis, et je le pense, je sens s'installer une sorte d'apaisement, de confort.

« Ed n'en fait pas trop ? »

Je secoue la tête. « Regarde comme il s'est fait beau. »

Tim m'embrasse sur la joue et se fond dans la foule. Il va continuer à chanter mes louanges, ainsi qu'il le fait toujours, et j'entends la thérapeute me demander à nouveau ce qu'il pense. *Est-ce qu'il trouve ça ennuyeux ?* La question portait sur nos relations sexuelles, mais elle peut s'étendre à tous les aspects de notre couple. *Est-ce que tu t'ennuies, Tim ?* Et je décide de le rejoindre – pour lui demander quelque chose ? le lui prouver ? –, quand soudain mes bienfaiteurs de Santa Fe arrivent et me demandent de leur présenter chacune de mes toiles.

Ils trouvent tout « exquis », mais dès qu'ils parlent d'acheter, je les redirige vers la propriétaire de la galerie. C'est elle qui s'occupe des ventes ce soir, car je n'ai pas envie de me préoccuper de logistique. Je veux me mêler aux autres, boire, manger, être au centre de l'attention, jouer les stars. C'est un rôle nouveau pour moi, et j'aime sans doute un peu trop ça. Je parle à des inconnus, à des amis. Je me ressers un verre, mange très peu, mais agréablement. J'oublie que j'ai une question à poser à mon époux.

Le couple de Santa Fe reconnaît Ed, et ils font toute une histoire au sujet du Gold Bar et ses incroyables sandwiches. Ed joue parfaitement son rôle, déverse sur eux rires et sourires. Tim discute avec Bonnie devant la plus déjantée des peintures de cette exposition – des rangées et des rangées d'os alignés comme des écritures, qui deviennent de plus en plus larges et pleins à mesure qu'ils approchent du bas de la toile, se transformant en véritables membres et parties du corps à la fin. Pete se verse un autre verre, à ras bord. Il est épuisé, et je note dans ma tête que je dois avoir une discussion avec lui. Prendre un verre, en tête à tête. Qu'il puisse me confier toutes ces choses difficiles que Bonnie n'a plus la patience d'écouter.

Mon regard passe de l'une à l'autre de ces personnes – cette famille disloquée que je me suis créée –, quand Penelope se glisse dans un espace vide à côté de moi. Elle n'a pas sa place ici, mais quelque part, je sais que je ne parviendrai jamais à me débarrasser d'elle, aussi son apparition n'est-elle pas une surprise. Juste une déception.

« Vous ne nous avez guère montré vos œuvres à l'époque où vous animiez notre atelier. » Elle regarde autour d'elle. « Tout ça, ce sont des morceaux d'Ed, n'est-ce pas ? »

Bien sûr, elle l'a vu.

« Non », réponds-je. Derrière elle, je vois la dame de Santa Fe qui renverse la tête de rire. Ed a ses notes à la main. Il a dû lui raconter une de ses dernières blagues.

« Je vais déménager, dit Penelope. Mon petit ami a trouvé un emploi à Missoula, et la bibliothèque me propose un poste. Nous ne partons que dans un mois environ, mais… »

Je lui accorde toute mon attention. Missoula est à deux heures d'ici, à l'ouest, et même si évidemment je préférerais que la distance soit encore plus grande – pourquoi pas la Californie ? New York ? la Floride ? –, c'est assez loin pour créer une véritable absence.

« Désolée de débarquer ainsi. Je ne savais pas comment vous joindre, et puis j'ai vu les affichettes pour ce soir, et je voulais que vous le sachiez au cas où Ed s'embrouille.

— Tu vas lui dire que vous partez ?

— Oui, mais je pense qu'il ne comprendra pas.

— Ed sait ce que c'est qu'un départ. »

Il oublie les détails du mien. Oublie le contexte temporel. Mais je sais qu'il le sent toujours, et ce sentiment alimente son comportement – les excuses qu'il invente quand il est en retard, ou bien là où il n'est pas censé être. Il a perdu le fil de beaucoup de choses, mais je sais qu'il absorbera l'absence de Penelope de la même manière. Elle le hantera, comme la mienne. Et il nous cherchera partout.

Il me retrouve, encore et toujours, et j'envie la possibilité qu'a Penelope de vraiment disparaître.

« Bonne chance dans ta nouvelle ville, Penelope.

— Laura… »

Je m'éloigne, je rejoins Ed et le couple de Santa Fe. J'ai accordé suffisamment de temps à Penelope Gatson au cours de ma vie. À présent, je vais devoir prendre en charge des choses qui la concernent. Comment vais-je expliquer à Tim que je dois ajouter les séances de lecture à mes responsabilités auprès d'Ed ? Ou que je dois embaucher une gentille jeune fille pour le retrouver régulièrement à la bibliothèque ? Je me prends à regretter que le bordel ait fermé – ça résoudrait un de nos problèmes.

« La voilà ! s'exclame Ed. La femme du jour ! La femme de l'année ! Ma femme n'est-elle pas une brillante artiste ?

— Ex-femme, Ed. »

Les gens de Santa Fe font de leur mieux pour ne pas avoir l'air trop choqués.

Penelope s'éclipse, et je suis soulagée qu'Ed ne l'ait pas remarquée. Je n'aurais pas pu le supporter, ce soir – de les voir ensemble.

« J'adore quand tout le monde se montre aimable, dit ma cliente. Et oui, mon cher, notre Laura est une brillante artiste. Nous avons acheté presque la moitié de l'exposition. » Elle rit de son rire argentin et emmène son mari jusqu'au bar.

Je suis seule avec Ed. Je sens sa main au creux de mon dos, son souffle dans mon cou. « Tu vois ? murmure-t-il. Ma chérie talentueuse. J'ai toujours su que tu y arriverais. »

Je pourrais lui rétorquer qu'une exposition dans une petite ville, c'est loin d'être la réussite, mais à la place, je me berce de ses compliments. Ed fut mon premier soutien, et il demeure le plus loyal. Je ne m'en rendais pas compte lorsque nous étions mariés, mais cela me paraît évident à présent. Tim respecte mon travail, mais dans le fond il se moque de savoir quelle est ma profession. Ed, quant à lui, m'a aimée en grande partie parce que je suis une artiste. Il ne pouvait comprendre pourquoi je voulais travailler dans une boutique car il croyait si fort que je devrais être à la maison, en train de peindre.

Seulement il ne savait pas me le dire, et je n'ai pas eu la patience de creuser.

Sa main décrit des cercles dans mon dos. Comme Penelope, il n'est pas à sa place ici, mais j'ai appris à m'habituer à cette autre vérité : Ed sent peut-être mon absence, mais il ne cessera jamais de prétendre que je suis sa femme.

39

De nouveaux maux de tête surviennent, une espèce de douleur fluide qu'Ed n'arrive pas à exprimer, alors il choisit de ne pas y penser. Ces maux papillonnent autour des cicatrices sur son crâne, puis plongent à l'intérieur. Ce sont des lignes sans appât, mais ça n'est pas insupportable. Excepté quand elles le rendent malade.

Aujourd'hui, l'énergie les remplace, elle fuse à travers les meilleures parties de son cerveau. Il est entièrement lui-même – vivant, vigoureux, robuste. Il fait froid et il pleut, mais il se sent plein de chaleur et de vie, l'été au cœur de l'hiver. Le temps disparaît, puis revient, de même que le ruisseau où il emmène camper Benjamin, dans les montagnes Big Belt, là où l'eau gargouille et se répand dans son canyon de calcaire. À un bon kilomètre et demi au-delà du terrain de camping, le cours d'eau s'arrête, et la plupart des gens font demi-tour, petits joueurs, incrédules, mais Ed sait le secret du ruisseau, qu'il disparaît pendant encore un kilomètre et demi, avant de réapparaître, aussi emmène-t-il toujours son fils plus loin, et le petit garçon se réjouit de la résurrection de l'eau, exactement comme Ed se réjouit de son arrivée ici.

Le ruisseau porte le nom d'un poisson, la truite, Trout Creek.

Les portes automatiques coulissent, devant lui apparaissent des rangées de livres, et parmi eux, sa chérie, Penelope.

Elle se trouve à l'accueil. « Donnez-moi une minute pour finir ça. » Elle tapote une pile de papiers, et il va l'attendre à leur endroit habituel : deux grands fauteuils situés derrière l'allée des 900, qui leur appartiennent.

Quand Penelope arrive, il est frappé – une fois encore – de la trouver si sexy, quelle incroyable beauté dans sa robe couleur crème, jambes nues à partir du genou, et puis ses longs bras fins.

« Tu deviens chaque jour un peu plus belle.

— Flatteur. »

Ed rit. Il a toujours été du genre à flatter, à charmer. « Tu sais te rendre si agréable », lui disait Laura lorsqu'il lui faisait compliment de sa robe, de ses cheveux, son parfum, sa dernière toile. « Tu sais te rendre si agréable. » Les femmes qui ont suivi Laura ont dit la même chose. Il sourit en pensant à elles, une douzaine environ, belles, mauvaises, pas Laura mais belles malgré tout. Leur faire compliment de leur beauté était facile, naturel, inné, et Laura s'en est servie entre autres raisons pour partir. « Je suis peut-être ta préférée, Ed, mais ça ne suffit pas. »

Elle est bien sa préférée, mais voilà Pen, assise en face de lui. Elle a l'air triste, mais ses paroles sont normales. « Est-ce que ce livre vous plaît ? »

La possibilité d'être triste s'évanouit aussitôt que son esprit se remplit. Il a lu le livre d'une traite, c'est une histoire ancienne à propos d'un roi, dieu aux deux tiers, homme pour un tiers, et une fois terminé, il est revenu à la préface, qu'il a lue entièrement, avant de relire l'ouvrage lui-même. Ça lui a rappelé la poésie que Pen a commencé par lui donner à lire, des mots brillants qui avançaient tout seuls, il s'agissait plus de sons que de sens, l'eau sur les rochers, le vent dans les branches – quelque chose de non dit mais de ressenti. Seulement il ne pouvait déterminer ce qu'il ressentait, c'était un labyrinthe dans les couloirs de son esprit, parfois tactile, parfois insaisissable, éthéré, et parfois vicieux. *Son corps était étendu sur le sien ; pendant six jours et sept nuits, Enkidu attaqua, baisant la prêtresse.* Ed a lu et relu ces lignes. Comme Enkidu, il s'est gavé de la richesse de la scène.

Le désir se présente sous forme de fissures et de trous dans l'esprit d'Ed. Penelope comble une fissure, son besoin d'avoir à ses côtés une ancienne patiente jeune et sexy. Les livres qu'ils lisent ensemble en comblent une autre : celle de la connaissance qu'il a emmagasinée, puis utilisée à Boulder. Ils lisent les récits les plus anciens du monde, plus vieux qu'Homère et la Bible, plus vieux que ce dieu auquel Ed ne croit pas. Mais qui s'avère si pertinent dans son travail. Penelope enseigne Homère au club de lecture, non ? Et Keats a écrit ces lignes après avoir lu pour la première fois la traduction d'Homère par Chapman. Des vers que Skinner a cités dans sa discussion sur « Reporting Things Felt ». Ed connaît ces mots… *Alors il me semble être un guetteur du ciel…* Oui, c'est le premier vers, ça rime avec *planète nouvelle*, qu'on vient de découvrir, et plus tard, l'océan Pacifique, nouveau et immense.

Il sort ses notes et lit *Keats : Homère* sur sa liste.

… Où l'impétueux Cortès quand, de son regard d'aigle, / Il fixait le Pacifique…

« Skinner a cité Keats pour illustrer la pratique de l'association, explique-t-il à Penelope. Nous décrivons notre état en évoquant des conditions qui dépeignent les mêmes sentiments. » Partager ce livre avec elle, c'est comme coucher avec une femme. Sa femme. Laura. Il ne l'a pas fait suffisamment – coucher avec sa femme.

Penelope sourit. « Quel est le rapport de Skinner et Keats avec *The Sunlight Dialogues* ? »

The Sunlight Dialogues. Où étaient Gilgamesh et Keats, Enkidu et la prêtresse ? Ed tente de revenir en arrière, de rallumer les lumières qui l'ont mené là, mais tout reste sombre. Plongé dans le noir. Pas de soleil.

Il porte la main à son front.

« Ça va », dit Penelope, pour minimiser la chose. De la tête, elle désigne la feuille dans sa main. « Vous avez vos notes.

— J'ai mes notes ! »

La bibliothèque est étrangement calme, même les habitués sont absents. Happés par quelque chose, peut-être une vaste inondation, qui nettoiera tout dans sa destruction. Ea a dit à Utnapishtim de retourner auprès de son peuple avec ce message. *À l'aube, le pain pleuvra sur vous – des averses de blé.* « Le *pain* et le *blé* sont des mots qui ont deux sens en akkadien. Le mot qui signifie "pain" veut dire également "ténèbres", et celui qui signifie "blé" veut dire aussi "malheur". » Ed déclare cela à haute voix. Il l'a lu quelque part.

« Ed ? Vos notes ? »

Il considère le papier dans sa main. « "La blancheur, l'absence de cheveux, le nez protubérant, tout lui donnait l'apparence d'un philosophe, pâle à force d'avoir trop lu, ou d'un homme qui a dormi pendant trois nuits dans le ventre d'une baleine".

— Moi aussi, j'adore ce passage. »

Ed pense à Jonas, une des histoires préférées de sa mère, tel un mauvais présage, une menace. *Sois gentil, Eddy, ou on te jettera du navire et tu seras englouti.* Il entend sa Babcia : *Jak sobie pocielesz, tak siewyspiesz.* « Tu te souviens, Eddy ? "Comme on fait son lit, on se couche." »

« Parlons de la femme de Clumly », dit Penelope. *La femme.*

Ed tourne la page du livre, jusqu'à ce passage qu'il a souligné parce qu'il l'adore. Il se met à lire : « "La femme de Clumly était aveugle, mais elle avait des yeux de verre éclatants, des petits traits pincés et un corps blanc comme celui de son mari. Entre ses frêles épaules tombantes se dressait son long cou, si bien que sa tête semblait osciller au-dessus de son corps tel un tournesol chevelu."

— Est-ce que la prêtresse vous rappelle quelque chose ? »

Cette question n'a pas de sens. Il n'y a pas de prêtresse. Il la regarde bizarrement.

« Dans Gilgamesh ? »

Ce mot lui est familier, tel le fumet d'un plat auquel il ne peut plus goûter. *Gilgamesh*. Ne vient-il pas d'en parler ? Un livre, une histoire, un film. Un sujet dont ils ont discuté. Ils parlaient de la femme de Clumly, et avant ça, de Jonas, et avant ça, du blé et du malheur.

« Peu importe », dit Penelope. Il sent sa main sur son genou. « Que disiez-vous au sujet de la femme de Clumly ? » Mais Ed ne sait plus ce qu'il disait. Il a ce livre entre les mains, *The Sunlight Dialogues*. Il l'a lu, il le sait, il en a parlé, mais même les passages dont il se souvenait lui échappent à présent, restent hors de sa portée, joueurs et vicieux. *Mais bordel, rappelle-toi !* Il se rappelle Penelope, la douce et belle Penelope – elle est là, assise en face de lui dans son fauteuil, et ils sont en train de discuter, plongés dans une de leurs grandes conversations, et c'est au sujet de ce livre qu'il a lu. Seulement il perd l'histoire, les personnages, les lieux, et ne lui restent que des fragments dissociés – un visage brûlé, une guerre, une barbe, de nobles reines, le roi Jacques, des camionnettes de boulanger –, cela n'a aucun sens, alors qu'avant, ça en avait ! Il le sait. « Edmund ? » C'était entre ses mains et dans son esprit, dans sa bouche, plus fort que le goût fade des cigarettes, toute cette richesse, et Penelope, sa chérie. « Edmund, ça va ? »

L'averse est forte et bruyante. Il tousse et incline la tête, ces fichues cannes à pêche dans sa tête, et la nausée survient, immédiate. Il sort un mouchoir de sa poche pour se couvrir la bouche et recueillir le liquide qui monte dans sa gorge.

Fuir. Tu dois fuir.

Ed secoue la tête et lutte pour se relever. Il s'en

va aux toilettes en boitant, propulse sa jambe gauche aussi vite qu'il le peut, la lance en avant, la jette. *Avance*, s'ordonne-t-il. Il peut vomir chez lui, dans son lit, partout par terre, dans la salle de bains, mais pas ici, pas à la bibliothèque, pas devant Penelope.

« Edmund ! Edmund ! Ça va ? »

Il entend sa voix derrière lui, mais il ne peut plus s'arrêter.

Sa main se pose sur la poignée de la porte des toilettes, il l'ouvre, titube jusqu'au premier W.-C., ne réussit pas à être assez rapide, mais s'approche suffisamment pour avoir une excuse. Son estomac se révulse – de la bière, son déjeuner de chez A & W, un reste de petit-déjeuner. Tout ce que son ventre peut rejeter est expulsé, et Ed s'accroche aux murs des cabinets, soutenu par ses bras épais, penché en avant, le vomi souille ses chaussures, éclabousse son pantalon, se déverse sur le couvercle des toilettes qu'il n'a pas eu le temps de relever.

Quand la crise s'arrête, il se redresse avec difficulté, le dos douloureux d'avoir ainsi rendu dans cette position inconfortable. Il est debout dans son propre vomi. C'est trop, réalise-t-il, trop loin de la cible, trop dégoûtant.

Il ressort du W.-C., va jusqu'à l'évier, et son reflet lui apparaît, pitoyable. Sa barbe est maculée, aussi se passe-t-il la tête sous le premier robinet.

La porte s'entrouvre. « Tout va bien par ici ? » C'est l'un des bibliothécaires. Ed reconnaît sa voix. « Oh, mon vieux, ça va ? »

Ed relève la tête. « Il y a quelque chose qui n'est pas passé. Je m'en occupe. Ça ira.

— Très bien. » L'employé repart.

Ça n'est pas si terrible, si ce type le laisse ainsi. Ed cesse de nettoyer son visage et prend une série de serviettes en papier. Il retourne au cabinet et essuie le couvercle des toilettes. Tout se déplace, mais c'est en vain qu'il essaie de nettoyer. Il sait qu'il est au beau milieu de la saleté, il sait qu'il doit remettre les lieux en état, mais il ne sait pas quelles sont les étapes successives. Ces serviettes en papier font partie du processus, seulement elles ne font pas leur boulot. En réalité, elles aggravent la situation. Il les laisse choir et tente de nettoyer en les déplaçant avec le pied. Non, ça ne marche pas non plus.

« Edmund ? » Une voix de femme, cette fois, Penelope.

« Tout est en ordre ! Ce sont les toilettes des messieurs !

— Edmund, j'entre. »

Il essaie de refermer la porte du W.-C., mais Penelope est à ses côtés avant qu'il ait réussi à se cacher.

« Sortez de là. Laissez-moi vous aider.

— Ce n'est rien.

— Ed. »

Il essaie de la dissuader, mais ses paroles se bloquent. Il essaie de réfléchir, seulement les pensées ne viennent pas. Dans son esprit, tout est vide, blanc : un grand voile, ou un long rouleau de papier, qui s'étend vers le néant. Au-dessus, un courant passe en créant quelques rides, mais rien de défini, des lignes tirées, qui vont s'élargissant.

*

Il est devant l'évier quand les choses se remettent en place. Penelope est à côté de lui, elle s'occupe de sa barbe, parsemée de morceaux de nourriture. « On va nettoyer votre visage, ensuite j'irai vous chercher un manteau et je vous ramène chez vous pour que vous preniez une douche. Et il faudra laver ces vêtements. » Elle continue de parler. « Vous vous rappelez cette fois où Chip est revenu des bois ? Il était couvert de boue, de brindilles et de feuilles. Et la pauvre Margaret s'en allait toujours traîner du côté de la rivière. Il fallait constamment la nettoyer. »

Ed voit Margaret s'éloigner dans la cour. Il lui crie de revenir.

Rires, regards furtifs.

« Et Janet – cette fois où elle est revenue avec tous ces bleus et ces égratignures. Vous vous rappelez que Jenny emportait de la nourriture dans son lit, ce qui attirait les fourmis et les souris. » Ses doigts sont des peignes dans sa barbe, quelque part son cerveau dit *Laura*, mais il ne sait plus. « Je me souviens aussi lorsque je tressais les cheveux d'Hester. Elle avait les cheveux les plus épais qui soient et elle refusait qu'on lui coupe. Vous vous rappelez ? »

Penelope lave les mains d'Ed sous le robinet à présent. Il a les ongles noirs, trop longs, la peau jaunie par le tabac. Il ne résiste pas, mais il ne l'aide pas non plus. Il est dans la cour à Boulder, à courir après Mary. Il est sous le bâtiment, avec ce garçon sourd-muet. Ils sont là depuis deux jours.

« Vous m'attendez ici, d'accord ? Je vais vous chercher un manteau. »

Ed hoche la tête, de sa main gauche il essuie son pantalon avec un chiffon propre.

Elle est de retour sans même qu'Ed s'aperçoive qu'elle est partie. Son regard glisse vers le sèche-mains, le mur carrelé jusqu'à mi-hauteur. Penelope lui glisse les bras dans les manches d'un imperméable trop grand qu'il ne se rappelle pas. Il la laisse le boutonner sur son ventre et sa poitrine sales, il est si long qu'il traîne presque par terre, couvre le revers souillé de son pantalon et l'essentiel de ses chaussures. Penelope remonte le col sur ses oreilles puis elle le prend par la main et le fait sortir des toilettes, traverser le hall, elle l'amène jusqu'au parking. Elle contrebalance son poids lorsqu'il se laisse tomber sur le siège passager de sa voiture à elle, chute contrôlée, jusqu'à un certain point.

« On part à l'aventure ? dit Ed. Toi et moi, sur la route sans limite ?

— C'est ça », dit-elle, mais déjà ils sont dans l'allée de sa maison et elle l'aide à sortir.

Soudain, son souffle est erratique, son estomac se noue.

« Vous allez être malade à nouveau ? »

Il hoche la tête.

Elle renverse un monceau de détritus accumulés sur une chaise de la cuisine et l'emporte dans la salle de bains, emmenant Ed par la main. Il ne parvient pas à se mouvoir seul.

Elle l'installe sur la chaise et le penche en avant. « Appelez-moi lorsque vous aurez fini, ok ? »

Tandis qu'il vomit, Ed entend la télévision, dont le son est très fort, des voix puissantes arrivent jusqu'à

363

lui. Une voix d'homme comme celle de son père. Il l'entend dire : *Je m'inquiète pour cette belle maison. Tu l'entretiens pour Benjamin ? Il faut que tu penses à ton fils, Edmund. Tu dois être fort pour lui. Ta mère et moi, nous sommes trop vieux pour prendre soin de toi, mon fils. Tu dois te débrouiller seul. Tu es toujours le même homme, à l'intérieur.* La voix se transforme en mots écrits. Une lettre de son père qu'il a lue. Pete lui en a apporté un paquet. C'est ça. Des lettres.

Nouvelle nausée, et il se penche en avant.

Le téléphone sonne. Ed entend sa propre voix sur le répondeur. « Bonjour, vous êtes bien chez Ed Malinowski. Désolé, je ne peux pas vous répondre. Laissez-moi un message et je vous rappellerai dès que possible. » La série des bips est trop longue, la machine est pleine. Quand a-t-il écouté ses messages pour la dernière fois ?

« Salut mon pote, c'est Pete. Je voulais juste avoir de tes nouvelles. Savoir comment s'est passé ton rendez-vous chez le médecin, hier, et puis te rappeler de faire la vidange de ta vieille bagnole. Oh, et tu vas adorer : tu te rappelles ce connard de Taylor Dean ? Qui conduisait cette Pinto de merde ? Figure-toi qu'elle a explosé. Il s'est fait emboutir par l'arrière. Dean n'a rien – quelques blessures superficielles – mais pour une fois, il y a une justice, pas vrai ? Bon, rappelle-moi lorsque tu rentres. »

Ce bon vieux Pete. Ils iront boire un coup à la Taverne tout à l'heure. Faire un billard.

Ed entend des pleurs à la télévision. Il est assis sur une chaise, devant les toilettes, et ne sait pas vraiment comment il est arrivé là. À travers la porte, la voix de Penelope demande : « C'est fini ? »

Que fait Penelope ici ?

« Je sors tout de suite ! » s'écrie-t-il. *Penelope est chez moi.* Il va se laver et l'amener dans son lit, ainsi qu'il l'a souvent fait.

Mais elle entre dans la salle de bains malgré ses objections. Elle essuie la lunette et tire la chasse d'eau, allume la ventilation, et met l'eau chaude à couler pour qu'il prenne un bain. Puis elle commence à le déshabiller, sans jamais cesser de lui parler.

« Tu en as très envie, hein ? dit-il.

— Chut. » Elle lui tape gentiment sur la main. « Je donnais toujours un coup de main aux autres patients, à Boulder. J'aidais les femmes de mon pavillon à s'habiller et se déshabiller, à prendre leur douche. Je leur donnais à manger, vous vous souvenez ? Tout ça n'est rien. Asseyez-vous sur la chaise à nouveau. Voilà. » Elle lui retire sa chemise, lui baisse son pantalon et son caleçon avec. Il est assis nu sur la chaise, excité. Il attend cela depuis si longtemps. Penelope est là. Ils sont dans son bureau. « Et puis j'ai commencé ce club de lecture, et vous nous espionniez toujours. Je vais vous retirer vos chaussures maintenant, et vos chaussettes. Le pantalon. Voilà, je vérifie la température de l'eau. Vous l'aimez froide ou chaude ?

— Chaude.

— Très bien. Comme ça, vous allez vous nettoyer. »

Penelope ajuste le robinet et tend la main à Ed pour l'aider à se lever. Il l'attire contre lui, et elle le serre un moment, puis elle le guide vers la baignoire.

« Bonne idée. » Il lui lance un clin d'œil. « C'est encore mieux, dans la douche. »

Elle le tient lorsqu'il passe sa jambe gauche par-dessus le rebord de la baignoire. « Je vais mettre vos vêtements dans la machine à laver. Je reviens tout de suite.

— Elle est au sous-sol. » Il lui lance un regard furtif. « Après tu me rejoins, hein ?

— Lavez-vous les cheveux, Ed. Et la barbe. »

Il rit et s'installe sous le jet. La douche est agréable. L'eau chaude, la vapeur. Il devrait prendre plus souvent des bains. Quand la machine à laver démarre, la douche se met à crachoter, puis elle redevient normale. Il se met à fredonner, puis à chanter : *April, come she will/When streams are ripe and swelled with rain/May, she will stay/Resting in my arms again*[1].

Une voix féminine se joint à la sienne : *... June, She'll change her tune/In restless walks she'll prowl the night*[2].

Puis ils entonnent juillet, août et septembre. *The autumn winds blow chilly and cold*[3]. Il a toujours aimé la voix de Laura.

Le visage de Penelope sort de derrière le rideau. Ses grands yeux, où se mêlent tous les ambres. Elle est miel, herbe, automne, cire, blé, soleil brûlant. « J'adore cette chanson, dit-elle.

---

1. « En avril, elle viendra/Quand les rivières se gonflent, gorgées de pluie/En mai, elle ne bougera pas/Elle se reposera dans mes bras. »

2. « En juin, elle changera/En rondes inlassables, la nuit elle arpentera. »

3. « Le vent d'automne souffle son froid qui frissonne. »

— C'est une de mes préférées ! » s'exclame Ed pour masquer sa surprise. Il croyait que c'était Laura.

Le visage disparaît et la voix reprend : « J'ai un nouveau travail.

— Super ! Un nouveau club de lecture dans un autre établissement ?

— Oui. C'est ça, Ed. Un autre club de lecture.

— Il va falloir qu'on fasse la liste de ce que tu peux enseigner.

— Ce serait chouette, Ed. » Son visage réapparaît. « Vous voulez que je vous lave le dos ?

— Est-ce que les ours chient dans la forêt ? » Il est de nouveau lui-même, avec cette nouvelle personnalité insouciante et joviale. Il est avril, le fleuve gonflé de pluie. Il est juin et il arpente la nuit. Il est juillet et il s'envole.

« Vous vous sentez mieux ? » Penelope frotte le gant avec du savon, fait mousser.

« Absolument, pouffe Ed. Être debout sous l'eau chaude avec une jolie fille qui me lave le dos : comment pourrais-je être mieux ? »

Penelope lui passe le gant sur les épaules et dans le cou. Elle insiste dans la nuque. Puis elle descend, de plus en plus bas, et Ed sent le gant sur ses fesses, puis entre ses jambes, et Penelope passe alors son autre main et – ah, la caresse d'une femme ! – Ed s'appuie contre le mur pour ne pas perdre l'équilibre, et c'est déjà fini, ça monte dans un grand torrent de printemps, sa bouche laisse échapper un cri.

Les mains de Penelope disparaissent.

« Finissez de vous rincer. Votre peignoir est sorti.

— Merci, Pen. » Voilà tout ce qu'il parvient à dire, et il ne sait pas ce qui s'est passé, ce qui est réel, mais il déborde de gratitude, oh oui.

BOULDER, MONTANA

Novembre 1981

40

Laura

Au téléphone, la voix de Pete est fatiguée, vaincue. Son ton laisse entendre : *la course est finie et j'ai perdu.* Il dit : « Ed a disparu.

— Comment ça ?

— Il ne m'a pas rappelé depuis trois jours, et je suis passé chez lui aujourd'hui. La voiture est là, mais pas lui. Personne ne l'a vu chez Dorothy, ni au relais routier. Le personnel de la bibliothèque ne l'a pas vu non plus depuis plusieurs semaines. » Il soupire, il est vieux. « Je suis désolé de vous déranger avec ça, mais je ne sais plus quoi faire. »

Il me revient de signaler sa disparition.

« Où l'a-t-on vu pour la dernière fois ? demande le shérif.

— Chez lui, dis-je bien que je n'en sois pas sûre. 605, Troisième Rue.

— Vous êtes certaine qu'il n'est pas tout simplement parti en voyage ?

— Sa voiture est dans l'allée. Je vous l'ai déjà dit. »

Je ne pense pas avoir élevé la voix mais le shérif me répond : « Calmez-vous, madame. » Il me demande de décrire Ed, et je révise les chiffres d'autrefois, évaluant son poids actuel du mieux que je peux. Il mesure toujours un mètre quatre-vingt-dix, a les épaules larges et les cheveux presque entièrement gris. Il porte toujours la barbe, grise elle aussi, et plus longue, plus broussailleuse. « Il boite, du côté gauche. Il a peut-être une canne. »

L'homme me répond qu'ils me contacteront s'ils le retrouvent.

Je repense à sa disparition, juste avant la naissance de Ben.

Nous collons des affichettes partout à travers la ville. « Personne disparue : Edmund Malinowski. Merci de contacter Laura Cooke ou Pete Pearson pour toute information. » Elle est illustrée par une photo de lui prise par Benjy, avec son nouvel appareil, où Ed sourit à travers sa barbe épaisse.

*

Jour 10. Ed a disparu depuis dix jours.

« Maman, tu es inquiète ?

— Oui, mon chéri. » Je dois me montrer honnête envers notre fils, ce garçon qui a dû grandir plus vite ces dernières années. Je vois une hésitation nouvelle poindre sur son visage, des nuages dans son regard, un grand trou quelque part en lui, qu'Ed a laissé. Je m'inquiète de la responsabilité qui lui incombera, à l'âge adulte, de prendre la place de Pete auprès d'Ed, devenant le gardien de son père.

« Où est-ce qu'il a pu aller ?

— Je ne sais pas, Benjy. »

Pete et Benjy m'ont tous deux dit qu'il s'était comporté de manière étrange la dernière fois où ils sont allés camper, il s'est montré désorienté, bizarre. « Je crois qu'il a vomi deux fois », a dit Benjy.

Pete lui a pris un rendez-vous chez son neurologue, mais Ed a disparu.

« Va regarder un peu la télé, réponds-je à mon fils. Pense à autre chose. » *Oublie. Fuis.*

Il se faufile en bas et les éclats de voix du programme qu'il regarde arrivent jusqu'à moi, rires en conserve, voix de fausset, tout est feint. Je me verse un petit whiskey et j'allume une cigarette.

Il s'est écoulé un mois depuis la réception – le temps qui restait à Penelope à Helena. Je n'ai pu m'empêcher d'aller à la bibliothèque l'autre jour et de demander de ses nouvelles à l'accueil.

« Penelope Gatson ? Elle ne travaille plus ici. Je peux peut-être vous aider ? »

Je ne parvenais pas à croire qu'elle partirait vraiment. Mais ça y est. Elle n'est plus là. Et Ed non plus.

Il est à mes yeux à la fois cruel et significatif qu'ils aient disparu en même temps. Je sais qu'ils ne sont pas ensemble – Ed et sa chérie –, mais je ne peux m'empêcher de les imaginer quittant Helena main dans la main. Je les vois dans ma petite maison au bord du Pacifique, un bon feu dans le poêle ; dehors, la pluie et les vagues. Une partie de moi voudrait que ce soit vrai pour le bien d'Ed, l'autre partie leur en veut toujours pour ce passé qui me pousse à imaginer cela aujourd'hui.

Au moment où j'écrase ma cigarette dans un pot de fleurs, on sonne à la porte, j'ouvre, et ce sont les petites Baker, qui ne sont plus du tout petites. Ce sont des jeunes femmes à présent. « Non », dis-je avant même qu'elles aient eu le temps de prendre la parole. Ce sont elles qui vendaient à Tim toutes sortes de biscuits pour les Girls Scouts, à l'époque où nous flirtions avec timidité, quand j'étais encore mariée à Ed. Elles passent leur temps à frapper à la porte pour nous proposer leurs services : promener le chien, collecter de l'argent pour le fond de leur université ou nous vendre encore et toujours des chocolats ou des biscuits rances. J'éprouve une aversion profonde pour les petites Baker.

« On a retrouvé le type qui a disparu, disent-elles à l'unisson. On va vous emmener jusqu'à lui.

— Edmund ? Vous avez retrouvé Edmund ?

— Le type sur les pancartes. » La plus jeune sort une de nos affichettes et le désigne : « C'est lui. »

Je ne veux pas emmener Benjy là où ces deux affreuses veulent me traîner, car j'ignore ce que je vais découvrir. J'ai un mauvais pressentiment, ces filles aux visages de fouines sont annonciatrices de désastre. Je les laisse une minute sur le pas de la porte, je sors la laisse du chien et je crie à Benjy : « Mon trésor, je vais promener Beau. Je reviens bientôt.

— C'est qui ?

— Les petites Baker.

— Beurk. » C'est notre plaisanterie à nous. Lui aussi, il les déteste.

Toutes deux s'écartent quand Beau essaie de les renifler et de leur donner des coups de langue – et après ça elles voudraient promener les chiens ! Elles partent au-devant d'un pas triomphant, me mènent à travers le quartier, au pied de la colline, jusqu'à

Lockey Park, par les allées de gravier aux bordures givrées, puis à travers l'herbe brunie pour contourner la piscine, protégée par une barrière. Malgré le soleil, on distingue encore des zones où la neige tient, il fait autour de 5 °C, étrangement doux. La plus jeune me montre du doigt quelque chose pendant que la grande explique : « On l'a vu hier, on a cru que c'était un des clodos habituels, mais ils ont fait un barbecue un peu plus tôt, alors on a vu sa tête.

— Et vous avez attendu toute une journée pour me le dire ?

— Est-ce qu'il y a une récompense ? demande l'aînée.

— Tu te fiches de moi ? »

Elles haussent les épaules toutes les deux et me dévisagent. Les chaînes qui entourent la piscine sont rouillées par endroits. Le panneau « Interdiction d'entrer » est tordu. La ville a décidé de fermer cette piscine il y a quatre ans. D'abord, ils ont dit que c'était temporaire, pour des raisons économiques – ça revenait trop cher de payer des maîtres nageurs à rester assis à l'ombre pendant que les gosses et leurs parents se rafraîchissaient dans le bassin peu profond –, ensuite, ils ont dit que c'était fermé pour rénovation. La dernière en date, qui nous vient du conseil de quartier, c'est que tout va être démoli et remplacé par le dernier système à la mode où des vers liquides jaillissent de tuyaux tour à tour, tandis que des seaux d'eau se remplissent et se renversent sur la tête des enfants. Quel que soit le projet, ce sera forcément mieux que ce bassin vide aux bords abîmés, aux inscriptions effacées. Le petit bain a une profondeur de quinze centimètres, et je distingue encore les mots « Plongeon interdit », et la silhouette noire barrée de rouge.

La canne d'Ed est accrochée en haut de la barrière, et il se trouve à l'autre bout du bassin, recroquevillé comme un enfant, sous une bâche bleue attachée dans l'un des angles. Il me tourne le dos, mais je reconnais sa silhouette et son costume. C'est celui qu'il portait lors de la réception, et je me demande s'il ne s'est pas simplement trompé de chemin en voulant retourner à la galerie.

Il y a des trous dans les semelles de ses chaussures.

Il doit mourir de froid.

« Edmund, dis-je par-dessus la chaîne. Ed. » Beau gémit. Il n'a pas vu son ancien maître depuis un moment.

« Je crois qu'il dort », dit l'aînée des filles Baker, puis elles s'éloignent, et le gravier crisse sous leurs pieds, bruit de patin à glace. À une longueur de piscine, elles s'arrêtent et se retournent en même temps, tandis que l'aînée me dit : « Le verrou de la porte est cassé, vous n'avez qu'à pousser. »

Je hoche la tête et je les vois retourner sur le terrain de jeu, de l'autre côté du parc. Elles s'assoient toutes les deux sur la balançoire, bien qu'elles soient beaucoup trop grandes, et la haine que je ressens pour elles se tarit aussitôt, telles les tiges des roses trémières, si hautes le long de la maison et rongées par le froid. C'est mal de les détester à présent.

J'attache la laisse de Beau à la barrière et je lui dis assis, couché. Il gémit à nouveau, mais obéit, son éducateur était un psychiatre comportementaliste, après tout. Beau obéit toujours.

La barrière se coince dans des herbes folles et ligneuses. Je descends dans le bassin par le petit bain et je m'avance vers Ed. Le fond de la piscine est glissant à cause des feuilles mortes et de la boue, des zones verglacées.

Je m'accroupis à ses pieds, je soulève la bâche et je prononce son nom. Sa tête se relève, comme s'il se réveillait de sa sieste de l'après-midi, qu'il avait fait un petit somme en attendant mon arrivée. Il roule sur le côté. « Laura. » Il m'adresse un sourire édenté. Il a perdu des dents. « J'allais t'appeler.

— Tu es au fond d'une piscine, Ed. Comment veux-tu m'appeler ? » Je voudrais savoir où sont passées ses dents, son beau sourire. Voilà tout ce que je veux savoir en cet instant – pas ce qu'il fait allongé dans ce bassin désaffecté, vêtu de ce costume, ni depuis combien de temps il a des trous dans ses chaussures. Je veux savoir où sont ses dents.

« Je me repose, mon amour, je fais une petite pause. J'ai été très occupé. » Il me tapote le genou. « Je t'ai dit que Pen est rentrée chez elle ? Ses parents ont fini par accepter de la reprendre. Ça va lui faire du bien d'être réintégrée au sein de la société. »

Ses mains sont crasseuses au-delà de l'imaginable.

« Tu as disparu depuis dix jours. »

Il regarde autour de lui. « Une petite sieste, ma chérie. Je m'apprêtais à me lever. »

Il fait un effort pour se redresser, et je l'aide à se sortir de sous la bâche, mais sa jambe gauche ne répond plus, il ne peut s'appuyer sur elle. Nous procédons étape par étape, en utilisant le bord de la piscine tel un appui pour ses coudes, puis ses hanches, et nous restons ainsi plusieurs minutes. Je masse les muscles de sa jambe ainsi que le thérapeute me l'a montré à l'hôpital de Great Falls. Elle est toute raide, épaisse, droite comme un poteau.

« Parfois, il sera tel qu'il était auparavant, puis ce sera un inconnu », entends-je le neurologue me dire. « Sa mémoire sera fluctuante. Par moments, vous aurez l'impression qu'il se souvient de tout, puis qu'il ne se souvient de rien. Il faudra être patiente. Il va falloir du temps pour découvrir qui est ce nouvel Ed. »

J'entends Benjy demander : « Mon papa est une nouvelle personne ?

— Oui, répond le médecin. Et tu vas devoir faire sa connaissance à nouveau. »

Je frotte le mollet d'Ed, et il laisse échapper un gémissement de plaisir.

« C'est agréable. » Sa voix est grave, charmeuse, c'est celle d'un vieux libidineux.

Je lui frappe le genou. « Ne va pas te faire des idées. »

Il pouffe. Quelle impossible canaille, séducteur et délicieux coquin. Même à présent, son numéro marche encore.

« Tu es resté porté disparu pendant un moment, Ed. Nous avons contacté la police. Il y a des affiches partout en ville. » Il regarde au loin, ses yeux fixent quelque chose derrière moi. Je remarque le pull sous sa veste, le chapeau sur sa tête, l'écharpe autour de son cou. Quelqu'un a pris soin de lui. Il se gratte la barbe, constellée de débris de nourriture, de saletés, de morceaux de feuilles et de bouloches. Ses vêtements sont sales, son pantalon souillé devant comme derrière. Il a perdu du poids. Sur son visage, la peau semble pendouiller sur les os. « Ed, tu as disparu pendant dix jours. »

La confusion l'envahit. Il bat des paupières trop vite. Il commence à tirer et triturer le tissu crasseux de son pantalon, geste habituel de ce nouvel Ed. Je vois son esprit à l'œuvre, qui essaie de trouver une explication raisonnable à cette situation. *Il y avait un chien. Un vol, mais pas grand-chose. Un pneu crevé et un bon samaritain.* Il cherche, et c'est terrible à voir. C'est un homme qui court à travers un couloir en frappant à toutes les portes, demandant de l'aide. Mais les portes restent fermées devant lui. Verrouillées.

« Tout va bien. On va juste te ramener chez toi. » Je me lève et je l'aide à finir de se redresser. « Ça va, ta jambe ? Appuie-toi dessus. Ok. C'est ta canne, là-bas ? » Je la montre du doigt et il hoche la tête. « Tu peux rester là pendant que je vais la chercher ? » Il me fait signe que oui, et j'ai soudain peur qu'il ait perdu l'usage de la parole, qu'il ne prononce plus jamais un mot. Quels étaient les derniers ? Je veux m'en souvenir.

J'allais t'appeler.
Je m'apprêtais à me lever.
C'est agréable.

Je m'empare de la canne et je la lui mets dans la main gauche, d'instinct elle se referme dessus, tel un bébé qui serre un doigt. « Ça va t'aider. Regarde, Beau est là, tu vois ? Ton chien. Tu vas rester un moment assis sur ce banc avec lui pendant que je file chercher la voiture, d'accord ? » Il acquiesce, muet, et nous nous mettons en marche, à pas minuscules, vers le petit bain, bousculant les feuilles mortes et la glace, avec soin, délicatesse. Je parle pour remplir son silence pesant. « Voilà, c'est ça. C'est bien. On arrive au bord. Ça va faire une grosse marche, hein ? Tu peux appuyer ta canne sur l'extérieur pour t'appuyer ? C'est ça. Oui, Ed. On y est. » Un filet de mots qui se dévident. Je m'adresse à mes fils qui apprennent à marcher, à manger, à lacer leurs chaussures. *Oui, comme ça, mon cœur. C'est bien.* Litanie sans fin de paroles d'encouragement.

Nous nous traînons vers la barrière, puis nous sortons. Un homme arrive pendant que je détache Beau. J'ignore d'où il vient, où il se trouvait. Il est grand, jeune, sale, avec une longue barbe, étonnamment bronzé en cette période de l'année où les jours sont courts et le soleil si rare.

« Tu t'en vas, Ed ? » Il lui adresse un grand sourire sincère et éclatant.

« Vous étiez avec lui ? je lui demande.

— Pour sûr. » Le jeune homme donne un petit coup dans l'épaule d'Ed. « Sacré mec.

— Qu'est-ce qu'il faisait ?

— Pareil que nous autres : il vit sa vie. Pas vrai, Ed ? » Celui-ci sourit. « Et c'est ta bourgeoise ? Penelope ? » L'homme me tend la main, et je la serre sans réfléchir. « Il a chanté vos louanges tout le temps qu'il était là. » Il lâche ma main et serre celle d'Ed. « Tu reviens quand tu veux. »

Penelope.

Je sais que c'est consternant, mais je suis jalouse.

J'installe Ed sur le banc et j'appelle Beau. Le chien se montre réticent, effrayé, mais je réussis à le faire venir tout près, et je pose la main d'Ed sur sa tête. « Tu te rappelles Beau, hein ? Tu me l'as offert alors qu'il était tout petit. » Les doigts d'Ed se réveillent dans la fourrure épaisse du chien, les ongles sales le gratouillent. Ils prennent ensuite son oreille, et les pattes arrière de Beau se mettent en mouvement, alors Ed se met à rire, d'un rire riche et puissant.

« Ah ! Réponse conditionnée ! Tu ne peux pas t'en empêcher, hein ? »

Il parle ! Je le prendrais presque dans mes bras tant je suis heureuse.

« Bon, Ed, je vais te laisser ici un moment avec Beau pendant que je vais chercher la voiture, d'accord ? Je suis venue à pied. »

Il me sourit de sa nouvelle manière. « Prends ton temps mon amour. La journée est belle. » Il se retourne vers Beau, le gratouille un peu plus fort. « Pas vrai, mon vieux ?

— Pourquoi as-tu dit à cet homme que Penelope était ta femme ? » Je pose la question sans réfléchir, et je le regrette aussitôt – quelle fichue égoïste.

« Amour de ma vie », répond-il. Il lève sa main dégoûtante et la pose sur ma joue. « Tu es l'amour de ma vie, Laura.

— Et Pen ?

— Gentille fille, dit-il en me tapotant la joue. Tu t'es bien débrouillée. Je t'avais dit que c'était une bonne idée de quitter Boulder. »

Il acquiesce à une question non posée, l'œil vitreux.

Je retire sa main et la repose sur la tête de Beau. « Tout de suite. Je reviens tout de suite. »

Je cours jusqu'à la maison, en arrivant je suis à bout de souffle. Je devrais aller voir Benjy, lui dire que j'ai retrouvé son papa. Je devrais appeler Tim, qui garde Charlie à son bureau, téléphoner à Pete et Bonnie, rameuter les troupes, faire venir tout le monde, tendre une embuscade. *Le moment est venu, Ed. Les choses sont allées trop loin.* Nous n'en discuterions même pas. Nous n'aurions qu'à l'amener dans un hôpital, signer les papiers. *Au revoir, Ed.*

Je rentre dans le garage, je prends les clés, j'ouvre le portail, je recule. Je me dis que Benjy est absorbé par la télévision. Il n'entendra pas le bruit de mon retour, ni du départ de la voiture. Je reviens tout de suite. Il est en sécurité.

Ed se trouve exactement à l'endroit où je l'ai laissé, ses yeux s'illuminent dès qu'il me voit. « Laura ! s'exclame-t-il. J'allais justement t'appeler !

— J'ai été plus rapide. Allez viens. J'ai la voiture. » Je détache Beau, puis j'aide Ed à se lever en le prenant par le coude.

Je fais monter Beau à l'arrière, où sa truffe se colle contre la vitre, me demandant de l'ouvrir. Il adore les balades en voiture, la tête dehors, ses longues oreilles volant au vent. *Donne-moi une minute, s'il te plaît.*

Faire monter Ed est aussi difficile que le relever lorsqu'il était dans la piscine, et je le sens qui s'énerve quand nous négocions le moment où il faut simultanément se hisser et se laisser glisser. Je dois pousser sa jambe gauche pour faire de la place à la droite. La puissance de son odeur devient manifeste dans l'habitacle confiné, même avec la porte ouverte, et je respire par la bouche – vomi, merde, pisse, et de profonds relents de pourriture. Il pue la mort, le cadavre en décomposition d'un chat écrasé par une voiture, les vestiges diminués d'une souris prise au piège.

Il palpe sa poche à la recherche d'un paquet de cigarettes, en sort un vide.

« On va s'arrêter chez B & B, lui dis-je en refermant la portière pour monter du côté conducteur. Tu as besoin d'autre chose ? »

Ed extirpe une de ses pages de notes de cette même poche, fidèle au poste au bout de dix jours, après toute cette crasse, tout ce désordre. Je me penche et je lis : « Radio à transistor, télévision, câble de micro, soldats de plomb. » Dans un autre carré, un paragraphe que je ne puis déchiffrer, mais Ed éclate de rire et me raconte. « Je me la rappelle, celle-là, elle est bonne. Écoute : c'est l'histoire d'un homme qui tue un cochon sauvage et le rapporte chez lui pour le dîner. Sa femme et lui décident de ne pas dire aux enfants de quelle viande il s'agit, mais de leur donner un indice et de les laisser deviner. Le père dit : "Bah, votre mère m'appelle comme ça, des fois." Alors la petite fille hurle à son frère : "Mange pas ça ! C'est du trou du cul !" » Ed est plié en deux de rire, tellement il est content.

Elle est bonne. Je lui souris et je ris aussi. Je me retourne pour ouvrir la fenêtre de Beau, puis je tends le bras pour ouvrir celle d'Ed, et enfin la mienne. La fenêtre arrière côté passager est hors de ma portée. C'est une belle journée fraîche. Mais la puanteur que dégage Ed reste violente, malgré l'air. Je continue de respirer par la bouche, il ne s'en rend pas compte. Je roule jusque chez B & B, une toute petite boutique qui vend du whiskey, de la bière et des cigarettes. Ils ont quelques conserves sur leurs étagères, quelques produits laitiers et des miches de pain bon marché. Je laisse Ed contempler la rue, un garçon à vélo, un camion qui passe, diffusant de la country à la radio.

Je me hâte d'aller acheter les cigarettes, et en revenant j'en allume une pour chacun de nous. Ed appuie la tête contre le fauteuil, ses doigts pianotent sur sa jambe au rythme d'une chanson que je n'entends pas. Il sourit. « Récite-moi un poème.

— Je n'en connais aucun, Ed.

— Allez, Pen, je sais que tu en as mémorisé toute une collection. »

Je ferme les yeux, les rouvre, passe la vitesse. « Je ne suis pas Pen. »

Je mets mon clignotant à gauche, tourne dans la rue, en direction de la maison que je partage avec Tim. Elle est là, sur la droite, avec un de mes fils à l'intérieur, tandis que l'autre est auprès de son père, à l'autre bout d'une ligne téléphonique que je devrais utiliser.

Je passe devant et je continue en direction de la nationale, incertaine quant à notre destination jusqu'à ce que j'arrive sur la route. Le vent s'engouffre dans la voiture, fait voler mes cheveux. Dans le rétroviseur, je vois la belle tête de Beau qui dépasse dehors, langue pendante, oreilles qui volent. *Mon chien, cadeau d'Ed quand j'en avais le moins besoin.* Je ne peux imaginer nos vies sans cet animal, couché au pied du lit de

Benjy tous les soirs, assis à la porte lorsqu'il part à l'école.

« L'aventure ! crie Ed. Toi, moi, et la route sans fin. »

Le ciel du Montana d'un bleu sublime au-dessus de nous, l'hiver blanc sur les montagnes. Nous traversons Montana City, pénétrons dans le canyon, tournons dans les virages. J'observe les falaises et les arbres, les gros rochers semés à travers la prairie, un troupeau d'antilopes d'Amérique qui agitent leurs énormes oreilles. Ed allume une cigarette et me la tend, puis une autre pour lui. Je me débarrasse de ma cendre à l'extérieur, la fumée est à sa place dans mes poumons.

« J'ai toujours adoré ce trajet, dit Ed.

— Moi aussi. »

Je nous vois au même endroit, les premières fois où je suis allée enseigner à Boulder, nous étions tellement plus jeunes. Je me souviens de la présence de Benjy dans mon ventre, encore clandestine. J'entends la voix d'Ed qui remplit l'habitacle, qui discourt encore et encore sur ses patients, son personnel, l'absence de crédits, son connard de directeur. Je me sens disparaître sans qu'il s'en rende compte.

À présent, mes mains sont solidement accrochées au volant et Ed est silencieux, pensif, il contemple le paysage. Porte sa cigarette à ses lèvres, puis à la fenêtre, et de nouveau à sa bouche. Habitude. Routine.

Quand nous franchissons les collines, le soleil inonde de lumière la vallée de Boulder.

Je croyais que je nous amenais à l'hôpital, mais je m'arrête dans la rue principale de Boulder, juste devant la Taverne. « Je t'offre un verre ?

— C'est mon jour de chance ! »

Je remonte la fenêtre que je laisse entrouverte pour Beau. « On revient bientôt, mon pote. »

Je mise sur la présence d'un barman sympa ou d'un vieux copain, et justement, il est là, qui crie le nom d'Ed à l'instant où nous entrons. « Malinowski ! Ça fait trop longtemps qu'on t'a pas vu, mon vieux !

— Toby », répond Ed, et je suis stupéfaite qu'il se rappelle le nom de cet homme si facilement. Il pose la main au creux de mon dos, possessif, et m'amène jusqu'au bar. « Voici ma fiancée.

— Ah, la célèbre Laura. Plein de bonnes choses », nous promet Toby.

Je suis à nouveau Laura, mon dédoublement en Penelope disparaît.

Ed commande deux petits verres de Jameson et deux bières, et je prétends que je vais aux toilettes, pour retrouver Toby au bar. Ed s'intéresse au billard.

« Est-ce que par hasard vous auriez à disposition des vêtements oubliés dont je pourrais me servir ? »

L'homme se met à rire, guère impressionné. Je suppose qu'il a déjà tout vu. « Le placard juste après les toilettes des dames. Servez-vous. Comment va-t-il ?

— Mal. »

Toby secoue la tête. Il le savait déjà.

Chose inexplicable, je déniche un immense jogging, avec des rayures blanches et bleu marine sur les jambes et les bras. Puis un tee-shirt XL du Glacier National Park. Sous le nom du parc, une gigantesque chèvre sauvage est postée au bord d'une falaise. Ed devra garder ses chaussures trouées et ses chaussettes sales. Il n'y a pas de sous-vêtements.

« Viens avec moi », je lui murmure à l'oreille en revenant. Il a de la bière dans la moustache, il a déjà bu un tiers de sa pinte. Mais il n'a pas encore touché à son whiskey ; comme le sandwich Reuben qu'il gardait pour moi.

« Bien sûr, ma chérie », répond-il.

Il n'y a pas grand monde à la Taverne, juste quelques personnes ici et là qui passent le temps en buvant un coup. Personne ne nous regarde lorsque nous entrons dans les toilettes des hommes. Tout le monde se moque de ce qui peut se passer là, des circonstances qui ont poussé cette dame élégante à entrer ici avec cet homme handicapé aux allures de clochard. Qui sont-ils pour juger ?

Je ferme le verrou.

« Waouh !

— Ne t'emballe pas, Ed. On va juste te rendre un peu plus présentable. »

Il se regarde, et je constate que pour la première fois, il réalise dans quel état il est. « Oh, merde alors », dit-il. Je retire l'écharpe autour de son cou, sa veste de costume, je fais passer le pull par-dessus sa tête. « J'étais parti à la recherche d'un patient, ces fichus aides-soignants sont si peu nombreux, et dispersés, la plupart sont des imbéciles, tu sais. » Je l'aide à garder l'équilibre lorsqu'il retire son pantalon crasseux. « J'ai dû marcher dans la boue le long de la rivière sur des kilomètres en appelant George, pauvre garçon. Tu te rappelles George, hein ? Il avait mis cette chaise sur sa tête. »

Il est debout, nu devant moi, et je prends des

serviettes en papier que je mouille sous le robinet pour le frotter.

« Nous manquons cruellement de personnel.

— Je sais, chéri. »

Je l'essuie avec d'autres serviettes et je commence à l'habiller : le tee-shirt du parc national par-dessus la tête, puis la veste de jogging, le pantalon, une jambe, puis l'autre, tandis qu'il s'appuie sur l'évier. Je passe ses chaussures trouées sur ses pieds sales aux ongles trop longs, qui accrochent. Je mouille ses cheveux pour les aplatir, je lui lisse la barbe.

« Voilà, dis-je en le retournant vers le miroir. Tu es comme neuf.

— Ah !

— Allons boire un coup. »

Je fourre tous ses vêtements et les serviettes salies dans la poubelle. Toby nous sourit lorsque nous revenons. Un type au bar nous lance un clin d'œil. J'imagine ce qu'il s'imagine. Un petit coup vite fait dans les toilettes des hommes entre qui et qui ? Une femme et son mari ? Une prostituée et son client ?

Je lève mon whiskey et trinque avec Ed.

« À toi, dit-il.

— Et à toi. »

Nous avalons l'alcool, puis la bière apaise la brûlure. Les gens qui jouaient au billard paient leur addition et s'en vont, alors Ed me propose une partie. « Tu te rappelles quand on jouait dans le Michigan ? Tu étais tellement douée. »

Je n'ai pas rejoué depuis. Nous nous sommes mariés si vite – juste six mois après notre rencontre – et nous avons vécu l'un pour l'autre, en totale fusion. Je me souviens de la voix d'Ed qui dominait toutes les autres au bar, ses amis de l'université, les femmes jalouses, tout le monde était en admiration devant mon mari. *Il était à moi* – je l'avais gagné, tel un trophée.

Ed me laisse casser, et j'empoche la deux et la six – je suis en veine –, et puis la trois et la quatre – ça, c'est le talent. J'avais oublié que j'étais bonne à ce jeu.

« Laisse-moi une chance ! » s'exclame Ed.

Je rate, et Ed prend ma suite. Malgré son boitement et le handicap que lui cause son corps diminué, il réussit à adopter la position adéquate et empoche la neuf, la douze et la treize. Il réussit presque à avoir la dix.

Je commande une deuxième tournée. « On joue pour quoi ? » Je regarde la queue, je calcule l'angle nécessaire pour envoyer la sept dans l'angle opposé. Naguère, on pariait une pipe, se montrer nu en public, conduire sans pantalon, passer des dimanches entiers sans vêtements, de la bouffe chinoise, des hamburgers, une séance au drive-in, ne pas répondre au téléphone. J'ai vécu une vie entière avec cet homme.

« L'addition, répond-il. Celui qui perd paie l'addition. »

Il porte des vêtements d'emprunt. Il n'a pas de portefeuille.

« D'accord. »

Je réussis à avoir la sept, mais quoi que je fasse, la cinq m'échappe. Ed empoche ses billes cerclées, l'une après l'autre, avec sa souplesse d'antan et une totale maîtrise. Il termine en beauté.

« Et merde », dis-je, sincèrement dépitée. J'aurais pu gagner.

Mais cette version d'Ed Malinowski n'a pas d'argent, et j'étais vouée à perdre.

Je paie l'addition et nous retournons à la voiture. Beau se redresse sur le siège arrière en remuant la queue, heureux de nous voir revenir.

Je n'ai toujours pas appelé à la maison.

« J'ai un coup de fil à passer en vitesse, ok ? Laisse-moi juste une minute. »

Ed allume une autre cigarette. « Prends ton temps », me dit-il à nouveau, comme il l'a fait en m'attendant devant B & B tout à l'heure, l'air calme et apaisé. *J'ai tout le temps du monde.*

Toby me laisse gentiment utiliser le téléphone du bar. « Tous les amis d'Ed… »

Je contemple le bois sombre, la lumière tamisée, les enseignes en néons. À mon oreille, le téléphone sonne, et je sens Ed ici même, sur ce tabouret, entouré de ses copains, tandis que Toby leur sert des bières et des whiskeys. Je comprends pourquoi il a passé ici toutes ces soirées, après ses rudes journées de travail. Il y trouvait un réconfort que je n'aurais jamais pu lui procurer, une tolérance et une acceptation que je lui refusais.

« Allô ? » La voix de Tim est anxieuse, terrifiée, et j'ai honte d'avoir espéré qu'il se mettrait enfin en colère contre moi.

« C'est moi.

— Mon Dieu, Laura. Tu sais à quel point nous sommes inquiets ? Benjy a dit que tu étais partie promener Beau il y a quatre heures, et puis tu as disparu. Il m'a appelé à mon bureau en larmes. Tu te rends compte que son père a disparu ? Et maintenant, sa mère ? Mais où tu es, bordel ?

— J'ai retrouvé Ed. » Je n'ai pas songé à ce que j'allais dire après ça.

« Oh. D'accord. Très bien. Comment… ?

— Il est entier. Il avait un truc à faire. »

Les néons dans la vitrine vibrent. L'homme au bar me lance à nouveau un clin d'œil. Peut-être qu'il espère que je vais faire un tour dans les toilettes des messieurs avec tous les types qui se présentent.

« Un truc à faire ? Mais qu'est-ce que ça veut dire ? Ed disparaît pendant près de deux semaines, puis tu te barres avec le chien, et là tu me dis que vous aviez un truc à faire pendant tout ce temps-là ? C'est quoi ton problème ? »

Bonne question.

« Tim, il va vraiment mal. Il ne peut pas retourner vivre seul, pas question. Il voulait que je l'emmène à Boulder, et je n'ai pas pu lui dire non, tu comprends ? » Ce n'est pas entièrement faux. « On sera là dans une heure. »

Tim ne dit plus rien et je sais que sa colère est en train de fondre, de se désintégrer. Son amour pour moi l'emporte, sa gentillesse. Je sens le changement s'opérer, à une ville de là, malgré les montagnes qui nous séparent, les rochers, la rivière. Il ne peut rester en colère. Il ne peut en vouloir à un homme malade qui est en passe de perdre son indépendance. Il ne peut me blâmer d'avoir voulu lui accorder un dernier après-midi de liberté.

Jamais je ne lui dirai que c'est moi qui ai décidé de venir ici.

« Désolé d'avoir hurlé. » Trop gentil, trop compréhensif.

« C'est bon. Tu peux appeler Bonnie et Pete ? Dis-leur qu'Ed est avec moi. Et dis à Benjy que je suis désolée de lui avoir fait peur.

— Bien sûr, chérie. Fais attention, en reprenant le volant. La nuit va tomber, et tu sais que les routes gèlent vite. Je t'aime. »

Je lui dis que je l'aime, moi aussi, et c'est la vérité. Pas de la manière dont j'aimais Ed, naguère, pas de la manière dont je l'aime toujours aujourd'hui. Il ne s'agit pas de ce besoin viscéral, mais c'est néanmoins de l'amour.

Je remercie Toby de m'avoir laissée utiliser le téléphone, je regarde une dernière fois autour de moi, je mémorise les détails, je les note, comme Ed avec ses mots. *C'était son endroit à lui.* Il ne le reverra sûrement jamais.

Quand je ressors, le ciel est constellé d'étoiles, et le croissant d'argent de la lune gibbeuse. Le vent se lève, froid et mordant, nous rappelant à tous que l'hiver est là, son souffle rougit nos joues, gerce nos mains. La lumière d'un réverbère se reflète sur la lunette arrière de ma voiture, ainsi que les néons de l'enseigne du pub. J'imagine Ed derrière ces lumières, la tête adossée au fauteuil, une cigarette à la main, calme, heureux, fatigué. Je vais le ramener à la maison. Nous lui donnerons une douche, nous lui prêterons un pyjama, et il dormira dans la chambre d'amis. Au matin, nous l'emmènerons dans l'un des établissements recommandés par Pete.

Je suis tellement désolée, Ed.

Au revoir, mon amour.

J'ouvre la portière, et la lumière intérieure s'allume, éclatante, aveuglante. Il me faut du temps avant de comprendre ce que je vois. Le siège. Les cigarettes. Le briquet. Les odeurs aussi, fétides, écœurantes, et c'est tout : des taches, des cigarettes et des odeurs. Pas de chien à l'arrière remuant la queue en gémissant d'excitation.

Ed est parti et il a emmené Beau.

Je sais que je repenserai souvent à ce moment au cours de ma vie future. Je m'interrogerai sur ce qui m'a poussée à m'asseoir au volant et à prendre les cigarettes qu'Ed a laissées derrière lui, le briquet. Je rejouerai cette scène encore et encore, en me voyant à distance, une femme seule dans sa voiture, qui fume, l'extrémité rougeoyante de sa cigarette montant jusqu'à la vitre entrouverte, pour se débarrasser de la cendre au vent. J'ai fumé deux cigarettes avant de ressortir et de retourner jusqu'à la Taverne.

« Tout va bien, Laura ? » Toby était toujours là, souriant.

« Il est parti », ai-je dit. J'entends le ton monotone de ma voix. Ce n'est pas la mienne. Elle vient d'ailleurs, d'un endroit hanté, des couloirs de Boulder.

Je sais que j'ai suivi Toby dehors, dans la nuit froide. Je sais que l'homme du bar nous a accompagnés, il ne me lançait plus de clins d'œil, et puis un autre gars, d'une autre table. Je sais que nous formions une équipe de recherche bigarrée, et nous sommes partis dans des directions différentes. Je sais que j'ai pris le chemin de l'hôpital. J'avais froid. Je ne sais pas combien de temps j'ai marché avant qu'une camionnette arrive derrière moi, tous phares allumés. J'avais marché pendant plusieurs minutes, plusieurs heures, plusieurs jours. Des années. Assez longtemps pour vieillir, que mes cheveux soient gris, mon dos voûté, mes mains desséchées et tachées. J'entends le grondement d'un moteur. J'entends une voix familière, celle de Toby, du bar. Il prononce mon nom, et mon chien est à l'arrière de la camionnette. « Laura, dit-il d'une voix rauque. On l'a trouvé. »

À côté de Toby, la banquette s'étend, longue et vide.

Prends ton temps. Je les entends, encore et encore, les dernières paroles d'Ed. *Prends ton temps.*

41

Ed marche. Il ne sait pas où il va.

Il a battu Laura au billard. *Ah !*

Il doit voir Pen. C'est toujours sa chérie. Il la verra bientôt.

Mais Laura ?

Il lira un nouveau livre avec Pen. Il… dans sa tête, les mots volent, détachés, en tourbillon. Leur sens lui échappe. Les mots deviennent des débris, dérivent sur fond blanc. Formes biscornues, bois flotté.

Ed cille de confusion.

Il tend la main vers son chien et sent la douce tête de Beau sous sa main. *Bon chien.*

La douleur lui est familière, mais il ne s'en souvient pas, ce jour passé d'un printemps lointain embrumé de sang et de chirurgie. Il existe dans une autre vie, celle d'avant, quand il était psychiatre comportementaliste et qu'il remettait ses patients au cœur de la société, des succès, des échecs, un mariage brisé. *Où est Laura ? Et Ben ?*

Il tapote sa jambe. *Viens, Beau.*

La douleur revient dans sa tempe, exactement comme la fois précédente.

Il va sortir le chien. « Viens, Beau. » Ce ne sont pas des mots. Il entend à peine le gémissement de l'animal.

La nuit est venue, elle est tombée du ciel tout à coup, et à présent il y a de la glace à ses pieds, qui craque et se détache, et puis il y a de l'eau, un glou-glou tranquille. Laura anime un atelier d'art. Pen lit des poèmes. Ben grandit. Ils bâtiront ensemble une cabane dans un arbre, avec un pont-levis pour être en sécurité.

Il a mal à la tête. Un bruit de perceuse.

Tout est mouillé et froid, tiède et lumineux. C'est le printemps, et c'est l'hiver. Froid et glacé, mais prêt à fleurir, bientôt.

Son fils est un garçon solide, ils iront à la pêche ensemble avec son ami Pete et ses fils. Laura est une artiste, c'est sa femme. Il la voit disparaître, un fantôme. Le petit Ben remonte l'échelle de corde qui mène à la cabane, empêchant Ed d'entrer. Penelope se serre contre lui. Il tient son visage entre ses mains.

Ed est partout à la fois, toutes les portes dans sa tête sont grandes ouvertes. Il est là avec Watson et Skinner, Pete et Penelope, Laura et Ben et Beau. Ils se sont tous levés, ressuscités. Le Sunlight Man. Gilgamesh. *Soyons tous des rois.* La douleur explose, le vrille, le déchiquette. Une belle jeune femme le touche sous la douche. Sa femme l'habille dans les toilettes. Il referme son livre, se lève de son fauteuil. L'eau lui arrive au genou. Chien noir, viens ici. Une porte. Une bibliothèque. Un ponton où il va tomber, une rivière où il va s'avancer, s'agenouiller, s'étendre, les yeux fixés sur le ciel illuminé d'étoiles, les pieds chaussés de souliers troués, alors qu'on le tire, qu'on gémit derrière lui. Les astres s'épanouissent au-dessus de lui. Le chien revient, encore et encore, et Ed se recroqueville contre son dos tiède, qui le protège du froid.

REMERCIEMENTS

L'idée de ce livre est née au cours d'une longue conversation avec mon mari alors que nous traversions le pays depuis Austin, Texas, pour nous rendre à Helena, Montana. Il est impossible d'évaluer l'ampleur de ce que nous avons fait lors de ces longs parcours, et je suis heureuse d'y avoir consacré tout ce temps.

Comme toujours, je remercie mes parents, John et Debbie Reeves, ma tante Terrie Reeves et mon oncle Wil Radding, ma grand-mère Therese Reeves et ma sœur Anne. Merci également à ma famille d'adoption, les Compton et les Swenson. Leur amour et leur générosité participent beaucoup de cette histoire.

Même s'ils n'ont plus grand-chose en commun à l'issue de cette histoire, c'est Mike Muszkiewicz, mon défunt beau-père, qui m'a inspiré le personnage d'Edmund Malinowski. Mike était lui-même psychologue comportementaliste, et comme Ed il a souffert d'une rupture d'anévrisme très jeune, puis d'une hémorragie en cours de chirurgie. Je n'ai pas connu Mike avant son accident, et j'ai souvent envié les gens qui avaient eu cette chance, car, je le comprends aujourd'hui, il était devenu le contraire de ce qu'il avait été. C'est le Mike que j'ai connu qui m'a menée au

399

cœur de ce livre, qui m'a appris les liens indéfectibles de l'amour, pour lequel nous sommes prêts à tout. Il m'a également appris la joie. Il lui suffisait d'avoir un plein d'essence, un paquet de cigarettes, de prendre un café avec son fils, une journée en plein air dans le Montana, et c'était l'homme le plus heureux du monde. Il avait un rire incroyable. Il cuisinait un pot-au-feu extraordinaire, et une purée tout aussi extraordinaire. Il me manque beaucoup, et je suis honorée de l'avoir connu tel qu'il était alors.

J'ai contracté une dette importante auprès des pères du comportementalisme, plus précisément John B. Watson et B. F. Skinner. Le livre de Watson, *Behaviorism*, et celui de Skinner, *About Behaviorism*, ont été très importants lors de mes recherches pour ce livre. Je suis immensément reconnaissante à l'Historical Society du Montana pour leurs archives numérisées. Celles-ci m'ont permis d'accéder à des décennies de rapports annuels de l'hôpital de Boulder. Même si la localisation devient fictive dans le contexte de ce roman, les données historiques se sont avérées d'une importance capitale pour sa création.

Je remercie mon agent, Peter Straus, qui demeure mon avocat encore et toujours. Mon éditeur chez Scribner, Daniel Loedel, d'une infinie patience face aux révisions (apparemment) sans fin que ce livre nécessitait – merci de nous avoir toujours soutenus, mon roman et moi.

Je remercie enfin tous les amis incroyables qui n'ont cessé de m'apporter leur soutien au cours de ce projet fou. En particulier Fiona McFarlane, Maggie McCall, Bethany Flint, Melissa Case, Jill Roberts, Loren Graham, Jaclyn et Eric Mann, Kelley et Nate Janes et Cristina Mauro.

J'ai l'honneur de travailler avec de formidables étudiants et le non moins formidable personnel de la faculté d'Helena College.

Enfin, comme toujours, je remercie ma famille. Margot,

tu continues de m'inspirer par ta discipline inflexible et ta loyauté sans faille. Celles et ceux qui méritent ton amour ont de la chance. Hannah, l'étendue de ta compassion envers autrui m'impressionne, et la force de tes passions m'encourage à suivre ton exemple. Luke – comment te dire ? Ce livre n'existerait pas sans toi, et je n'aurais jamais réussi à l'écrire (et le réécrire et le réécrire) sans ton amour et ton soutien. Merci pour tout.

DE LA MÊME AUTRICE :

Un travail comme un autre, Stock, 2016 ; Le Livre
de Poche, 2018

VIRGINIA REEVES
EST AU LIVRE DE POCHE

Le Livre de Poche s'engage pour l'environnement en réduisant l'empreinte carbone de ses livres. Celle de cet exemplaire est de : **300 g éq. CO$_2$**
Rendez-vous sur
www.livredepoche-durable.fr

Composition réalisée par NORD COMPO

Achevé d'imprimer en France par
CPI BRODARD & TAUPIN (72200 La Flèche)
en mai 2023
N° d'impression : 3053033
Dépôt légal 1re publication : juin 2023
LIBRAIRIE GÉNÉRALE FRANÇAISE
21, rue du Montparnasse – 75298 Paris Cedex 06

81/9033/1